电脑不过如此

丛书总策划：姜校春（中关村在线执行总编）
杨 品

电脑轻松上网

未名书屋 编著

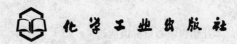

·北京·

本书通过丰富的实例，以图文并茂的形式循序渐进地讲述了电脑上网的操作方法与应用技巧。全书共分 8 章，主要内容包括：准备上网、第一次上网、搜索与下载网络资源、收发电子邮件、网上交流、网络生活、网上休闲娱乐、安全上网。

本书注重实际操作和应用，语言通俗易懂，操作步骤清楚明晰，学起来轻松，上手容易，力求使读者在最短的时间内熟练掌握电脑上网的知识，并且真正地达到一学就会，即学即用。

本书适合想快速学会电脑上网及其应用的初学者、各类办公人员和公务员，以及希望用电脑来提高工作效率的读者，也可作为各类职业学校、电脑培训班的教材，以及电脑爱好者的自学参考书。

图书在版编目（CIP）数据

电脑轻松上网/ 未名书屋编著．—北京：化学工业出版社，2009．3

（电脑不过如此）

ISBN 978-7-122-04558-4

Ⅰ．电… Ⅱ．未… Ⅲ．因特网－基本知识 Ⅳ．TP393．4

中国版本图书馆 CIP 数据核字（2008）第 211951 号

策划编辑：王思慧　　　　　　　　　　　　装帧设计：尹琳琳

责任编辑：周天闻　王思慧

出版发行：化学工业出版社(北京市东城区青年湖南街 13 号　邮政编码 100011)

印　　装：三河市延风印装厂

787mm×1092mm　1/16　印张 21 1/4　字数 529 千字　2009 年 3 月北京第 1 版第 1 次印刷

购书咨询：010-64518888(传真：010-64519686)　　售后服务：010-64518899

网　　址：http://www.cip.com.cn

凡购买本书，如有缺损质量问题，本社销售中心负责调换。

定　　价：34.00 元　　　　　　　　　　　　　　　　版权所有　违者必究

丛 书 序

对于普通大众来说，要想能熟练地操作电脑并灵活应用，并不是一件容易的事情。如何能在最短的时间内达到精通的目的呢？我认为好的方法是找一些非常好的教材，有空的时候在电脑旁边看书边操作，在实践中轻松掌握电脑。

那如何去选购一本适合自己的图书呢？

首先要看其内容是否能满足自己的需求，是否能解决日常工作、学习和生活中的各种应用问题。这就要仔细考量一本书的内容取舍是否得当了，而不能以书的厚薄来取舍，一定要仔细阅读内容简介、目录和部分章节，避免浪费时间和金钱。

其次是要看该书是否容易让读者学习。因为在电脑的学习中实际上机操作非常重要，所以该类书一定要图文并茂，最好是看图就能学会操作，而且还要简洁明了，这样才能让读者一目了然。

最后还要看该书是否能提纲挈领，举一反三。因为电脑及软件越来越智能化和人性化，且其中的大多数操作都具有相似性和相关性，如 Windows Vista 中的资源管理器的使用、Office 2007 中各软件的文本设置等，只有抓住电脑操作的精髓，学会了其中典型的操作方法，类似的问题也就能融会贯通。

最近非常荣幸地应化学工业出版社的邀请，仔细审读了由中关村在线执行总编姜校春和网络营销专家、数码摄影专栏作家杨品任总策划的《电脑不过如此》丛书，我个人认为，该丛书不能说是目前市场上包装最精美（或者价格最低廉）的图书，但它却是一套非常易学、非常好用、内容最全面的图书，是一套能帮助广大电脑爱好者快速打开电脑之门的金钥匙。

之所以向大家推荐这套书，是因为本套丛书具有以下特点：

◇ 轻松易学　图文并茂的方式直接指明操作步骤要点，让读者轻松看图就能掌握常用的操作方法和技巧。

◇ 学以致用　书中大多数内容讲解均采用广大电脑用户经常应用的案例，读者只要参照书中的步骤进行操作，即可快速解决电脑应用中的各种常见问题。

◇ 活学活用　书中的案例讲解都非常具有典型性，能起到举一反三的效果，这样就能让读者融会贯通，不仅能学会书中的操作，更能灵活应用。

◇ 系统全面　本套丛书包含了《电脑快速入门》、《电脑轻松上网》、《五笔字型打字速成》、《电脑办公应用》、《电脑选购、组装与维修》、《电脑故障排除速查手册》、《常用工具软件一点通》、《系统快速安装与重装》、《Windows Vista 入门与应用技巧》、《Excel 2007 入门与应用技巧》、《Word 2007入门与应用技巧》、《Access 2007入门与应用技巧》、《PowerPoint 2007入门与应用技巧》等几十种实用书籍，相信这套丛书一定能够成为读者的良师益友。

一套好的教材会让我们的学习更加快捷，但要学好电脑，还要经常上机操作，巩固所学知识，并在实践中摸索电脑的操作要领。

学问学问，学而问之，读者如果在学习或电脑操作中遇到各种问题，可以发电子邮件至yangpin_0_2000@sina.com.cn和本书的作者进行交流探讨。

最后，衷心希望这套凝聚着作者和出版社心血的《电脑不过如此》丛书能带领每一位读者轻松成为电脑应用高手。

腾讯网科技频道主编　李立宏

2008 年 11 月

前　言

今天，人类社会已经从传统的物质文明进入多彩的知识经济时代。这个时代的特征之一是以计算机和网络为核心的信息技术在人类社会的各个领域的广泛应用。因此，学习并掌握计算机和网络应用，已经成为现代人必备的重要技能之一。

Internet（因特网）是世界上最大的互联网络，它让人如此着迷的地方就在于它能够提供丰富的信息和资源，并且已经逐渐渗透到日常生活的方方面面，比如聊天、交友、办公、学习、购物、旅游、听音乐、听广播、看电视、看电影、玩游戏、租房、求职、订餐、订票、看病、存款、炒股等等。网络带给我们的不仅仅是便利和快捷，而是一场深刻的革命。

本书以图文并茂的形式详细地介绍了电脑上网的操作方法、应用技巧，并通过大量的实例演示了它们的具体应用。全书共分 8 章，主要内容如下：

第 1 章　准备上网。包括初识 Internet、上网前的准备、ADSL 上网。

第 2 章　第一次上网。包括上网冲浪工具——浏览器、浏览网页、收藏夹的使用、保存与打印网页上的内容。

第 3 章　搜索与下载网络资源。包括 IE 浏览器自动搜索、使用搜索引擎、直接下载、FlashGet 下载、P2P 下载、压缩和解压下载的文件。

第 4 章　收发电子邮件。包括电子邮件概述、申请电子邮箱、在网站中收发邮件、使用 Windows Mail 收发邮件、使用 Foxmail 收发邮件。

第 5 章　网上交流。包括 QQ 聊天、用 MSN 交流、在聊天室交流、BBS 论坛交流。

第 6 章　网络生活。包括信息服务、网上新闻/广播、读书看报、网上贺卡、网上预订、网上购物、网上拍卖、网上求职、网上教育、网上寻医问药、网上租房、网上旅游。

第 7 章　网上休闲娱乐。包括网络视听工具——RealPlayer、网络视听、网上博客、网络游戏。

第 8 章　安全上网。包括电脑病毒与黑客、使用卡巴斯基杀毒软件、使用 360 安全卫士。

本书实例丰富，层次结构清晰，语言通俗易懂，操作步骤简洁明了，只要读者跟随本书一步步地学习，就能轻松学会并熟练掌握电脑上网的操作方法与应用技巧。

除了未名书屋的成员外，杨品、刘君、刘征、肖建芳、田煜、王为、胡凯、陈强华、邱怀东、傅大志、文仕江、吴荣彬、林燕、杨琪、姚全、吕文超、杨悦来、杨从明、温世豪、杨未冰、林明军、书虫、黄懿、孔令辉、蔡伟雄、肖世杰、梁江涛、杨晶、杨涛、杨上、王健等同志也参与了本书的编写工作。

由于编者水平有限，书中难免存在疏漏和不足之处，恳请广大读者批评指正。

编　者

目　　录

第 *1* 章　准备上网..1

1.1　初识 Internet..1

1.1.1　什么是计算机网络...1

1.1.2　什么是 Internet..1

1.1.3　Internet 的功能..1

1.1.4　Internet 常用术语...3

1.2　上网前的准备..5

1.2.1　选择上网方式...5

1.2.2　选择 Modem...5

1.2.3　选择 ISP..6

1.2.4　上网软件装备...6

1.3　ADSL 上网...6

1.3.1　安装 ADSL Modem...7

1.3.2　建立网络连接...7

1.3.3　连接上网..9

1.3.4　断开网络连接...11

1.3.5　设置网络连接的属性...12

第 *2* 章　第一次上网...16

2.1　上网冲浪工具——浏览器..16

2.1.1　初识 IE 浏览器...16

2.1.2　初识 TT 浏览器..17

2.2　浏览网页..17

2.2.1　打开要前往的站点...18

2.2.2　网页浏览技巧...23

2.3　收藏夹的使用..37

2.3.1　向收藏夹中添加网址...37

2.3.2　调用收藏夹中的网址...40

2.3.3　整理收藏夹...42

　　　2.3.4　导出收藏夹……………………………………………………46

2.4　保存与打印网页…………………………………………………………48

　　　2.4.1　保存整个网页…………………………………………………49

　　　2.4.2　保存网页上的图片……………………………………………49

　　　2.4.3　保存网页中的文字……………………………………………50

　　　2.4.4　将网页上的图片设置为桌面…………………………………51

　　　2.4.5　保存网页上的超链接…………………………………………52

　　　2.4.6　打印网页………………………………………………………54

第3章　搜索与下载网络资源……………………………………………56

3.1　IE 浏览器自动搜索………………………………………………………56

3.2　使用搜索引擎……………………………………………………………57

　　　3.2.1　搜索引擎简介…………………………………………………57

　　　3.2.2　著名搜索引擎…………………………………………………57

　　　3.2.3　关键字搜索……………………………………………………58

　　　3.2.4　分类搜索………………………………………………………60

　　　3.2.5　高级查询技巧…………………………………………………63

　　　3.2.6　搜索经验总结…………………………………………………67

3.3　直接下载…………………………………………………………………68

　　　3.3.1　下载软件………………………………………………………68

　　　3.3.2　下载音乐………………………………………………………70

3.4　FlashGet 下载……………………………………………………………74

　　　3.4.1　通过快捷命令下载……………………………………………75

　　　3.4.2　通过悬浮窗格下载……………………………………………77

3.5　P2P 下载…………………………………………………………………79

　　　3.5.1　使用迅雷下载…………………………………………………79

　　　3.5.2　使用 BT 下载电影……………………………………………82

3.6　压缩和解压下载的文件…………………………………………………87

　　　3.6.1　文件压缩与解压缩简介………………………………………87

　　　3.6.2　解压文件………………………………………………………87

　　　3.6.3　压缩文件………………………………………………………89

第4章　收发电子邮件……………………………………………………90

4.1　电子邮件概述……………………………………………………………90

　　　4.1.1　电子邮件的产生及其特点……………………………………90

　　　4.1.2　电子邮件地址的一般格式……………………………………90

4.2　申请电子邮箱 91

4.2.1　申请免费电子邮箱 91

4.2.2　申请收费电子邮箱 93

4.3　在网站中收发邮件 94

4.3.1　登录电子邮箱 94

4.3.2　撰写并发送新邮件 94

4.3.3　接收和阅读邮件 95

4.3.4　回复邮件 98

4.3.5　转发邮件 99

4.3.6　删除邮件 102

4.3.7　在写信时添加附件 104

4.3.8　使用电子邮箱的高级功能 106

4.4　使用 Windows Mail 收发邮件 109

4.4.1　设置电子邮件账号 109

4.4.2　撰写与发送电子邮件 113

4.4.3　插入附件 115

4.4.4　接收与处理电子邮件 117

4.4.5　使用通信录 121

4.5　使用 Foxmail 收发邮件 129

4.5.1　设置 Foxmail 的邮件账号 130

4.5.2　使用 Foxmail 处理邮件 131

4.5.3　使用 Foxmail 的邮件管理功能 137

4.5.4　设置账户属性 144

第 5 章　网上交流 **148**

5.1　QQ 聊天 148

5.1.1　下载 QQ 软件与申请 QQ 号码 148

5.1.2　登录 QQ 149

5.1.3　添加好友 151

5.1.4　开始聊天 153

5.1.5　传送文件 155

5.1.6　QQ 个人设置 158

5.1.7　更改 QQ 外观 161

5.2　用 MSN 交流 164

5.2.1　下载与安装 165

      5.2.2 注册账号 167

      5.2.3 查找与添加联系人 169

      5.2.4 聊天与传送文件 171

      5.2.5 分组管理联系人 176

      5.2.6 设置常用选项 178

  5.3 在聊天室交流 181

      5.3.1 使用QQ聊天室 181

      5.3.2 网上聊天室 189

  5.4 BBS论坛交流 194

      5.4.1 查看留言 194

      5.4.2 回复留言 196

      5.4.3 发表言论 199

第6章 网络生活 **203**

  6.1 信息服务 203

      6.1.1 天气预报查询 203

      6.1.2 列车时刻表查询 206

      6.1.3 邮政编码和电话区号查询 207

      6.1.4 使用电子地图 209

      6.1.5 查词典 211

  6.2 网上新闻/广播 213

      6.2.1 网上看新闻 213

      6.2.2 网上听广播 215

  6.3 读书看报 218

      6.3.1 网上看小说 218

      6.3.2 浏览中国国家数字图书馆 221

      6.3.3 逛超星数字图书馆 224

      6.3.4 网上看报 227

  6.4 网上贺卡 228

  6.5 网上预订 231

      6.5.1 网上订餐 231

      6.5.2 网上订票 233

      6.5.3 网上订酒店 235

  6.6 网上购物 236

      6.6.1 注册用户 236

    6.6.2　进行网上购物..238

6.7　网上拍卖..243
    6.7.1　用户注册..243
    6.7.2　参与竞拍..244
    6.7.3　出卖物品..247

6.8　网上求职..251
    6.8.1　注册会员并创建个人简历..251
    6.8.2　查找招聘信息..255
    6.8.3　使用职位搜索器..256

6.9　网上教育..258
    6.9.1　教育咨询..258
    6.9.2　在线学习..260

6.10　网上求医问药..263
    6.10.1　查询医院信息..263
    6.10.2　查看专家信息..265
    6.10.3　查询药品信息..266
    6.10.4　网上健康咨询..267

6.11　网上租房..270

6.12　网上旅游..272

第7章　网上休闲娱乐..274

7.1　网络视听工具——RealPlayer..274
    7.1.1　下载 RealPlayer..274
    7.1.2　安装 RealPlayer..275

7.2　网络视听..277
    7.2.1　网上听音乐..277
    7.2.2　网上看电视..279
    7.2.3　网上看电影..283
    7.2.4　动漫欣赏..285

7.3　网上博客..290
    7.3.1　博客简介..290
    7.3.2　访问博客..290
    7.3.3　创建博客..294

7.4　网络游戏..300
    7.4.1　在网页内玩游戏..300

7.4.2　QQ 游戏 302

7.4.3　联众网络游戏 307

7.4.4　游戏网站推荐 315

第 8 章　安全上网 316

8.1　电脑病毒与黑客 316

8.1.1　认识电脑病毒 316

8.1.2　认识黑客 316

8.2　使用卡巴斯基杀毒软件 316

8.2.1　查杀病毒 317

8.2.2　软件设置 318

8.2.3　更新病毒数据库 320

8.3　使用 360 安全卫士 321

8.3.1　查杀流行木马 322

8.3.2　清理恶评插件 324

8.3.3　修复系统漏洞 325

8.3.4　清理使用痕迹 326

8.3.5　高级功能 327

第1章 准备上网

本章引导读者认识 Internet，并介绍一些上网的基本知识。

1.1 初识 Internet

Internet 是全球最大的计算机网络，它的建立也是 20 世纪继电脑产生之后最令人心动的事情之一。它每时每刻都在改变着世界，而人们也必将越来越多地感受到它的存在。

1.1.1 什么是计算机网络

计算机网络，就是用电缆等传输介质及相关网络设备连接起来的一组电脑，这些电脑之间可以相互通信、共享数据和各种资源。

1.1.2 什么是 Internet

Internet 也被称为因特网或国际互联网，它是计算机网络的网络，即将世界上众多小型、中型或大型计算机网络连接起来的网络。可以认为，Internet 是世界上用户最多、覆盖面最广、影响最大的计算机网络，世界各地的人们把自己的电脑连入 Internet，就可以摆脱地域束缚，相互传递信息。

1.1.3 Internet 的功能

Internet 有以下几大功能：

1．浏览信息

浏览信息是指通过 Web（网络）浏览器，进入 Internet 网站和网页查看相关信息。Internet 利用超文本语言，通过特殊的信息组织方式将世界各地的相关信息链接起来。加之它对多媒体信息的支持，我们在网上可以阅读文档、查看图片、检索资料等。

2．发布信息

发布信息是指用户可以将个人或企业的信息放到网页上，在网上进行发布。这些信息可以是个人的有关情况（如简历、兴趣、爱好、照片），或者是公司的介绍及产品推荐等。

3．传送电子邮件

在 Internet 上建立电子信箱，既可用于接收其他电子信箱发来的电子邮件，也可从自己的电子信箱向他人发送电子邮件。它为用户提供了方便、快捷、高效以及廉价的信息交流途径。

4．与人聊天

与人聊天是指分居不同地点的两个或两个以上的人可以使用即时通讯工具或在网络聊天室进行相互交流。

5．远程登录到 BBS 站浏览文章及发表文章

它是指将自己的计算机连接到 Internet 上的远程计算机系统中，通过其对外开放的信息资源，进行资料查询和数据库搜索等，并且还可以登录到大型计算机上完成微机所不能完成的工作。用户可以通过 Internet 观看数千公里以外的 BBS 站的文章，比如说，身在广州的人却可以看到北京某大学的 BBS 站点上的文章，而且还可以将自己的文章发表在 BBS 上面。

6．下载免费软件等资源

软件通常都利用光盘进行传播，而 Internet 却可以让用户将远在千里以外的软件，通过网络传输到自己的电脑上。这就需要使用一种叫 FTP 的文件传输协议，下载的软件基本上都是免费的。FTP 让用户可以在两台联网的电脑之间进行快速文件传输，通过 FTP 可以传输声音文件、图像文件和文本文件等，还可以通过 FTP 共享网上的资源。

7．阅读和发送新闻

利用 Internet 的新闻组功能，用户可以根据自己的需要查找、接收和发送所选定主题的新闻或信息。

8．交互式连接

Gopher 提供了有效的信息查询方法，它将网上的所有信息组成在线的菜单系统，使用它就可以从 Internet 中的一台主机连接到另一台主机系统上查询资料。

9．网上交易

网上交易主要是在网络的虚拟环境上进行的交易，比如在网上购物、网上炒股、网上银行交易等。

10．网上娱乐

在网络上也可以开展丰富的娱乐活动，比如网络游戏、网上看电视、网上听音乐、网看看电影等。

1.1.4 Internet 常用术语

为了便于读者更好地理解和学习，下面介绍 Internet 的一些常用术语。

1．主页与网页

上网实际上就是对一些网站进行访问。网站中让人阅读的第一级页面称为主页（Homepage），该网站所有供人阅读的页面称为网页（Webpage）。浏览网上信息多指浏览网站中的网页。一个网站就像一本书，书中的每一页就是一个网页，封面就是主页。

2．浏览器

浏览器是指安装在电脑上的，用来显示指定文件的程序，利用浏览器用户可以看到网上的任何网页。我们常用的 Internet Explorer（简称 IE）就是一种浏览器。

3．超链接／超级链接（Hyperlink）

超级链接简称超链接，是网络上使用最多的一种文件连接方式，其本质是"跳转"。它通过事先定义好的文字或图形来链接其他网页。用户将鼠标指向某些文字或图片时，鼠标指针会变为手形"👆"，表示这是一个超链接，单击该文字或图片，将跳转到相关的网页。

4．HTML（Hypertext markup language）

HTML（超文本标识语言）是Internet的标准文件格式。也就是说，WWW上的信息是以HTML格式来进行组织的。例如，我们在网络上所见到的页面都称为网页，它包括一般意义上的文本、图片、声音、视频和动画等等。还可以通过HTML格式上允许定义的超链接访问网页。也就是说，单击超链接就可以打开链接到的网页。

另外一个典型的应用是，如果在电子邮件中使用HTML格式，还可以在邮件中添加图形和指向Web站点的链接。

5．HTTP（Hypertext Transfer Protocol）

HTTP（超文本传输协议）用来在网络上传送网页。

6. URL（Uniform Resource Locator）

URL（统一资源定位格式）是Web的地址编码。Web上所能访问的资源都有一个唯一的URL地址，包括所用的传输协议、服务器名称和文件的完整路径。例如，在浏览器的URL地址栏中输入"http://www.tsinghua.edu.cn/"就可以访问清华大学的主页。

7. IP 地址（Internet Protocol）

Internet上的计算机要相互通信，就必须知道对方所处的具体位置。IP地址就是Internet上用来标识计算机位置的一种公认的方法，它能被TCP/IP协议理解和应用。一个IP地址是由网络标识符和主机标识符这两部分组成的，它不仅指出了计算机属于哪个网络，而且还描述了同一网络中不同计算机在逻辑位置上的差异。

IP 地址是由 4 段 32 位二进制数组成的唯一标识符，该标识由两部分组成：前三段是网络标识，最后一段是主机标识。如某单位的主服务器在因特网上的 IP 地址是 192.21.32.1，则它的网络标识是 192.21.32，主机标识是 1。

8. 域名（Domain Name）

域名也是Internet上主机的名字。它是一种有意义名词的缩写，是用英文圆点分开的一组地址。一般主机域名可以以机构或者地域作分区分。

以机构区分的域名有：

.com（Commercial）商业机构

.edu（Education）教育部门

.gov（Government）政府机关

.int（International Organization）国际组织

.mil（Military）军事部门

.net（Network）网络系统

.org（Organization miscellaneous）非盈利组织

以地域区分的域名有：

.an（Australia）澳大利亚

.cn（China）中国

.jp（Japan）日本

.uk（United Kingdom）英国

……

域名采用层次结构，从左至右、从小范围到大范围表示主机所属的层次关系。例如，"www.pku.edu.cn"中的"www"是一台主机的名字，"pku"是北京大学的缩写，"edu"代表教育机构，"cn"是中国的缩写。

9. WWW（World Wide Web）

WWW是互联网上最重要的部分，简单地说，WWW就是漫游Internet网的工具。它可以处理文字、图形、图像、声音以及其他多媒体信息。与其他的互联网服务相比，WWW由许多连接到互联网上的服务器组成，并通过特定的WWW浏览器与服务器交换信息。如Netscape（网景公司）的Navigator（导航者）及微软公司的IE（探索者）等。每一个企业或个人都能够通过WWW发布自己的主页，通过主页向客户传递信息及提供服务。

10．冲浪

如果把Internet比作海洋，您和您的计算机就是一叶小舟，所以在Internet上遨游就可以比喻成冲浪。

11．带宽（Bandwidth）

带宽指的是一条通讯线路传输数据的容量，或者说通讯线路的传输速度。带宽越大，网络的效率和性能就越高。带宽的基本度量和表示单位是bps（bit per second）。在高速传输的情况下，也可用kbps（每秒千位）或mbps（每秒兆位）作为度量单位。

1.2　上网前的准备

上网一般需要有一台高性能电脑、一部调制解调器和一根电话线，为了欣赏网上的音乐和电影，还需要电脑配有声卡、显卡和音箱（或耳机），并安装相应的软件。

1.2.1　选择上网方式

个人用户常用的上网方式有：拨号上网、ISDN 上网、ADSL 上网（又称宽带上网）、无线上网。

1.2.2　选择 Modem

根据上网方式的不同，用户需要配备调制解调器（其英文名称是 Modem，俗称“猫”）、ISDN 网络终端与适配器、ADSL Modem 等通信设备中的一种。

Modem 的作用是将电脑的数字信号转换成便于在电话线上传输的模拟信号，到达目的地后，再还原为数字信号。

如果在台式电脑上进行拨号上网，需要自己购买 Modem 设备，然后按照使用手册进行安装即可。对于笔记本电脑，由于大多数都内置了 Modem，并且 Windows XP 和 Windows Vista 操作系统通常会自动安装 Modem 的驱动程序，所以用户不必进行特殊设置。另外，如果是通过 Modem 配合电话线来上网，最好使用直拨电话。

如果选择 ISDN 或 ADSL 上网，ISP 通常会主动提供相关硬件设备并负责上门安装。

至于无线上网，可以选择中国移动的 GPRS 无线上网，以及中国电信的 CDMA 无线上网。更多的信息，可以到相关移动通信运营商的营业厅去咨询。

1.2.3 选择 ISP

ISP 是指 Internet Service Provider（服务供应商），用户必须通过它来连入 Internet。ISP 主要提供 Internet 接入服务，用户通过 ISP 上网时，都要根据所选择的服务类型向该 ISP 交纳一定的上网费。

用户在选择 ISP 时，应主要考虑其收取的各种费用。在中国内地，由于地域的不同，可以选择电信、联通、铁通、长城、方正等 ISP 提供的宽带接入服务。

目前提供拨号上网服务的 ISP 已经很少了，对于北京的用户，拨号上网可以选择 263（电话号码、用户名、密码均是 263，且无需任何特殊设置），用户上网的费用将累计到电话费中。

选择好 ISP 之后，就可以到 ISP 的指定地点申请入网。申请入网之前，一定要打听清楚办理入网手续需要带哪些证件。

1.2.4 上网软件装备

对于经常上网的读者，电脑中最好备有以下几类软件：

（1）浏览器。用于查看网页的软件，常用的有 Internet Explorer（Windows 操作系统中已经自带）、Netscape 和 Firefox。

（2）电子邮件（E-mail）收发程序。用于收发电子邮件，收发 E-mail 需要使用 Outlook Express 或 Windows Mail（Windows Vista 操作系统中已经自带）。另外推荐一款邮件收发及管理软件——Foxmail，它操作方便、功能强大、速度快捷，支持全部的 Internet 电子邮件功能。

（3）下载软件。下载就是从网上复制文件，网上有许多的免费资源，想要使用它们就需要下载。虽然 Internet Explorer 浏览器也支持下载，但它的下载功能较简单，而且也不是很好用。推荐大家使用更专业的下载软件 FlashGet（中文名为"快车"）或迅雷，它们都可以从网上免费获取。

（4）网上即时通讯软件。有许多人上网是为了到网上聊天、交朋友，甚至谈恋爱。想要聊天，可以到各大网站的聊天室，也可以使用像 QQ 和 MSN 这样的专业软件。

（5）压缩/解压缩软件。通常，网上的很多文件是经过压缩的，这样在下载时会减少一些时间。下载成功后，在使用该文件或它所包含的文件之前，必须先进行解压缩。

在将较大的文件或多个文件发送给别人之前，可以将它们压缩（或打包）成一个更小的文件，这样能缩短发送时间。

常用的压缩/解压缩软件有 WinRAR 和 WinZIP，它们都可以从网上免费获取。

1.3 ADSL 上网

ADSL 是一种通过现有普通电话线为家庭、办公室提供宽带数据传输服务的技术，是目前较为流行的一种上网方式。对于已经安装了固定电话的用户，直接向 ISP 申请安装 ADSL 即可（一般要交纳一定数额的初装费）；对于没有固定电话的用户，需要先申请安装固定电话，并选择电话号码，然后再申请绑定 ADSL 业务。

1.3.1　安装 ADSL Modem

用户提出 ADSL 的安装申请后，ISP 会派专人带着设备上门进行安装。值得注意的是：如果用户的电脑内没有网卡，则要事先准备一块网卡（到电脑市场花几十元钱即可买到）；如果电脑内已经自带了网卡，则无需购买，所以之前要先确认一下。

安装的过程十分简单，如果方便的话，不妨用笔和纸将整个安装过程都记录下来，这样如果以后出现什么问题，就可以自己动手解决了。

1.3.2　建立网络连接

这项工作也是由工作人员完成的，完成后，ISP 提供的上门服务就结束了。

强烈建议用户自己独立做一遍此操作，因为以后遇到重装系统或别的突发情况，我们很可能需要重新创建连接。其操作步骤如下：

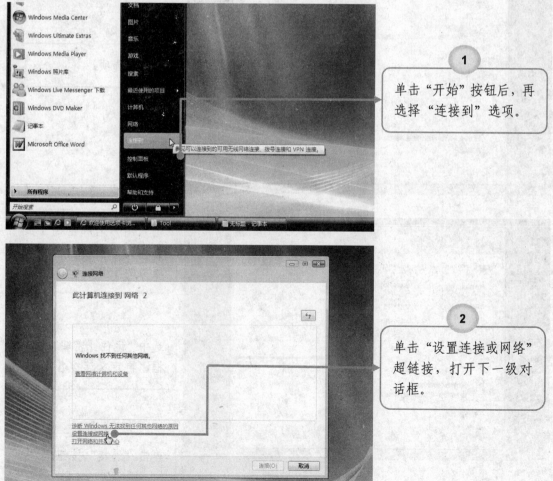

1 单击"开始"按钮后，再选择"连接到"选项。

2 单击"设置连接或网络"超链接，打开下一级对话框。

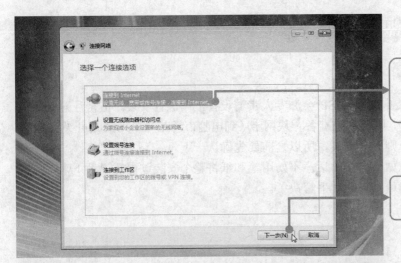

3 选择"连接到 Internet"选项。

4 单击"下一步"按钮。

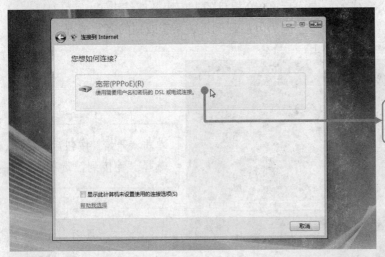

5 单击此选项。

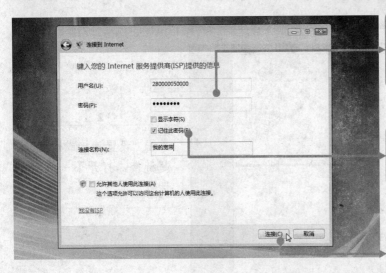

6 输入用户名和密码（请咨询为您提供网络接入服务的 ISP）。

7 选中"记住此密码"复选框，再定义连接名称。

8 单击"连接"按钮。

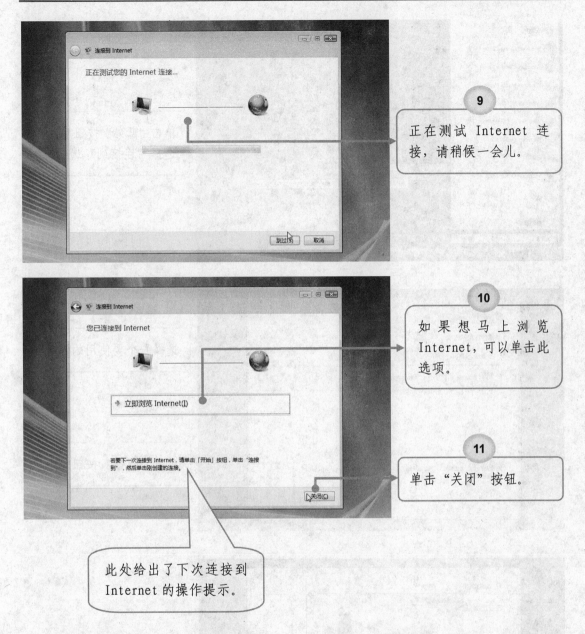

连接到 Internet 后，就可以进行浏览网页、查找资料、下载歌曲、看电影、玩游戏、网上购物等这些活动了。

1.3.3 连接上网

刚打开电脑或者断开连接后又要重新连接上网，其操作步骤如下：

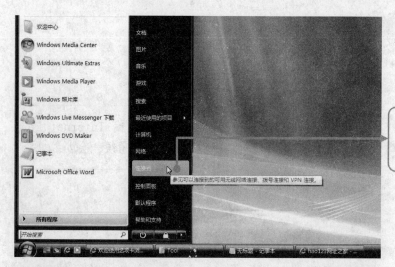

1

单击"开始"按钮后，再选择"连接到"选项。

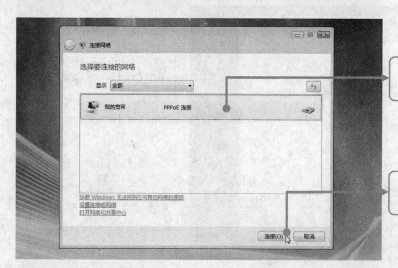

2

选择一个要使用的连接。

3

单击"连接"按钮。

4

单击"连接"按钮，便开始拨号。几秒钟后，就连接成功了。

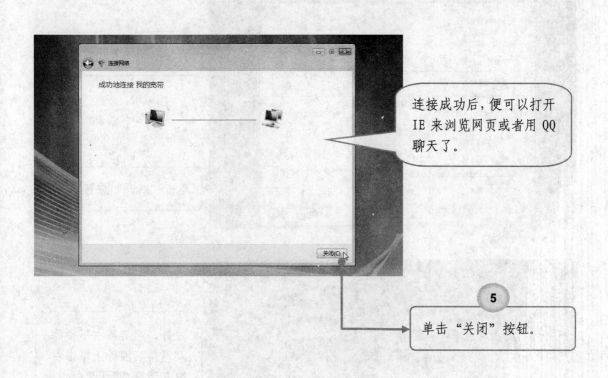

连接成功后，便可以打开 IE 来浏览网页或者用 QQ 聊天了。

5 单击"关闭"按钮。

1.3.4 断开网络连接

在不需要上网的时候，最好将网络连接断开，其操作步骤如下：

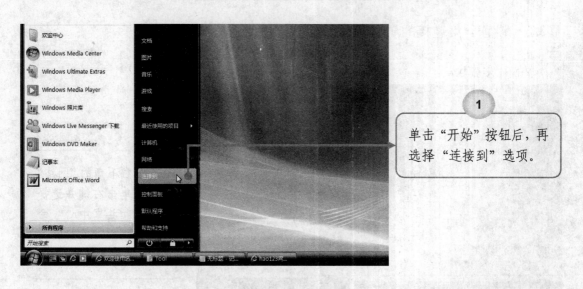

1 单击"开始"按钮后，再选择"连接到"选项。

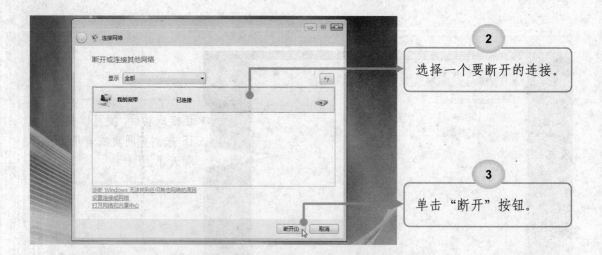

2 选择一个要断开的连接。

3 单击"断开"按钮。

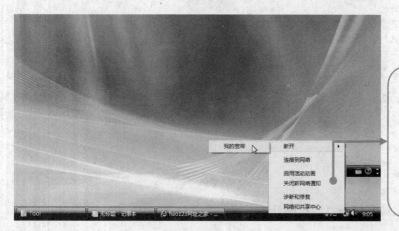

4 另外,在屏幕右下角的"网络"图标上单击右键并选择"断开"命令,再从子菜单中选择连接的名称,也可以断开该连接。

1.3.5 设置网络连接的属性

其操作步骤如下:

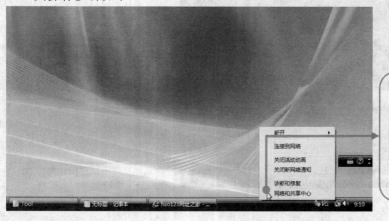

1 在屏幕右下角的"网络"图标上单击右键并选择"网络和共享中心"命令,将弹出"网络和共享中心"窗口。

2

单击"管理网络连接"超链接，将打开"网络连接"窗口。

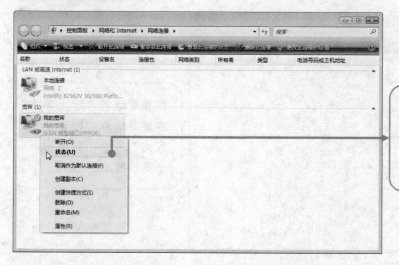

3

在宽带连接名称上单击右键并选择"状态"命令，将弹出"宽带状态"对话框。

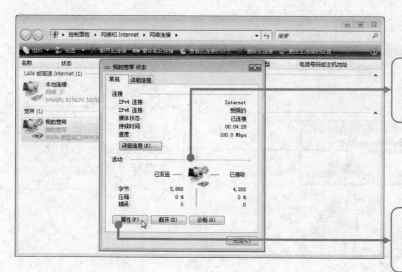

4

在这里可以看到宽带的连接状态和活动信息。

5

单击"属性"按钮，将弹出"宽带属性"对话框。

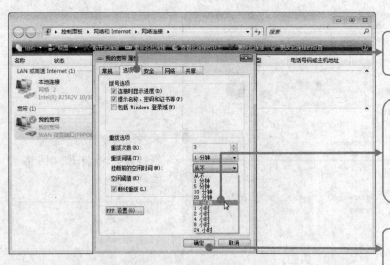

6 进入"选项"选项卡。

7 如果希望网络连接在空闲一段时间后能自动断开，则可以在这里选择一个时间间隔。

8 单击"确定"按钮。

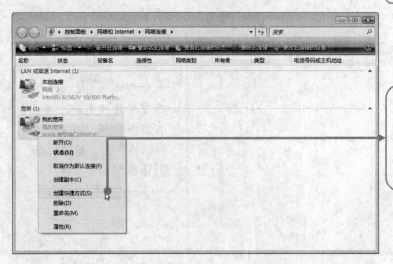

9 在宽带连接名称上单击右键并选择"创建快捷方式"命令，将弹出一个提示框。

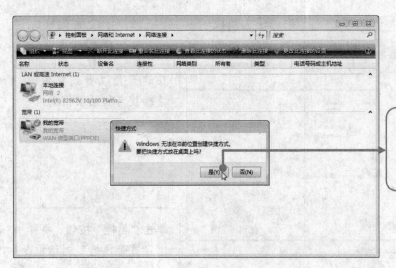

10 单击"是"按钮，将在桌面上创建一个快捷方式图标。

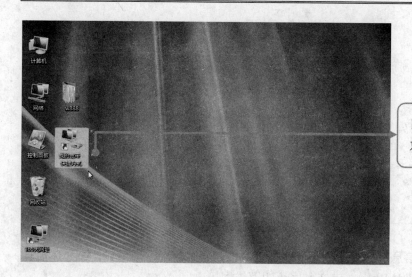

11

以后直接双击这个图标，
就可以上网了。

第 2 章　第一次上网

Internet是个神奇的世界，如果您已经准备好了，那就到Internet上去浏览信息吧！上网浏览信息的工具就是浏览器，目前常用的浏览器有Internet Explorer（简称IE或IE浏览器）、Firefox、Netscape等。本章主要介绍Internet Explorer。

2.1　上网冲浪工具——浏览器

人们常把到网上浏览信息称作"到 Web 上冲浪"。Web 的中文意思是"网"，Web 还简称为 3W 或 WWW（World Wide Web），中文名字还叫万维网等。

2.1.1　初识 IE 浏览器

在 Microsoft（微软）公司的 Windows Vista 操作系统中已经自带了 IE7 浏览器，用户无需另外安装它就可以直接使用。需要说明的是，本书中的 IE 浏览器一般都是指 IE7。那么先来认识一下 IE 吧！

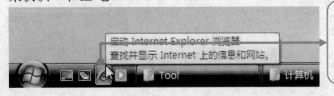

单击快速启动栏中的"启动 Internet Explorer 浏览器"按钮，就可以启动 IE 并看到它的界面。

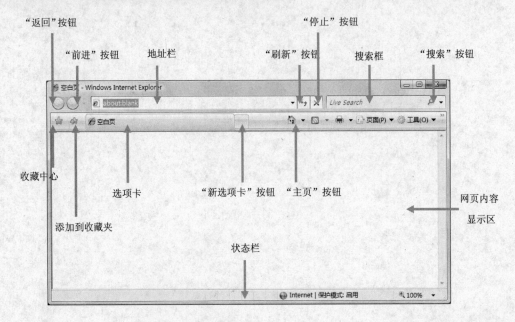

2.1.2　初识 TT 浏览器

TT 浏览器是腾讯公司 QQ 软件中自带的一款浏览器，它具有体积小巧、使用方便等特点。只要电脑中安装了完整的 QQ 软件，就会含有此浏览器。

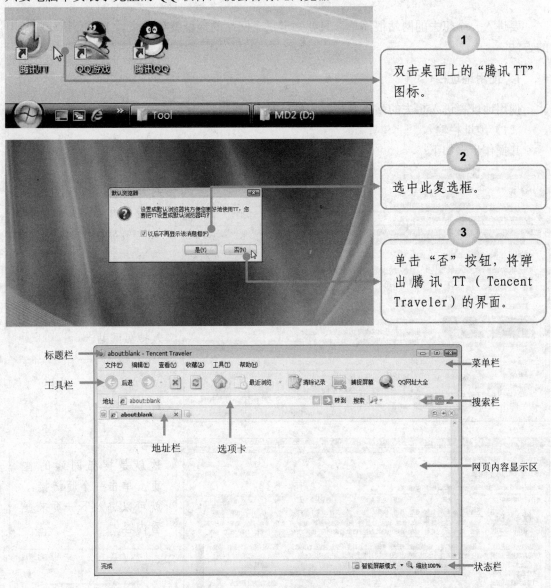

1 双击桌面上的"腾讯 TT"图标。

2 选中此复选框。

3 单击"否"按钮，将弹出腾讯 TT（Tencent Traveler）的界面。

标题栏　菜单栏　工具栏　搜索栏　地址栏　选项卡　网页内容显示区　状态栏

2.2　浏览网页

通常，要先创建并打开一个 Internet 连接，然后才可以上网浏览网页（参阅 1.4.2 和 1.4.3 节）。如果您的电脑是位于一个通过路由器组建的局域网内（许多办公室和单位都是采用这种方式），由于单位的网络管理人员已经为路由器设置好了拨号功能，所以用户只要打开 IE 浏览器后就可以直接上网，无需进行其他设置。

2.2.1 打开要前往的站点

要进入一个想去的网站很简单，只要知道这个网站的地址就可以了。下面介绍一些常用的方法。

1. 使用地址栏

使用地址栏进入想去的站点是最常用的一种方法。

（1）地址栏输入

其操作步骤如下：

1 打开 IE 后，在地址栏中单击鼠标，然后输入网址 www.sohu.com。

2 按 Enter 键后，即可进入搜狐网站。

3 这就是搜狐网站的首页。单击一个超链接，就可以进入下一页来查看内容。

要浏览更多内容，可以向下滚动窗口。

4 如果不知道网址时，可以在地址栏中直接输入网站的中文名称。

5 先单击"新选项卡"按钮，来创建一个新的浏览选项卡。

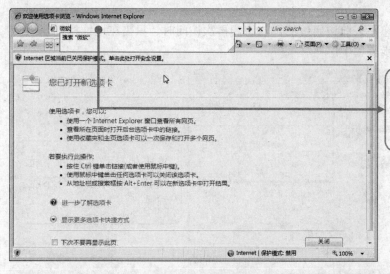

6 输入网站的中文名称，按下 Enter 键后，将看到一个相关的列表。

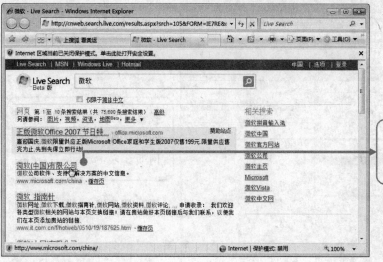

7 单击一个超链接，将打开对应的网站。

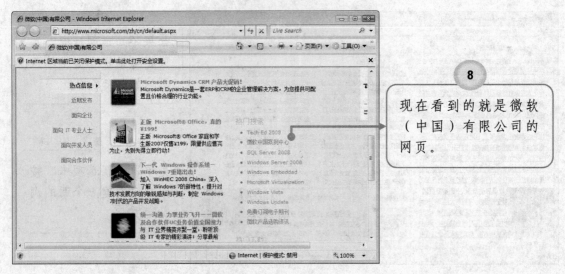

8

现在看到的就是微软（中国）有限公司的网页。

（2）地址栏列表

如果将要前往的网站是您不久前访问过的，当您想再次访问时，只需在地址栏列表框中找到并单击它即可。其操作步骤如下：

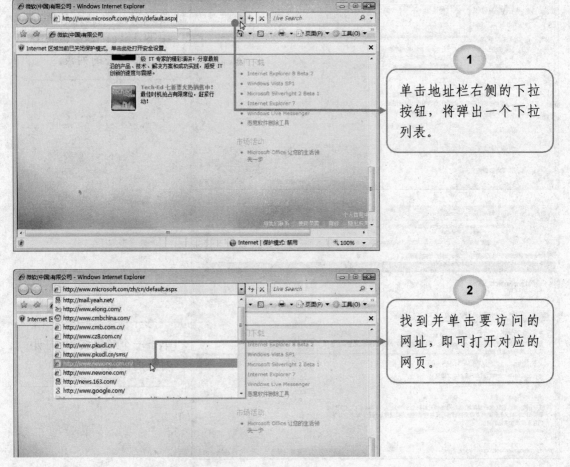

1

单击地址栏右侧的下拉按钮，将弹出一个下拉列表。

2

找到并单击要访问的网址，即可打开对应的网页。

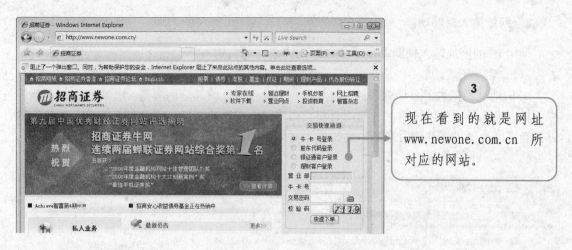

③ 现在看到的就是网址 www.newone.com.cn 所对应的网站。

2. 使用超链接打开网页

当鼠标指针移至网页的某些内容上时，鼠标指针会变成手形"🖑"，表示此内容为超级链接（简称超链接），单击超链接项目，即可转至相应网页。其操作步骤如下：

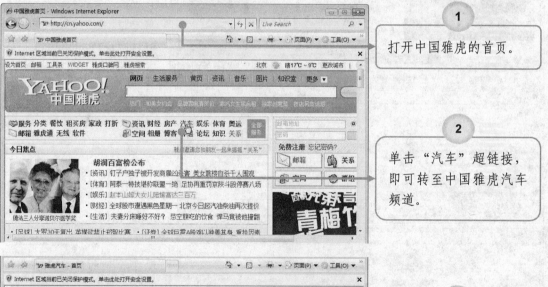

① 打开中国雅虎的首页。

② 单击"汽车"超链接，即可转至中国雅虎汽车频道。

③ 现在看到的就是中国雅虎汽车频道的首页。如果想查看某个内容，可以继续单击对应的超链接。

3. 网址输入辅助功能

使用 IE 的网址输入辅助功能，可以帮助完成网址的输入。

（1）自动列表功能

IE 的地址栏提供了自动列表的功能，当我们输入网址的部分内容时，IE 会自动打开地址栏下拉列表，显示出以往输入过的所有包含当前输入内容的网址，供我们选择。下面我们以进入当当网为例讲述其使用方法，其操作步骤如下：

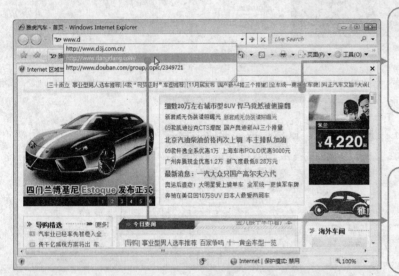

1 在地址栏中输入 www.d 后，地址栏下拉列表中会弹出所有网址以 "www.d" 开头的网址。

2 单击其中的当当网址 http://www.dangdang.com，即可打开 "当当网" 首页。

3 现在看到的就是 "当当网" 首页。

（2）自动补齐功能

用户在输入以 "www" 开头并以 ".com" 或 ".com.cn" 结尾的网址时，只需输入其中间的部分，IE 便会自动补齐网址。下面以进入新浪网为例介绍其使用方法，其操作步骤如下：

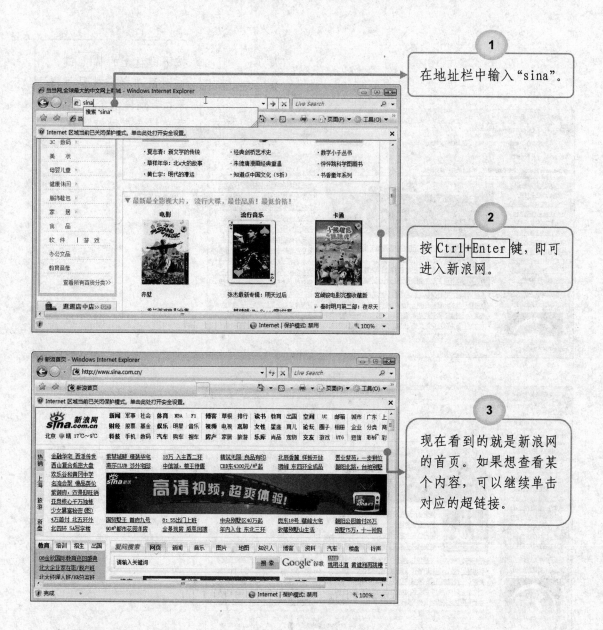

1　在地址栏中输入"sina"。

2　按 Ctrl+Enter 键，即可进入新浪网。

3　现在看到的就是新浪网的首页。如果想查看某个内容，可以继续单击对应的超链接。

2.2.2　网页浏览技巧

利用 IE，我们已经可以顺利地上网了，下面来学习一些网页浏览过程中的技巧。

1．打开菜单栏

在默认情况下，在 IE7 浏览器窗口中并不显示菜单栏。如果需要使用菜单栏，其操作步骤如下：

1

按下键盘上的 Alt 键，这时菜单栏会被显示出来，当选择某个命令后，菜单栏会自动被隐藏。

2

如果希望始终显示菜单栏，则请先单击"工具"按钮，然后从下拉菜单中选择"菜单栏"命令即可。

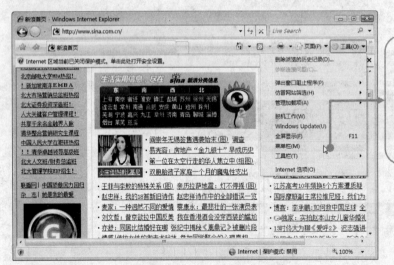

2. 更改 IE 浏览器的主页

打开 IE 浏览器后，第一个自动出现在浏览器上的网页称为起始页，也叫用户主页（注意与网站主页的区分）。当用户在上网时发现一个比较喜欢的网页，可以把它当作浏览器的主页，并且可以在每次启动 IE 或每次单击"主页"按钮时都自动访问这个网页。

下面以"网址之家（www.hao123.com）"为例，介绍更改起始页的方法。其操作步骤如下：

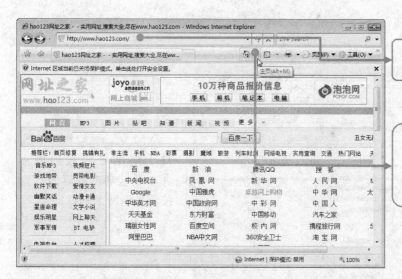

1

打开"网址之家"的主页。

2

单击"主页"按钮旁的下拉按钮,将弹出一个下拉菜单。

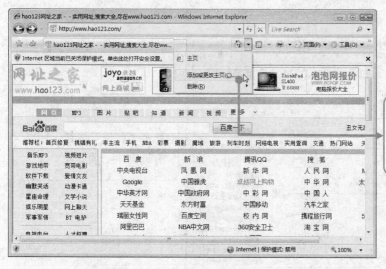

3

选择"添加或更改主页"命令,将弹出"添加或更改主页"对话框。

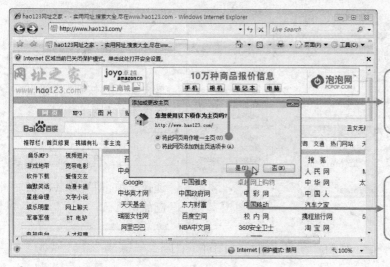

4

点选"将此网页用作唯一主页"单选按钮。

5

单击"是"按钮,即可将当前网址设为主页。

3. 使用导航按钮

其操作步骤如下：

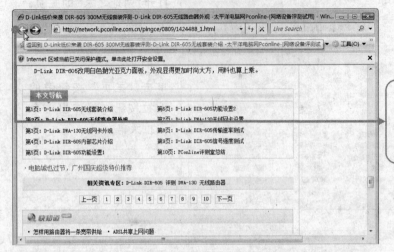

对于刚刚访问过的网页，可以单击"返回"按钮来返回上一页。

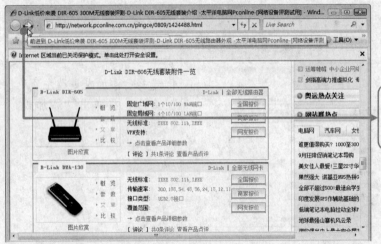

单击"前进"按钮，可以前进到下一页。

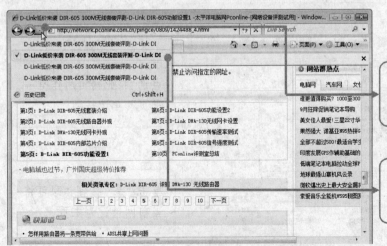

单击此下拉按钮，将弹出一个下拉列表。

选择一项，即可跳转到对应的网页。

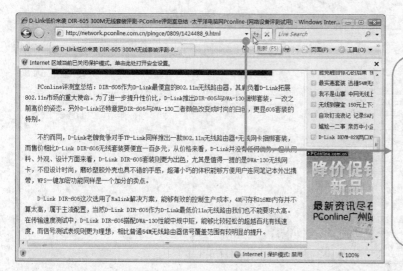

5

如果想重新打开当前的网页，可以单击"刷新"按钮。当因传输出错致使网页无法正常显示，或者用户想获得网页上的最新数据时，也可以单击"刷新"按钮。

提示

按键盘上的 F5 键，也可快速执行刷新操作。

6

如果某网页被打开了一部分，但用户想要浏览的内容已经显示出来了，此时就可以单击"停止"按钮来暂停其他网页数据的下载。

提示

按键盘上的 Esc 键，也可快速执行停止操作。

4. 快速浏览网页

现在的网页中基本都包含了文字、图片、音频、视频以及动画等内容。在浏览网页时，如果发现打开网页的速度非常慢，或者网络连接本身就很慢，此时可以取消某些数据的下载，以加快浏览的速度。其操作步骤如下：

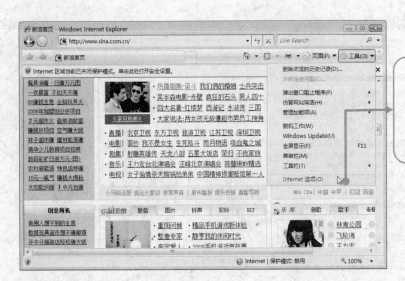

1

单击"工具"按钮后选择"Internet 选项"命令，将弹出"Internet 选项"对话框。

2

单击"高级"标签，进入"高级"选项卡。

在这里，单击"使用当前页"按钮，则将当前正在显示的网页设置为起始页；单击"使用默认值"按钮，则起始页被设置为默认的微软公司指定的主页。

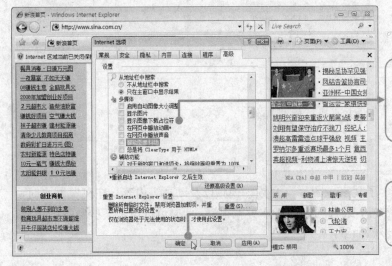

3

滚动到列表框的中部，然后取消这几个复选框的选定。

4

单击"确定"按钮，即完成设置。

5. 脱机浏览网页

用户可以将 IE 设置为"脱机工作"状态，以便在计算机断开与 Internet 的连接后能再次访问以前浏览过的网页，从而节省上网费用。设置脱机浏览的操作步骤如下：

1 打开所要浏览的网页。

2 单击"工具"按钮后，再选择"脱机工作"命令，来设置成脱机工作状态。

标题栏提示"脱机工作"。

3 将鼠标指针指向一个超链接时，如果鼠标指针为正常的手形，表示该鼠标指针可用，单击它即可打开对应的网页。

4 指向超链接时，如果鼠标指针为"🖑⊘"形状，即表示当前链接不能使用。单击它后将弹出提示对话框。

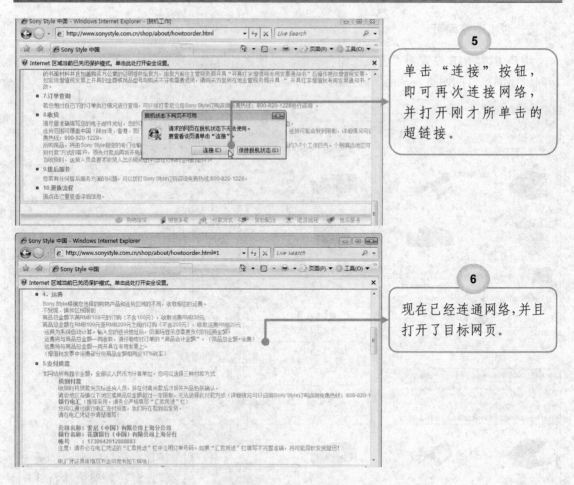

5

单击"连接"按钮，
即可再次连接网络，
并打开刚才所单击的
超链接。

6

现在已经连通网络，并且
打开了目标网页。

6. 使用历史记录

IE 会自动记录和保存用户最近一段时间浏览过的网页，如果用户要访问一个几天前曾经访问过的网站，可以通过 IE 的"历史记录"来实现。其操作步骤如下：

1

单击"收藏中心"按钮，
将打开"收藏中心"窗格。

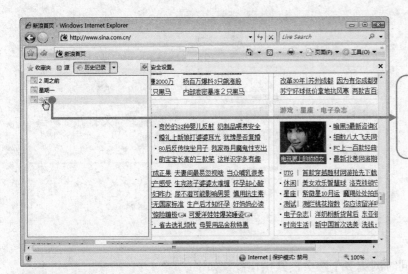

2

单击一个访问时间，即可看到对应时间内访问过的网站的地址列表。

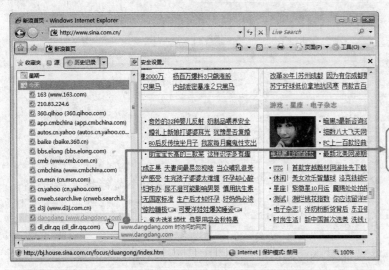

3

单击一项，将它展开。

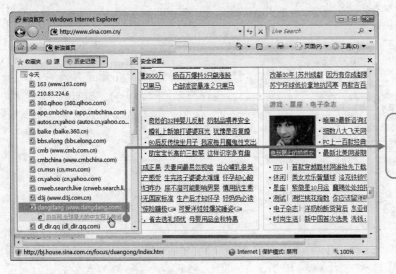

4

单击一个子项，即可进入对应的网页。

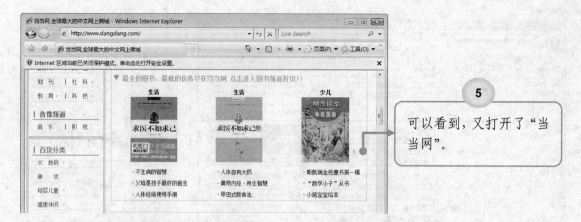

5 可以看到，又打开了"当当网"。

7. 同时浏览多个网页

在一个 IE 窗口内可以同时浏览多个网页，其操作步骤如下：

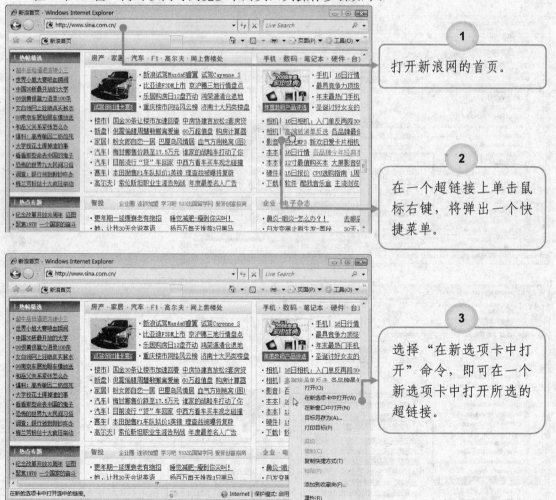

1 打开新浪网的首页。

2 在一个超链接上单击鼠标右键，将弹出一个快捷菜单。

3 选择"在新选项卡中打开"命令，即可在一个新选项卡中打开所选的超链接。

4

单击新选项卡，来切换到其中。

5

在超链接上单击右键并选择"在新选项卡中打开"命令，来继续在新选项卡中打开超链接。

6

单击"新选项卡"按钮，可以打开一个空白的选项卡窗口。

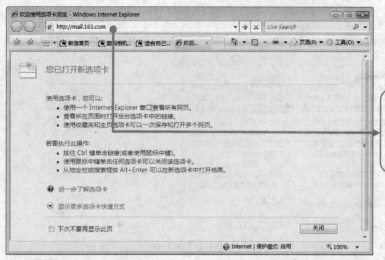

7

输入网址并按 Enter 键，即可在新选项卡中打开对应的网页。

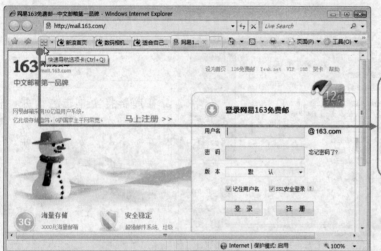

8

单击"快速导航选项卡"按钮，将以缩略图的形式显示当前所打开的各个网页。

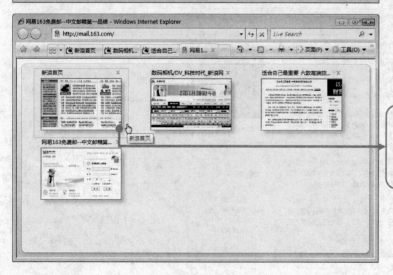

9

单击一个缩略图，即切换到对应的选项卡窗口。

10

单击"关闭选项卡"按钮，将关闭对应的选项卡窗口。

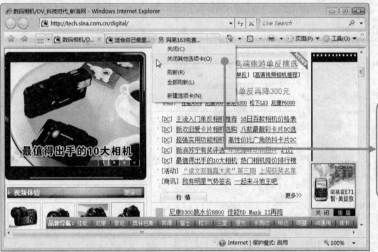

11

在一个选项卡上单击右键并选择"关闭其他选项卡"命令，将关闭其他几个选项卡。

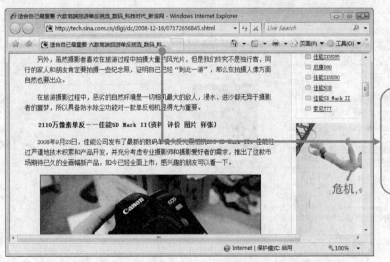

12

可以看到，其他几个选项卡都被关闭了，只有刚才所单击的选项卡没有被关闭。

8. 在当前网页中搜索文本

浏览较长的网页时，用户可以在当前网页中查找相关的文本，其操作步骤如下：

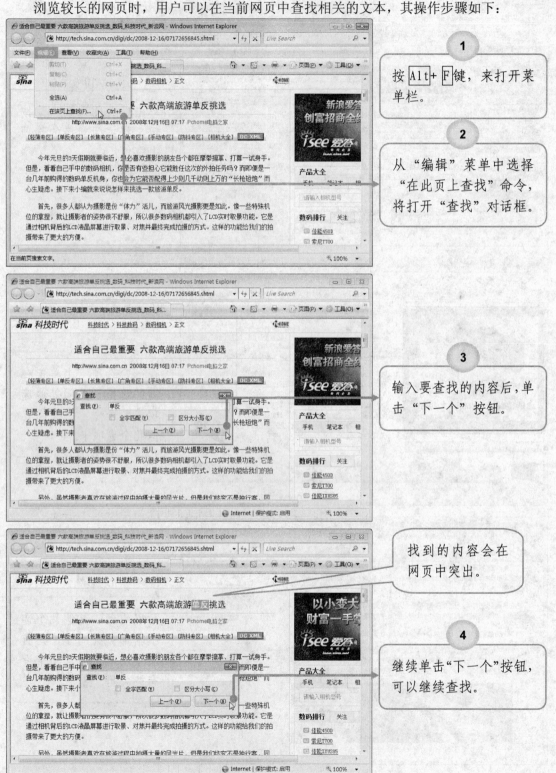

1 按 Alt + F 键，来打开菜单栏。

2 从"编辑"菜单中选择"在此页上查找"命令，将打开"查找"对话框。

3 输入要查找的内容后，单击"下一个"按钮。

找到的内容会在网页中突出。

4 继续单击"下一个"按钮，可以继续查找。

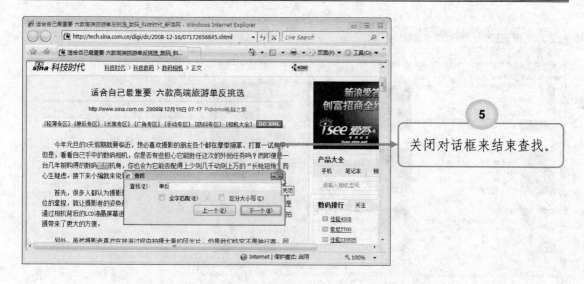

⑤ 关闭对话框来结束查找。

2.3　收藏夹的使用

在访问网页时会经常遇到许多精彩或有用的网页，如果用户喜欢这个网站或页面，可将它的地址保存到收藏夹中；如果用户以后再想访问这个页面，就可以直接单击收藏夹中的地址，并且还可以对收藏夹进行管理。

2.3.1　向收藏夹中添加网址

大家在浏览网页时，如果看到喜爱的网站，可以将其添加到收藏夹中，需要再次浏览时，只需在收藏夹中找到它并单击即可。

要将网址添加到收藏夹中，其操作步骤如下：

① 切换到要收藏的网页。

② 单击"添加到收藏夹"按钮，将弹出一个下拉菜单。

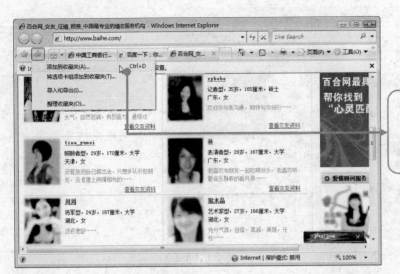

3 选择"添加到收藏夹"命令，将弹出"添加收藏"对话框。

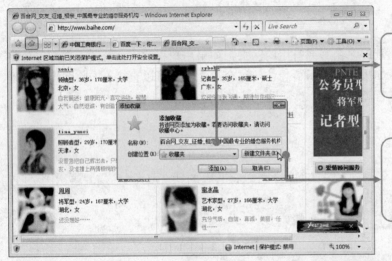

4 使用默认的名称和创建位置。

5 单击"新建文件夹"按钮，将弹出"创建文件夹"对话框。

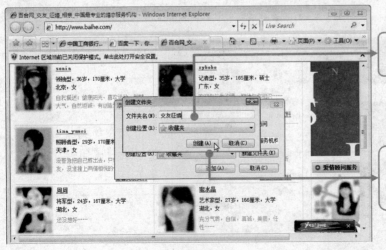

6 输入文件夹的名称。

7 单击"创建"按钮来结束创建并返回。

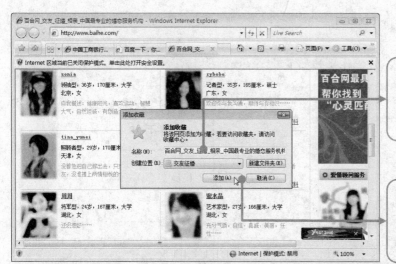

8

可以看到，创建位置已经自动变成了刚才新建的文件夹。

9

单击"添加"按钮，即可将当前网站添加到收藏夹中指定的位置。

10

如果要将当前 IE 窗口内的多个选项卡一起添加到收藏夹中，可以在单击"添加到收藏夹"按钮并选择"将选项卡组添加到收藏夹"命令，随后将打开"收藏中心"对话框。

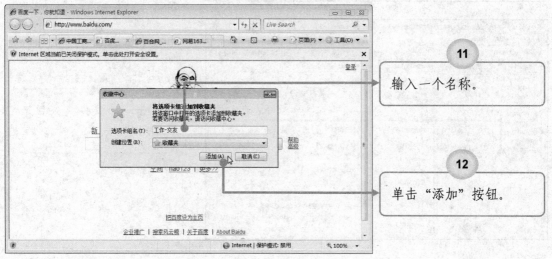

11

输入一个名称。

12

单击"添加"按钮。

2.3.2 调用收藏夹中的网址

要调用收藏夹中的网址，其操作步骤如下：

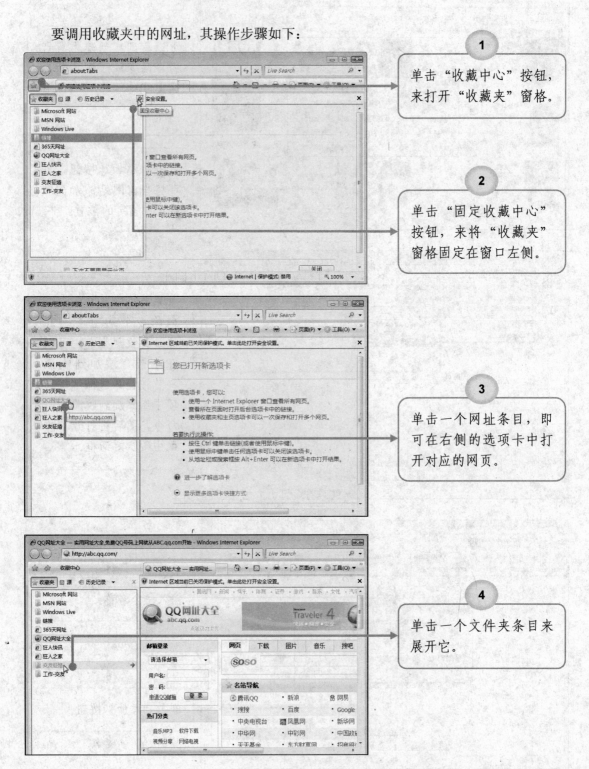

1 单击"收藏中心"按钮，来打开"收藏夹"窗格。

2 单击"固定收藏中心"按钮，来将"收藏夹"窗格固定在窗口左侧。

3 单击一个网址条目，即可在右侧的选项卡中打开对应的网页。

4 单击一个文件夹条目来展开它。

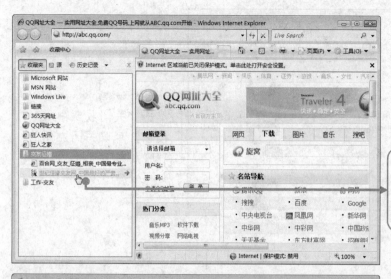

5

单击网址条目，即可在右侧的选项卡中打开对应的网页。

6

如果单击文件夹条目右侧的箭头，则可以一次性打开文件夹内的所有网址。

7

单击下拉按钮。

8

选择一项，即可切换到对应的选项卡窗口。

9 单击"关闭收藏中心"按钮,可以关闭左侧的"收藏夹"窗格。

2.3.3 整理收藏夹

借助收藏夹可以方便用户访问所喜爱的网站,但随着网站数目的增加,收藏夹会渐渐变得庞大而杂乱起来,这时再想从中寻找到要访问的网站将变得越来越难,不过用户可以通过对收藏夹进行分类管理来解决。其操作步骤如下:

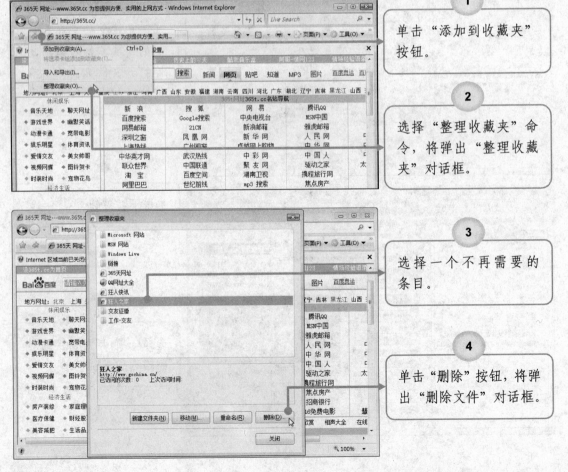

1 单击"添加到收藏夹"按钮。

2 选择"整理收藏夹"命令,将弹出"整理收藏夹"对话框。

3 选择一个不再需要的条目。

4 单击"删除"按钮,将弹出"删除文件"对话框。

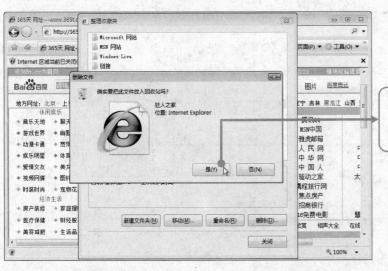

5

单击"是"按钮，即可将它删除。

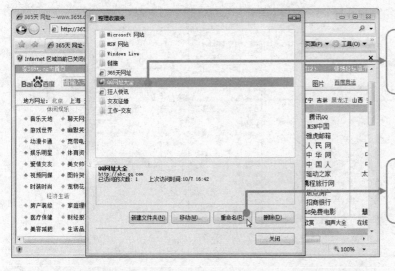

6

选择一个要更改名字的条目。

7

单击"重命名"按钮，条目的名称将反白显示。

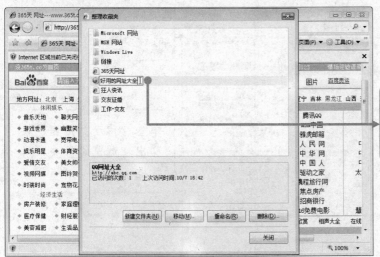

8

输入新的名字，再按 Enter 键，即可应用新的名字。

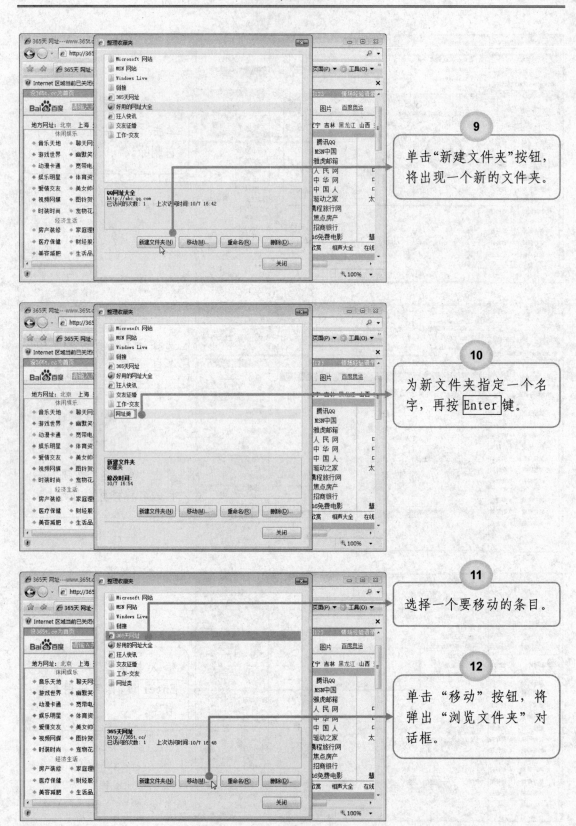

9 单击"新建文件夹"按钮，将出现一个新的文件夹。

10 为新文件夹指定一个名字，再按 Enter 键。

11 选择一个要移动的条目。

12 单击"移动"按钮，将弹出"浏览文件夹"对话框。

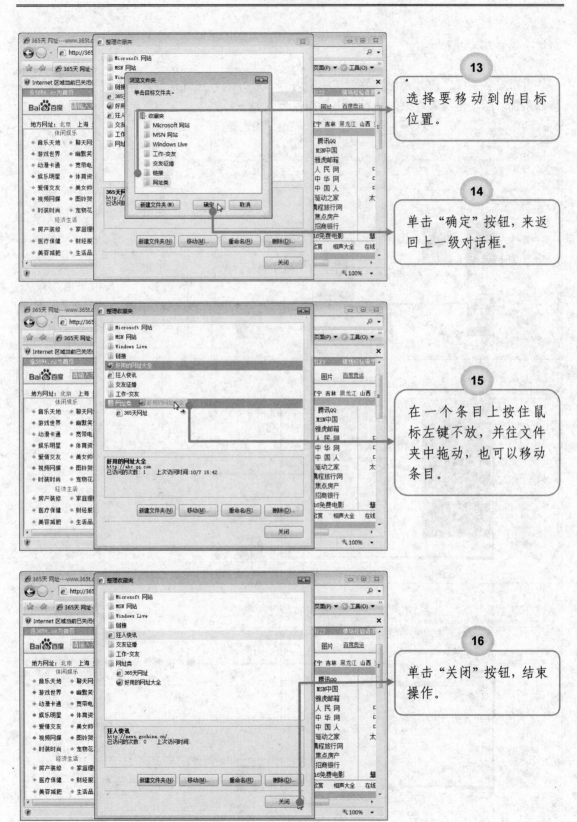

13 选择要移动到的目标位置。

14 单击"确定"按钮,来返回上一级对话框。

15 在一个条目上按住鼠标左键不放,并往文件夹中拖动,也可以移动条目。

16 单击"关闭"按钮,结束操作。

2.3.4 导出收藏夹

重新安装系统之前，要保存收藏夹中的内容。最好的方法就是将它导出成一个文件，等装好系统以后，再导入进来。执行导出的操作步骤如下：

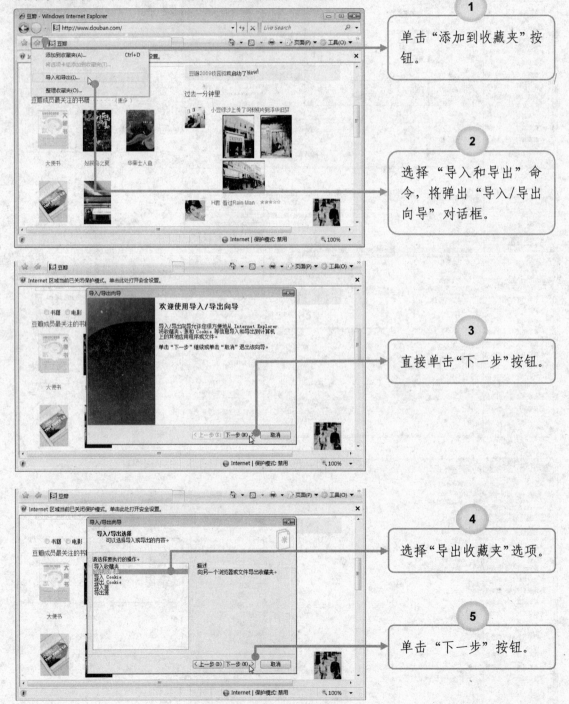

1 单击"添加到收藏夹"按钮。

2 选择"导入和导出"命令，将弹出"导入/导出向导"对话框。

3 直接单击"下一步"按钮。

4 选择"导出收藏夹"选项。

5 单击"下一步"按钮。

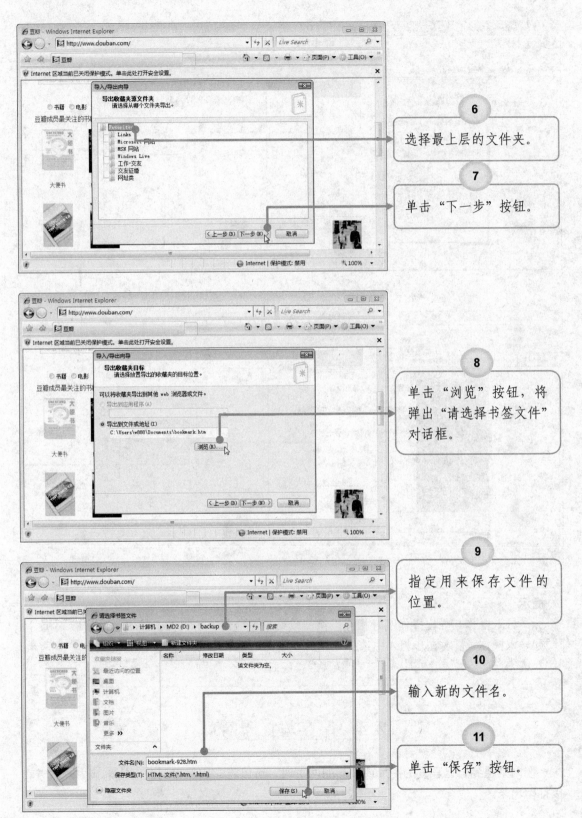

6 选择最上层的文件夹。

7 单击"下一步"按钮。

8 单击"浏览"按钮，将弹出"请选择书签文件"对话框。

9 指定用来保存文件的位置。

10 输入新的文件名。

11 单击"保存"按钮。

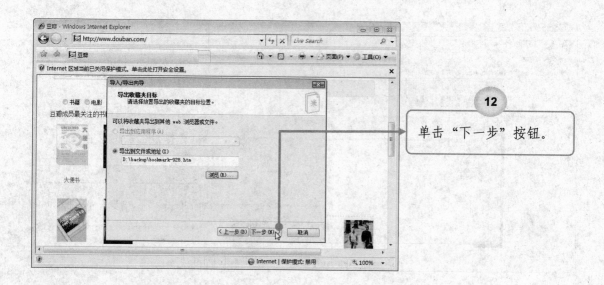

12

单击"下一步"按钮。

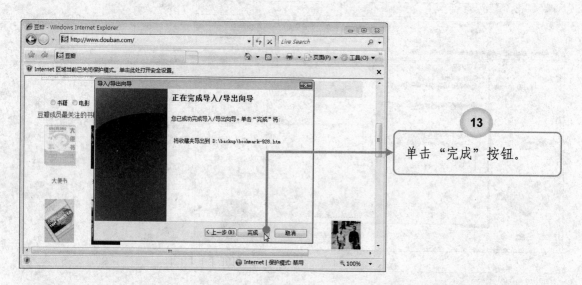

13

单击"完成"按钮。

提示

　　导入操作与导出操作刚好相反。重新安装好系统后，可以按上述类似的步骤来执行导入操作（需要在步骤4中选择"导入收藏夹"选项），将以前保存的收藏夹文件导入进来。

2.4　保存与打印网页

　　在网上遇到自己喜爱的图片或精彩的网页时，可以将它们保存到自己的电脑中，或者直接打印出来。

2.4.1 保存整个网页

用户可以轻松地将整个网页保存到自己的电脑中，其操作步骤如下：

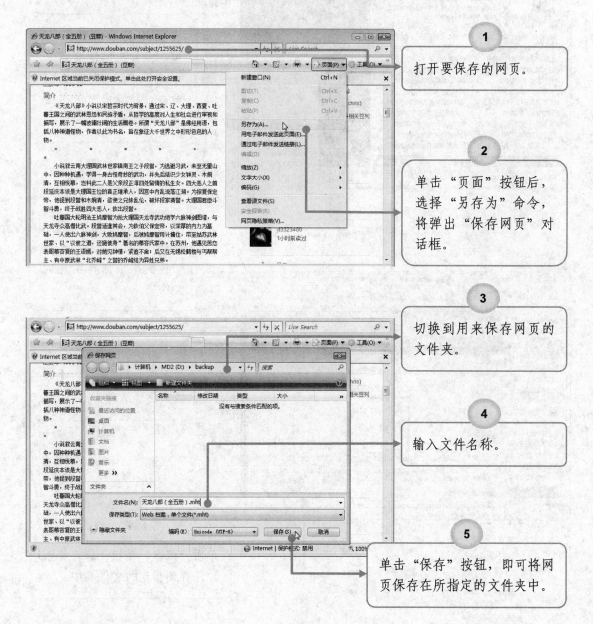

1 打开要保存的网页。

2 单击"页面"按钮后，选择"另存为"命令，将弹出"保存网页"对话框。

3 切换到用来保存网页的文件夹。

4 输入文件名称。

5 单击"保存"按钮，即可将网页保存在所指定的文件夹中。

2.4.2 保存网页上的图片

网页中有许多精美的图片，用户可根据自己的需要将它们保存下来，其操作步骤如下：

1 在图片上单击鼠标右键，从弹出的快捷菜单中选择"图片另存为"命令，将弹出"保存图片"对话框。

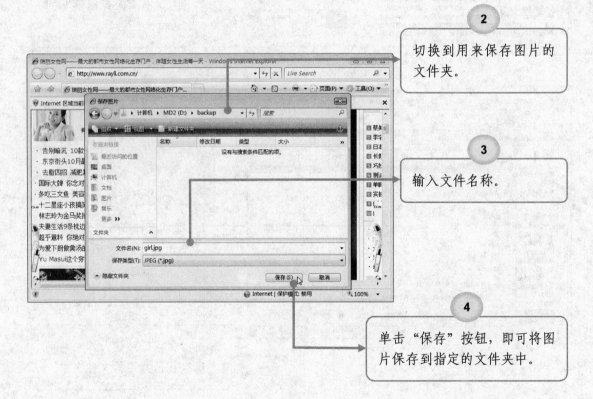

2 切换到用来保存图片的文件夹。

3 输入文件名称。

4 单击"保存"按钮，即可将图片保存到指定的文件夹中。

2.4.3 保存网页中的文字

要保存网页中的文字，其操作步骤如下：

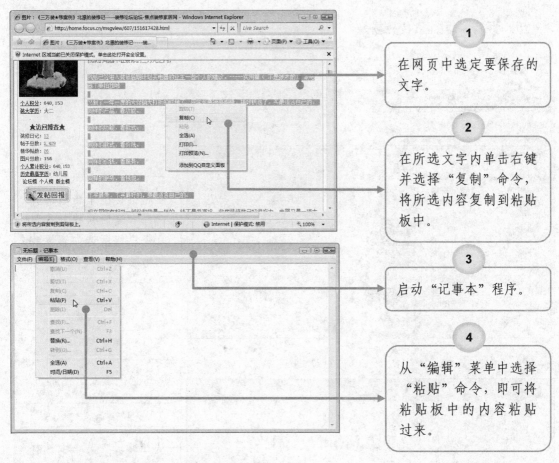

1 在网页中选定要保存的文字。

2 在所选文字内单击右键并选择"复制"命令，将所选内容复制到粘贴板中。

3 启动"记事本"程序。

4 从"编辑"菜单中选择"粘贴"命令，即可将粘贴板中的内容粘贴过来。

2.4.4　将网页上的图片设置为桌面

其操作步骤如下：

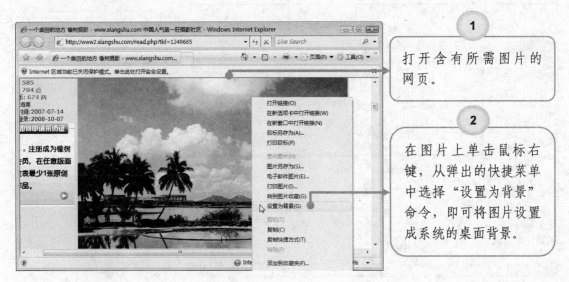

1 打开含有所需图片的网页。

2 在图片上单击鼠标右键，从弹出的快捷菜单中选择"设置为背景"命令，即可将图片设置成系统的桌面背景。

2.4.5 保存网页上的超链接

其操作步骤如下：

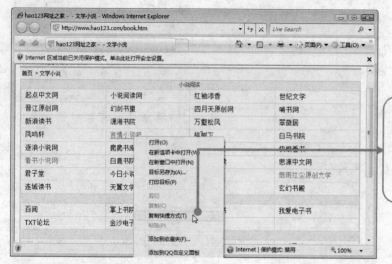

1 在超链接上单击右键并选择"复制快捷方式"命令，将所选内容复制到粘贴板中。

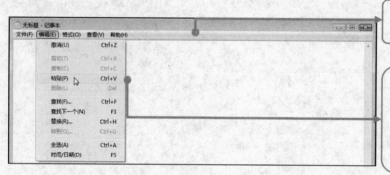

2 启动"记事本"程序。

3 从"编辑"菜单中选择"粘贴"命令，即可将粘贴板中的内容粘贴过来。

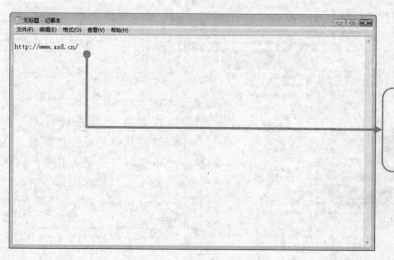

4 可以看到，超链接所对应的网址已经粘贴到记事本中了。

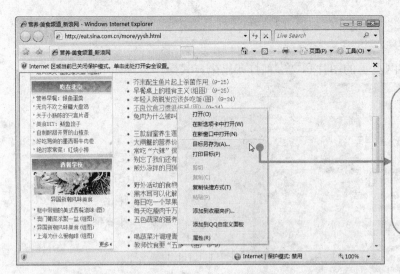

5 如果要保存超链接所指向的目标文件，可以在超链接上单击右键并选择"目标另存为"命令，之后将弹出"另存为"对话框。

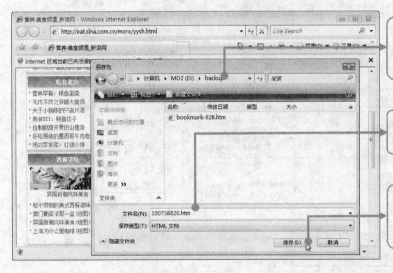

6 切换到用来保存文件的位置。

7 使用默认的文件名称。

8 单击"保存"按钮，即可开始下载文件。

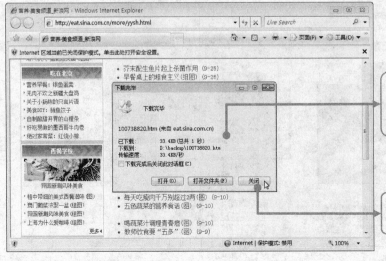

9 可以看到，文件已经被保存到指定的位置了。

10 单击"关闭"按钮。

2.4.6 打印网页

利用打印功能,可以将网页上的图片和文字都打印出来。其操作步骤如下:

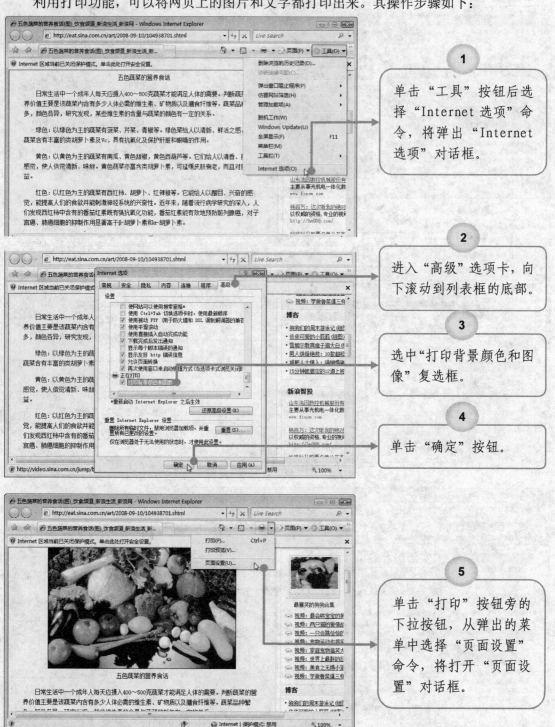

1　单击"工具"按钮后选择"Internet 选项"命令,将弹出"Internet 选项"对话框。

2　进入"高级"选项卡,向下滚动到列表框的底部。

3　选中"打印背景颜色和图像"复选框。

4　单击"确定"按钮。

5　单击"打印"按钮旁的下拉按钮,从弹出的菜单中选择"页面设置"命令,将打开"页面设置"对话框。

6 指定页边距。

7 单击"确定"按钮。

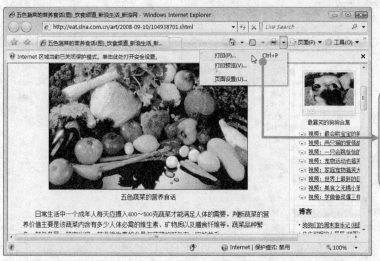

五色蔬菜的营养食话

8 单击"打印"按钮旁的下拉按钮，从弹出的菜单中选择"打印"命令，将打开"打印"对话框。

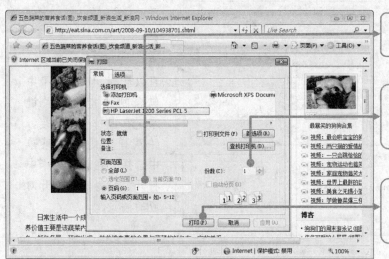

9 指定要打印的页面范围。

10 如果需要，可以更改打印份数。

11 单击"打印"按钮即可开始打印。

第3章 搜索与下载网络资源

Internet 上有数以万计的网站，这些网站提供的资源构成了一个巨大的知识和信息宝库。天文地理、古今中外、生活百科、音乐电影，几乎无所不包。在这茫茫的信息海洋中，要想找到所需的信息，就必须借助一些搜索工具。对于搜索到的相关网络资源，比如软件、动画、音乐、电影等，还可以通过适当的方法将它们下载到自己的电脑中。

3.1 IE 浏览器自动搜索

如果想查找相关的信息，可以在 IE 的搜索栏中输入要查找的内容，其操作步骤如下：

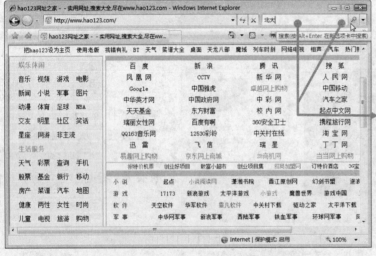

1

在搜索栏中输入要查询的关键字，然后单击"搜索"按钮，将出现搜索结果。

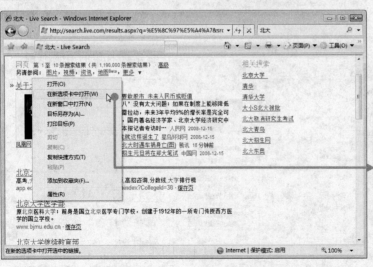

2

可以看到，搜索结果中包含刚才指定的关键字。右击一个超链接，并从弹出的快捷菜单中选择"在新选项卡中打开"命令，将打开对应的网页。

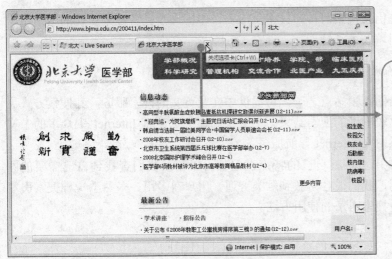

3

切换到新选项卡后，即可看到对应的内容。单击"关闭选项卡"按钮，将关闭此窗口。

3.2　使用搜索引擎

Internet 是信息的海洋，如果没有适当的工具和方法，在网络上查找东西就好比大海捞针。要想方便、快捷地从网上找到所需的信息，就必须掌握资源搜索的方法和技巧，在 Internet 上最常用的资源搜索工具，就是搜索引擎。

3.2.1　搜索引擎简介

搜索引擎是帮助人们查询信息的网站，通过它强有力的查找功能，我们可以很容易地找到要查找的内容。它全面的信息查询功能和优异的性能，像发动机一样强劲有力，所以这些网站被人们称为"搜索引擎"。

搜索引擎的数据库中包含了成千上万的网站地址和网页信息，提供关键字及分类目录两种查询方式。当用户访问搜索引擎的主页，并按照一定的方式搜索信息时，搜索引擎会根据用户的要求到数据库中去查找相关信息，再根据信息的链接搜索网上的资源，并返回搜索到的结果。

3.2.2　著名搜索引擎

Internet上的网站很多，初次访问Internet的用户可能会有无从下手的感觉。在此，向大家介绍几种国内外较流行的中英文搜索引擎，实际上它们就是一些特殊的网站。

1. 谷歌（http://www.google.com）

Google（谷歌）拥有世界上最大的搜索引擎，提供了最便捷的网上信息查询方法。Google 可为世界各地的用户提供所需的搜索结果，并且搜索速度非常快。

2．百度搜索（http:// www.baidu.com）

百度是一家优秀的中文信息检索与传递技术供应商，中国许多具备搜索功能的网站中，有不少是百度提供的搜索引擎技术支持。

3．中国雅虎（http://cn.yahoo.com）

雅虎是 Internet 上著名的搜索站点之一，可提供中文及英文的搜索服务，其搜索方式灵活，使用它用户能够得到比较准确的搜索结果。中文雅虎收录了全球 Internet 上众多的中文站点，为全球中文用户提供中文 Internet 导航服务。

虽然这些搜索引擎在使用上各有自己的特点，但都可以帮助我们查找到自己需要的网站。其使用方法也大致相同，我们很容易做到触类旁通。用户在多用、多熟悉一种搜索引擎的基础上，就可以掌握其他搜索引擎的使用方法。

3.2.3　关键字搜索

这种方式是大多数搜索引擎最主要的功能。在查询框中输入要查询的关键字后，单击查询框右侧的"搜索"按钮，搜索引擎就会在自己的数据库中搜索含有输入关键字的信息条目。在返回的查询结果中，不仅有具体网页，还会有目录分类。用户可以通过网页的链接直接访问要找的网页，或利用其中的分类目录进行"顺藤摸瓜"式的查找。

下面以谷歌（Google）为例，介绍搜索引擎的使用方法，其操作步骤如下：

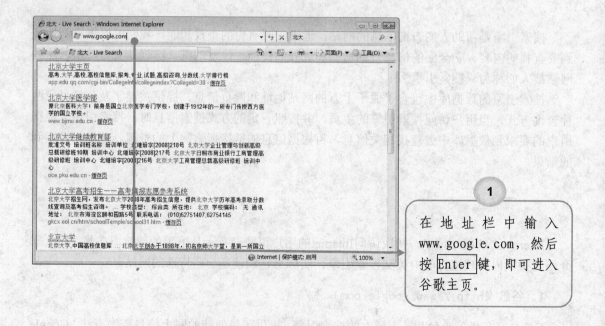

1 在地址栏中输入 www.google.com，然后按 Enter 键，即可进入谷歌主页。

2 输入要查找的关键字。

3 单击"Google 搜索"按钮,即开始搜索。

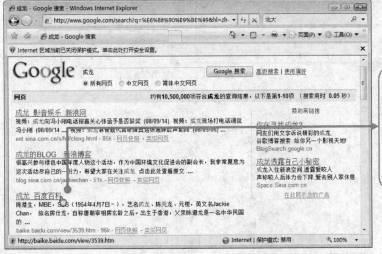

4 可以看到,搜索结果中包含刚才指定的关键字。单击一个超链接,将在新窗口中打开对应的网页。

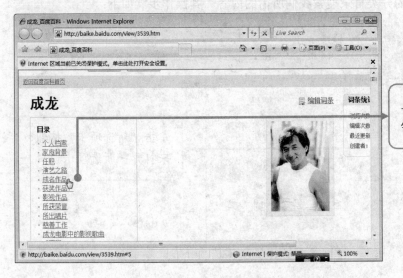

5 单击一个要查看的超链接。

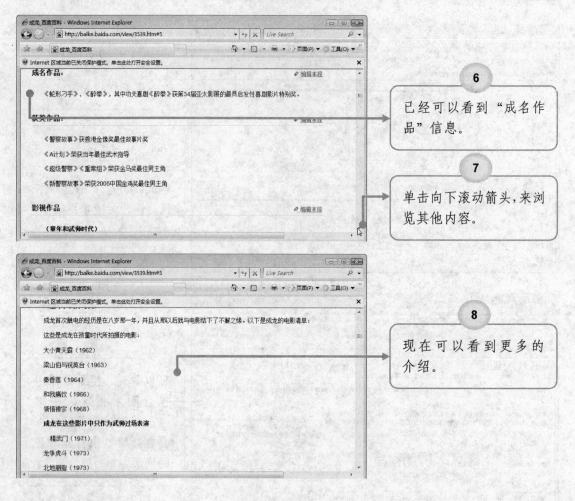

6 已经可以看到"成名作品"信息。

7 单击向下滚动箭头,来浏览其他内容。

8 现在可以看到更多的介绍。

3.2.4 分类搜索

还可利用搜索引擎中的分类目录搜索我们所需的内容。其操作步骤如下:

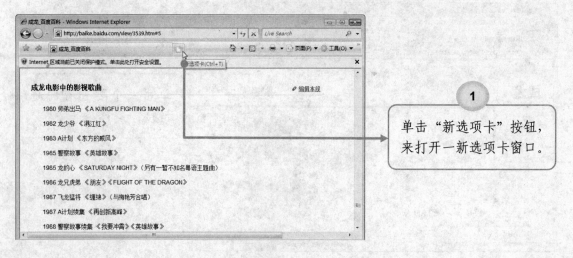

1 单击"新选项卡"按钮,来打开一新选项卡窗口。

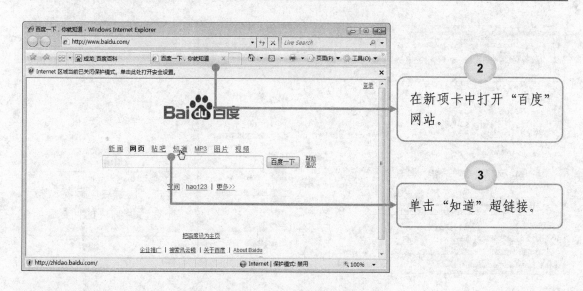

2

在新项卡中打开"百度"网站。

3

单击"知道"超链接。

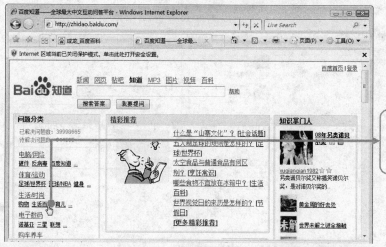

4

单击"生活百科"超链接，来打开对应的子分类。

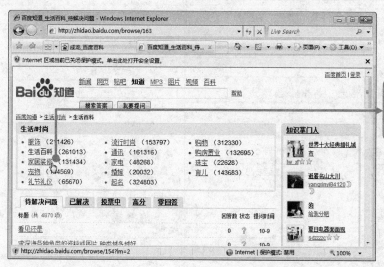

5

单击"家居装修"超链接，即可列出相关的标题。

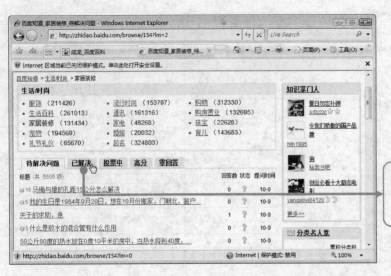

6 单击"已解决"标签,来查看已经解决的问题。

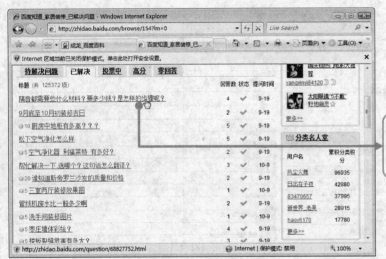

7 单击一个超链接,即打开对应的页面。

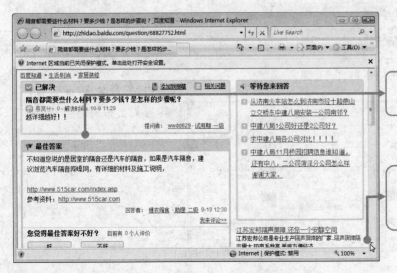

8 已经可以看到一个答案。

9 向下滚动窗口,来查看更多的答案。

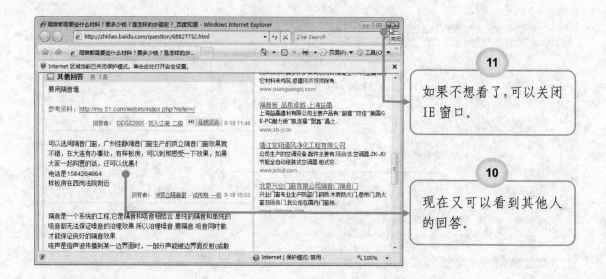

11　如果不想看了，可以关闭 IE 窗口。

10　现在又可以看到其他人的回答。

3.2.5　高级查询技巧

利用关键字在搜索引擎中搜索内容，可能会因为描述不准确而无法得到所需结果，下面讲述一些搜索引擎中的搜索技巧，可帮助我们准确地搜索到所需的内容。

1．缩小范围搜索

搜索引擎提供了缩小范围搜索的功能，即在已经得到的搜索结果中按照关键字再搜索，下面以搜索"苏州旅游"的相关内容为例，介绍其使用方法，其操作步骤如下：

1　打开 Google 网站。

2　输入关键字"苏州"。

3　点选"简体中文网页"单选按钮。

4　单击"Google 搜索"按钮，即可列出所有搜索到的与"苏州"有关的网站。

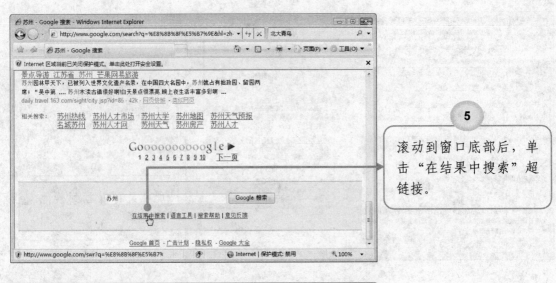

5 滚动到窗口底部后，单击"在结果中搜索"超链接。

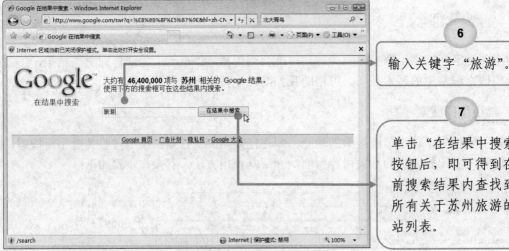

6 输入关键字"旅游"。

7 单击"在结果中搜索"按钮后，即可得到在当前搜索结果内查找到的所有关于苏州旅游的网站列表。

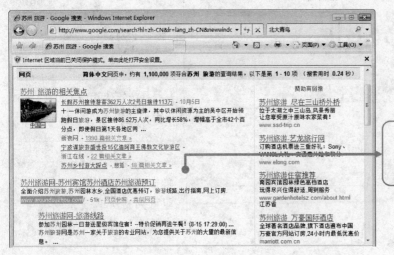

8 如果要进入查看，只需单击对应的超链接即可。

2．按类别搜索

其操作步骤如下：

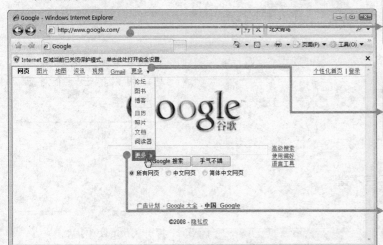

1　打开 Google 主页。

2　单击"更多"超链接，来打开下拉列表。

3　单击"更多"选项，来查看更多 Google 产品。

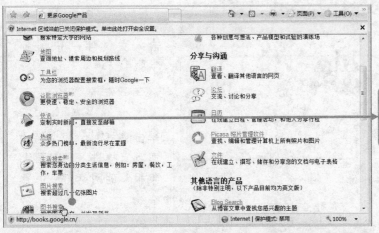

4　单击"图书搜索"超链接，来打开图书搜索界面。

5　输入书名后，单击"搜索图书"按钮，即可搜索到有关的图书。

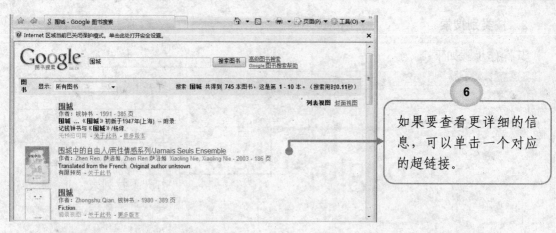

如果要查看更详细的信息，可以单击一个对应的超链接。

6

3．巧用 Google 中的"手气不错"

其操作步骤如下：

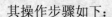

1

打开 Google 网站。

2

输入关键字"中国青年报"。

3

单击"手气不错"按钮，即可直接进入"中国青年报"的网站——中青在线。

4

现在看到的就是中青在线的主页。

3.2.6　搜索经验总结

搜索的时候，有时并不能轻易找到让自己满意的网页，我们经常遇到的问题是返回的条目要么太多，要么太少，不然就是找不到需要的网页，遇到这些问题。相应的处理方法主要有以下几种：

1．仔细阅读搜寻结果的前几条信息

当查询的结果返回上万个网页的时候，千万不要感到无所适从。首先要查看排在最前面的网页中是否有您所需要的信息，因为大多数搜索引擎都是将查询结果中最符合要求的网页列在前面。虽然返回的搜索结果成千上万，但常常是需要的网页地址就在最前面的几页。

2．缩小搜索的范围

如果搜索到的结果很多，而且需要的网页也不在最前面的几页中，除非万不得已，千万不要试图查看所有返回的结果。这时应该考虑的是缩小查询的范围，缩小范围意味着要更充分地使用已经掌握的信息，常用的方法主要有如下几种：

（1）改变关键字，如用"微型计算机"代替"计算机"。

（2）改变搜索的范围。大多数搜索引擎都支持这种功能，例如Yahoo可以对时间、地区范围进行限制。

（3）使用空格来隔开各个关键字，这样可以使搜索结果同时满足多个条件。

（4）尽量不使用模糊关键词或太常用的词，比如"程序"和"网络"等，应该用一些含义更确定的词来代替。

（5）尽量使用精确查询而不要使用模糊查询。

3．找不到网页时的处理方法

有时搜索到的结果可能只有很少的几条，甚至根本没有匹配的结果。这时应当考虑以下原因：

先要检查自己的拼写是否有错误，要搜索的关键字是否存在自相矛盾的地方。如果是存在两个相互排斥关系的关键字，就不可能有匹配的内容了。这时应该只选择其中的一个关键字作为搜索条件。

如果不存在上述问题，就应当放宽搜索的条件范围。主要方法有：

（1）将一些关键字用更常见的同义词替代。

（2）慎用空格。在输入汉字作为关键词的时候，不要在汉字后追加不必要的空格，因为空格将被认作是特殊的操作符。

（3）使用多种搜索引擎。如果上述方法仍不能成功地搜索，那么可以换一个搜索引擎试试。前面讲过，每个搜索引擎虽然功能大体相同，但检索方式和拥有资料的侧重点都有所不同。用不同的搜索引擎进行尝试，会得到不同的查询结果。对于搜索到的网络资源而言，往往需要把它们复制并保存到自己的电脑上，这就是所谓的下载。

3.3 直接下载

下载文件其实很简单，我们只要在 IE 浏览器中单击这些文件的链接，IE 就会自动把这个文件下载下来。下载完成之后，就可以在本地硬盘上看到这个文件。

3.3.1 下载软件

要从网络上下载软件，其操作步骤如下：

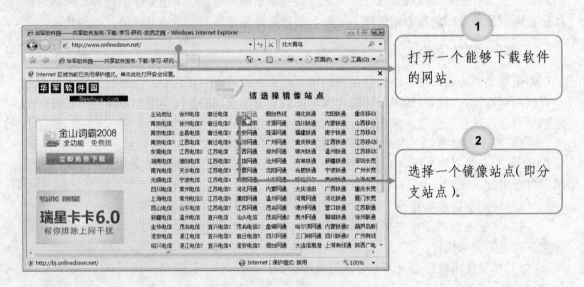

1 打开一个能够下载软件的网站。

2 选择一个镜像站点（即分支站点）。

3 输入软件的关键字，然后单击"搜索"按钮。

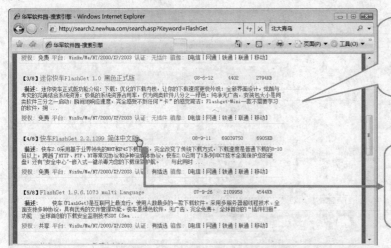

可以看到，搜索结果以列表的形式显示，其中包含刚才指定的关键字。

4

单击一个软件名称的超链接，将打开对应的网页。

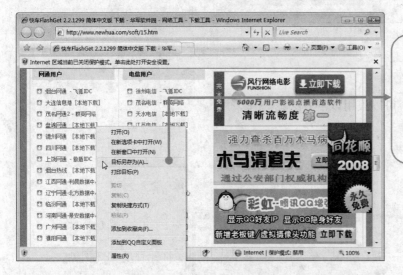

5

向下滚动窗口后，在一个合适的下载超链接上单击右键并选择"目标另存为"命令，将打开"另存为"对话框。

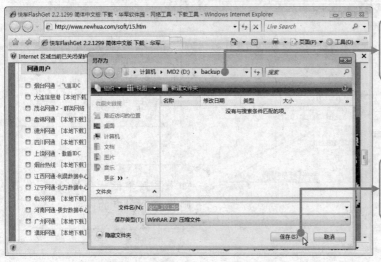

6

选择一个用来存放文件的位置。

7

直接单击"保存"按钮，便开始下载。

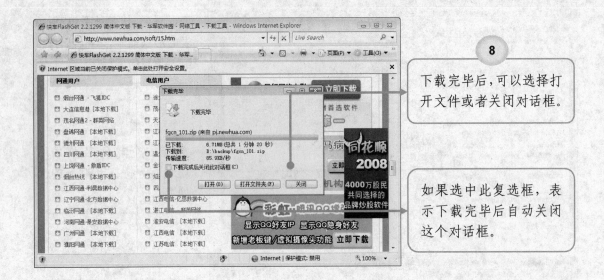

8

下载完毕后，可以选择打开文件或者关闭对话框。

如果选中此复选框，表示下载完毕后自动关闭这个对话框。

3.3.2 下载音乐

要从网络上下载音乐，可以采用以下方法。

1. 直接下载音乐

其操作步骤如下：

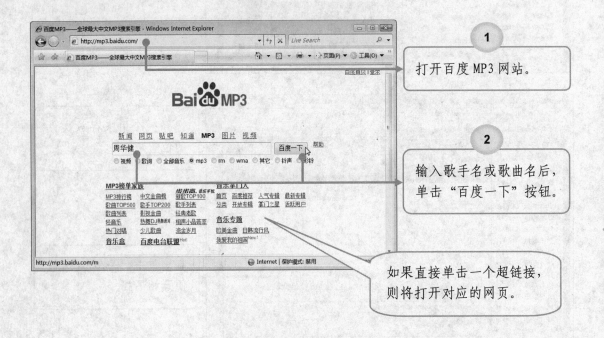

1

打开百度 MP3 网站。

2

输入歌手名或歌曲名后，单击"百度一下"按钮。

如果直接单击一个超链接，则将打开对应的网页。

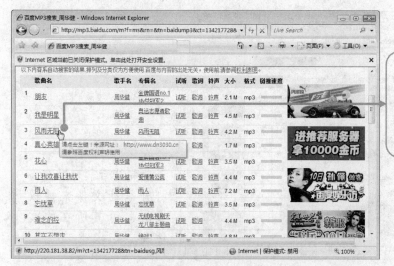

3

可以看到，搜索结果中包含刚才指定的关键字。单击一首歌的超链接，将打开对应的网页。

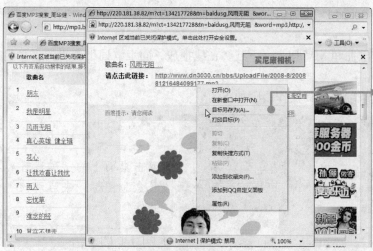

4

在歌曲超链接上单击右键，然后选择"目标另存为"命令，将打开"另存为"对话框。

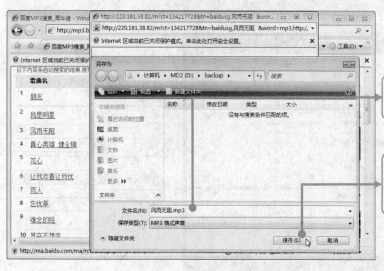

5

输入新的文件名。

6

单击"保存"按钮，便开始下载音乐文件。

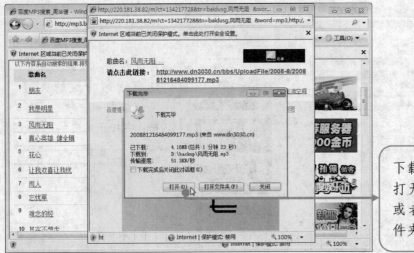

7 下载完毕后，可以选择
打开歌曲文件来播放
或者打开其所在的文
件夹。

2．酷我音乐盒

"酷我音乐盒"是一款集歌曲和 MV 搜索、下载、在线播放、同步歌词于一身的多功能
音乐播放器。

要用"酷我音乐盒"来下载歌曲，其操作步骤如下：

1 双击桌面上的"酷我音
乐盒"图标，来启动该
软件。

2 进入"网络曲库"选项卡。

3 单击一个歌手名，即可看
到对应的歌曲列表。

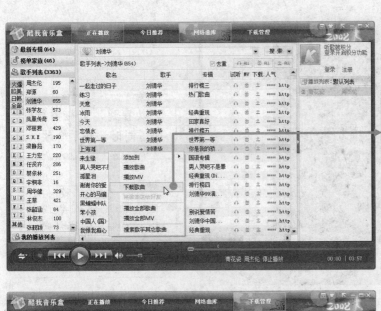

4

在歌曲名上单击右键并选择"下载歌曲"命令，即可开始下载。

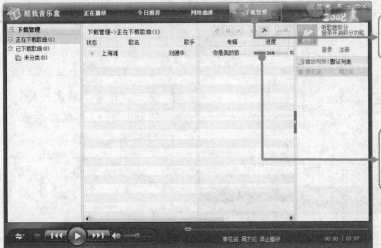

5

进入"下载管理"选项卡。

6

在这里可以看到下载的进度。

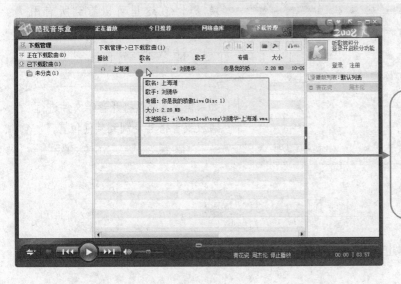

7

下载完毕后，将鼠标指针指向歌曲名，可以看到文件大小、本地路径等信息。双击歌名后，就可以播放该歌曲。

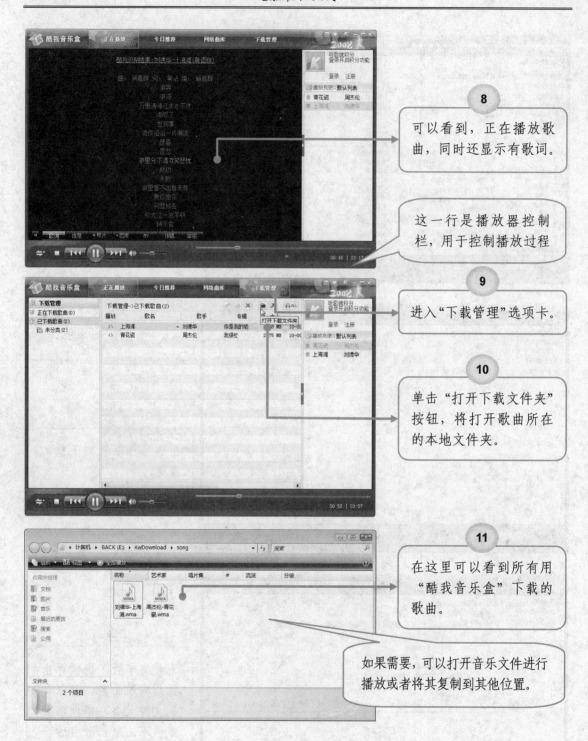

8 可以看到，正在播放歌曲，同时还显示有歌词。

这一行是播放器控制栏，用于控制播放过程

9 进入"下载管理"选项卡。

10 单击"打开下载文件夹"按钮，将打开歌曲所在的本地文件夹。

11 在这里可以看到所有用"酷我音乐盒"下载的歌曲。

如果需要，可以打开音乐文件进行播放或者将其复制到其他位置。

3.4　FlashGet 下载

直接下载的方式很简单也很方便，但也有一些不足。例如，我们要下载一个很大的文件，或者在下载过程中想断开网络连接，或者所使用的网络不太稳定，偶尔会掉线，等等。这时就会失去已经下载了一部分的文件，下次还要重新下载，这显然很不方便，此时下载软件就显示出威力了。使用下载软件，可以更充分地利用网络资源，提高下载速度。

"快车（FlashGet）"是一个非常不错的下载软件，而且还是免费的。它最大的特点就是支持"断点续传"。"断点续传"是指在下载过程中发生中断后，可以从中断的地方继续下载。利用断点续传的原理，可以同时建立多个连接来下载同一个文件（即多点同传），并最终将其合并为一个完整的文件。使用 FlashGet，还可以轻易地管理下载的文件。

3.4.1　通过快捷命令下载

下面我们以使用 FlashGet 下载 RealPlayer 软件为例，介绍如何利用快捷菜单向快车中添加下载任务。其操作步骤如下：

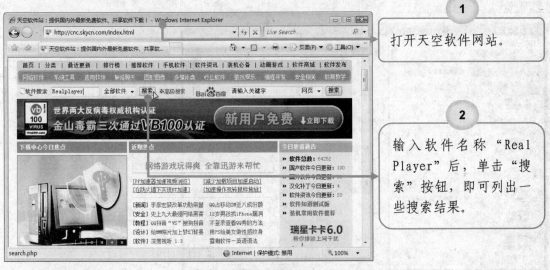

1 打开天空软件网站。

2 输入软件名称"Real Player"后，单击"搜索"按钮，即可列出一些搜索结果。

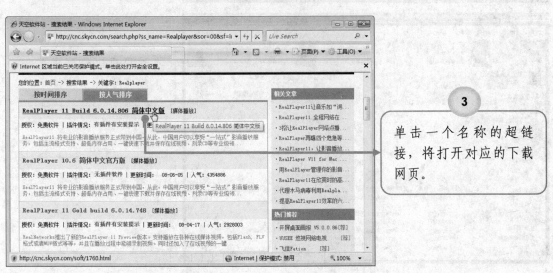

3 单击一个名称的超链接，将打开对应的下载网页。

75

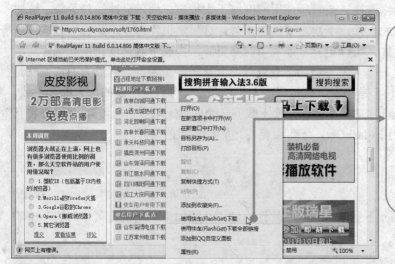

4

在其中的一个下载超链接上单击鼠标右键，从弹出的快捷菜单中选择"使用快车（FlashGet）下载"命令，将启动 FlashGet 并弹出"添加下载任务"对话框。

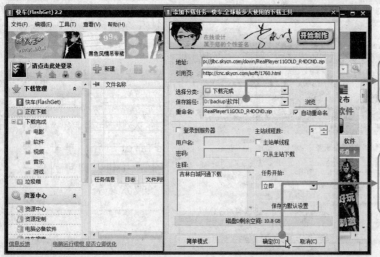

5

指定保存路径。

6

单击"确定"按钮，将开始下载。

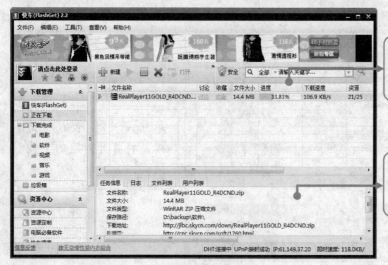

7

在这里可以看到进度和下载速度。

8

在这里可以查看任务信息。

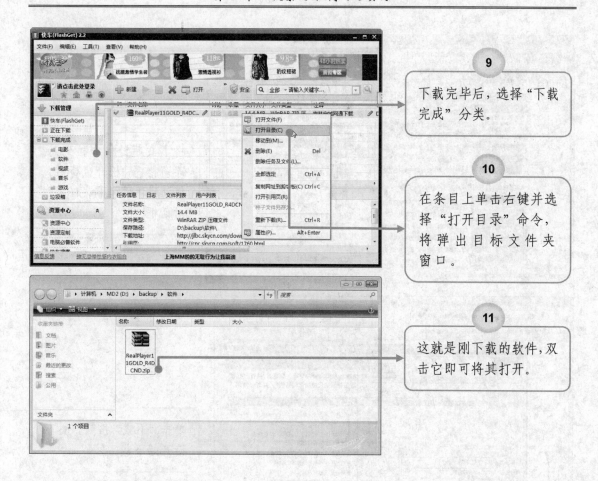

9

下载完毕后，选择"下载完成"分类。

10

在条目上单击右键并选择"打开目录"命令，将弹出目标文件夹窗口。

11

这就是刚下载的软件，双击它即可将其打开。

3.4.2　通过悬浮窗格下载

用户也可以利用悬浮窗格进行下载，默认情况下，快车的悬浮窗格显示在屏幕的右上角，但用户可将其拖至屏幕上的任意位置。要利用悬浮窗格进行下载，其操作步骤如下：

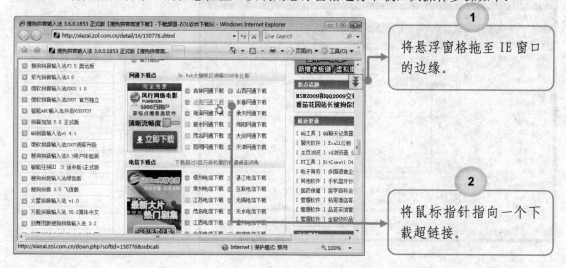

1

将悬浮窗格拖至 IE 窗口的边缘。

2

将鼠标指针指向一个下载超链接。

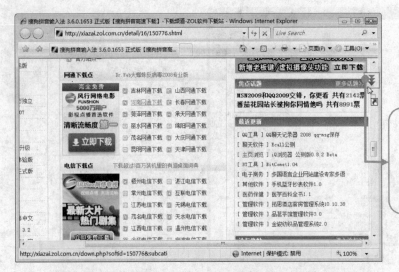

3 将下载超链接拖拉到悬浮窗格内，松开鼠标后，将弹出"添加下载任务"对话框。

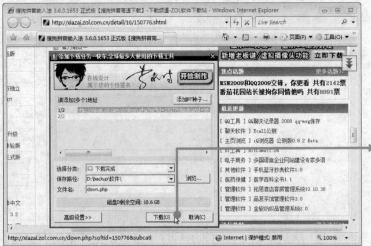

4 单击"下载"按钮，便直接开始下载。

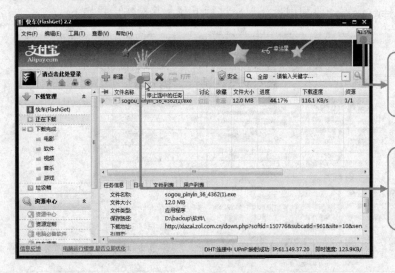

5 在悬浮窗格内可以看到下载进度。

6 利用工具栏中的按钮，可以控制下载过程的暂停和继续。

3.5　P2P 下载

　　P2P 是 peer-to-peer 的缩写，peer 在英语里有"（地位、能力等）同等者"、"同事"和"伙伴"等意义。P2P 使得网络上的沟通变得更容易、更直接，真正地消除了中间商。P2P 就是人们可以直接连接到其他用户的计算机，并直接交换文件，而不是像过去那样连接到服务器去浏览与下载。常见的支持 P2P 下载的软件有迅雷、BitComet、eMule（电驴）、BitTorrent、比特精灵（BitSpirit)等，本节仅介绍前两款软件，其他软件的用法与它们类似。

3.5.1　使用迅雷下载

　　迅雷是一款新型的支持 P2P 下载的文件传输软件，它能够将各种数据文件以最快速度进行传递。用户可以从"华军软件园"（http://www.newhua.com）上下载迅雷软件，其安装也很简单，此处不再赘述。

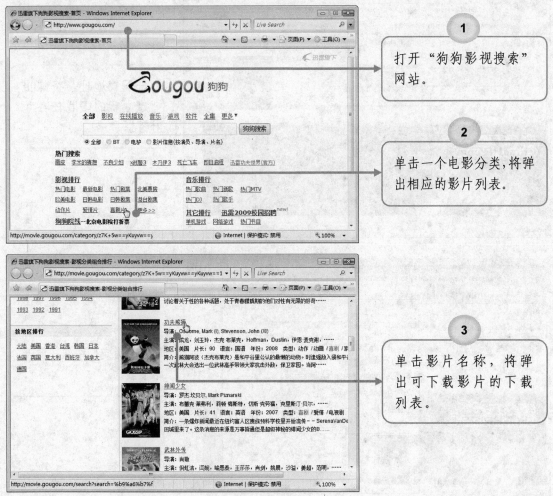

1　打开"狗狗影视搜索"网站。

2　单击一个电影分类，将弹出相应的影片列表。

3　单击影片名称，将弹出可下载影片的下载列表。

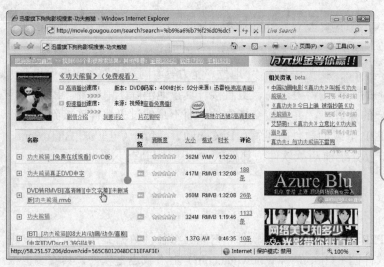

4 单击一项，即可看到真正的下载地址。

5 单击下载地址，将弹出"建立新的下载任务"对话框。

6 单击"确定"按钮，便开始下载。

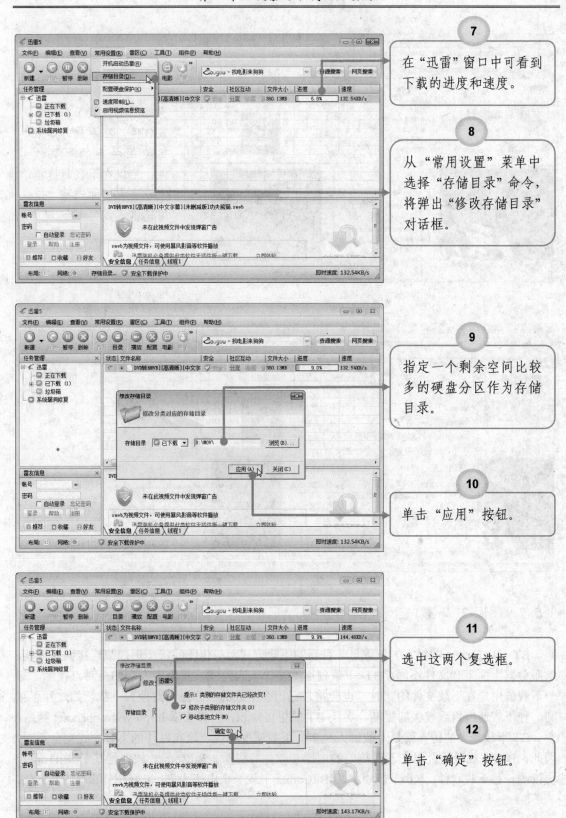

7

在"迅雷"窗口中可看到下载的进度和速度。

8

从"常用设置"菜单中选择"存储目录"命令，将弹出"修改存储目录"对话框。

9

指定一个剩余空间比较多的硬盘分区作为存储目录。

10

单击"应用"按钮。

11

选中这两个复选框。

12

单击"确定"按钮。

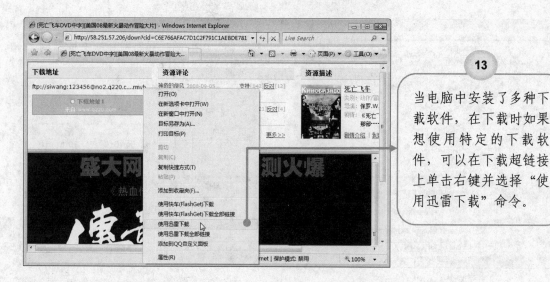

13

当电脑中安装了多种下载软件，在下载时如果想使用特定的下载软件，可以在下载超链接上单击右键并选择"使用迅雷下载"命令。

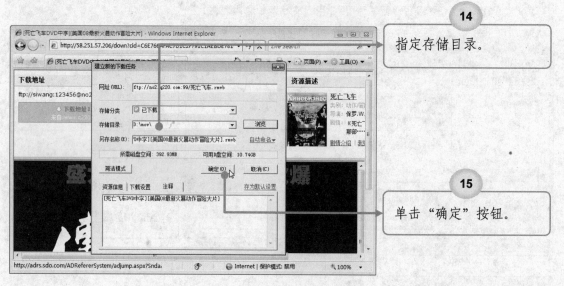

14

指定存储目录。

15

单击"确定"按钮。

3.5.2 使用 BT 下载电影

BT（BitTorrent 的缩写）下载是一种新的下载方式，与传统的每个用户都连接到服务器，从服务器上面下载文件不同，BT 下载使用的是"人人为我，我为人人"的点对点技术，每个下载的用户在下载文件的同时，也会将自己已经下载的部分提供给他人下载，如此互惠互利，使下载速度得到较大的提高。关于 BT 的更多知识，可以查看 http://www.ppcn.net 网站。

BT 下载最大的特点就是下载的人越多，下载速度越快，这和以往的下载方式完全不同。因此，BT 下载最适合用来下载热门的电影和软件等资源。BitComet 软件是基于 BitTorrent 协议的一种下载软件，本小节就以使用 BitComet 下载一个电影为例，来介绍什么是 BT 下载。

1. 设置 BitComet

BitComet 的默认下载地址为系统盘（C:盘），由于 BitComet 下载的一般都是庞大的电影和软件，因此需要更改将其默认下载地址。

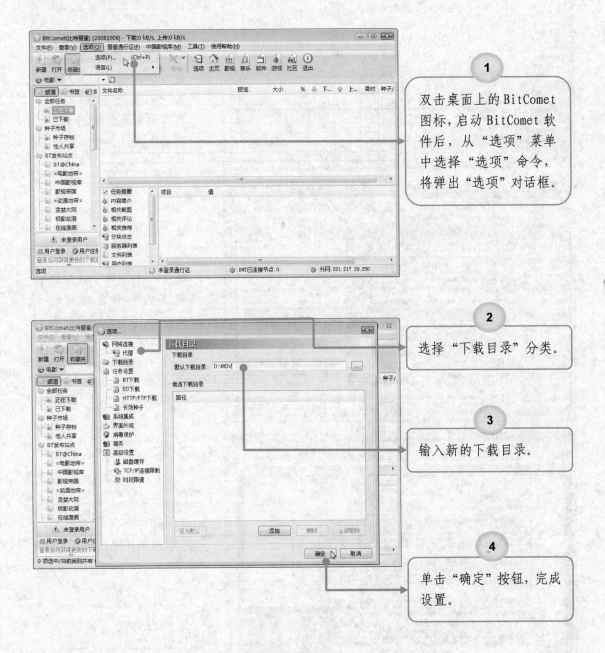

1 双击桌面上的 BitComet 图标，启动 BitComet 软件后，从"选项"菜单中选择"选项"命令，将弹出"选项"对话框。

2 选择"下载目录"分类。

3 输入新的下载目录。

4 单击"确定"按钮，完成设置。

2. 使用 BitComet 下载电影

其操作步骤如下：

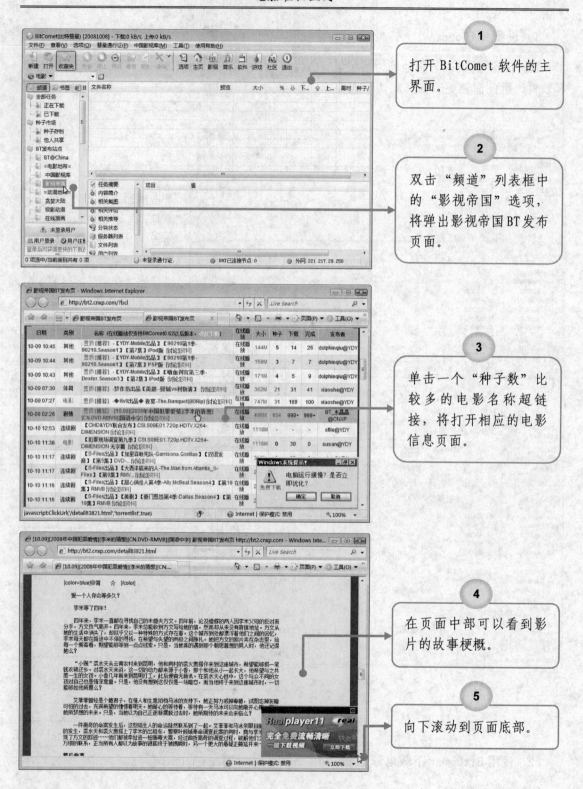

1
打开 BitComet 软件的主界面。

2
双击"频道"列表框中的"影视帝国"选项，将弹出影视帝国BT发布页面。

3
单击一个"种子数"比较多的电影名称超链接，将打开相应的电影信息页面。

4
在页面中部可以看到影片的故事梗概。

5
向下滚动到页面底部。

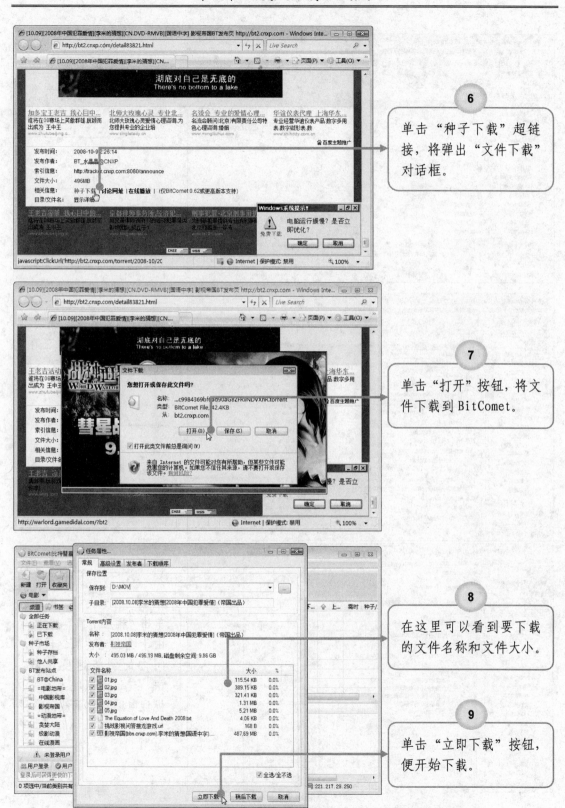

6

单击"种子下载"超链接，将弹出"文件下载"对话框。

7

单击"打开"按钮，将文件下载到 BitComet。

8

在这里可以看到要下载的文件名称和文件大小。

9

单击"立即下载"按钮，便开始下载。

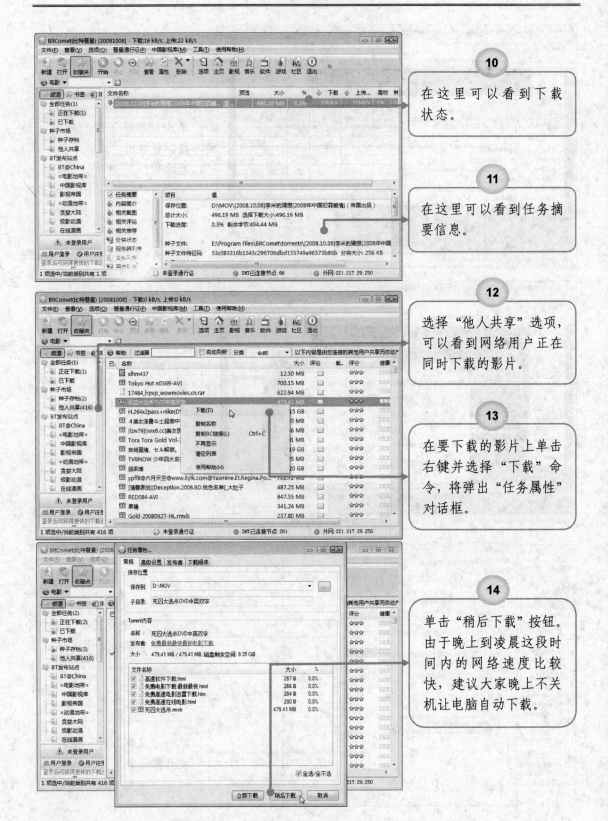

10 在这里可以看到下载状态。

11 在这里可以看到任务摘要信息。

12 选择"他人共享"选项，可以看到网络用户正在同时下载的影片。

13 在要下载的影片上单击右键并选择"下载"命令，将弹出"任务属性"对话框。

14 单击"稍后下载"按钮。由于晚上到凌晨这段时间内的网络速度比较快，建议大家晚上不关机让电脑自动下载。

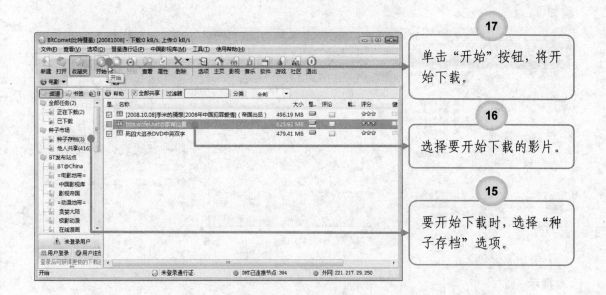

17

单击"开始"按钮，将开始下载。

16

选择要开始下载的影片。

15

要开始下载时，选择"种子存档"选项。

3.6　压缩和解压下载的文件

为方便文件的上传与下载，网上的许多文件都是经过压缩的，以最大限度地将文件占用的空间缩小，节省其在网上的传输时间。这就需要我们在上传文件之前或下载文件之后，对文件进行压缩与解压缩。

3.6.1　文件压缩与解压缩简介

文件压缩就是将文件进行处理使其所占磁盘空间减少，以方便保存，同时又必须保证能够恢复文件原样的文件操作，它实际上是把文件中重复的部分用简短的形式描述出来。压缩文件时使用的压缩编码方法不同，生成的文件压缩格式就不同，现在常见的压缩格式有 RAR、ZIP、CAB 等。解压缩与压缩相反，是把经过压缩的文件还原。

压缩软件一般都具有压缩与解压缩的功能，较著名的有 WinRAR、WinZip 等。目前最常见的文件压缩格式为 RAR，与之相关的软件是 WinRAR。本节以 WinRAR 为例，介绍压缩/解压缩软件的方法。

WinRAR 是一个极为常用的免费共享压缩软件，它支持较多的压缩格式，并且各个提供软件下载的网站都可以找到该软件。其下载的过程与其他软件大致相同，安装方法也非常简单，此处不再赘述。

3.6.2　解压文件

网上下载的资料有时为压缩文件，要对其进行解压缩后才能使用，下面以对下载的"mbox004.rar"压缩文件进行解压缩为例，介绍对压缩文件进行解压缩的方法。其操作步骤如下：

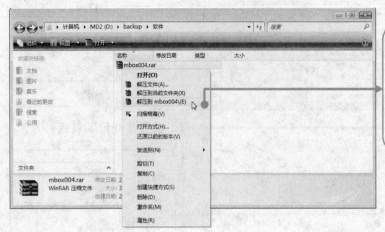

1

在需要进行解压缩的文件上单击右击键，从弹出的快捷菜单中选择"解压到xxxx"命令，即可快速进行解压缩。

提示

　　在上图中，选择"解压文件"命令，则允许选择目标位置；选择"解压到当前文件夹"命令，则不选择解压位置，直接将文件解压缩到当前所在的文件夹中。

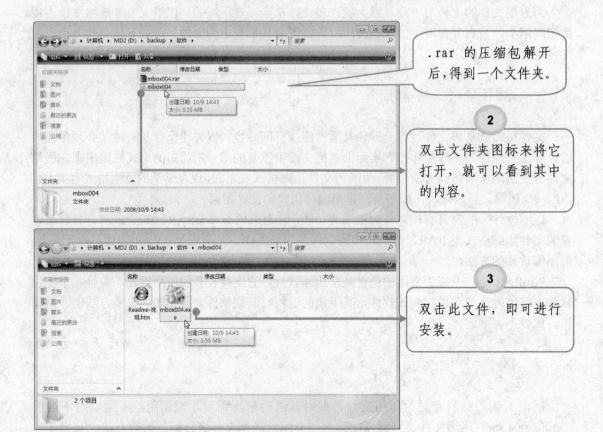

.rar 的压缩包解开后，得到一个文件夹。

2

双击文件夹图标来将它打开，就可以看到其中的内容。

3

双击此文件，即可进行安装。

3.6.3　压缩文件

为了节省文件传输的时间和空间，我们可以把文件进行压缩后再发送出去，或将多个文件打包压缩成一个文件。其操作步骤如下：

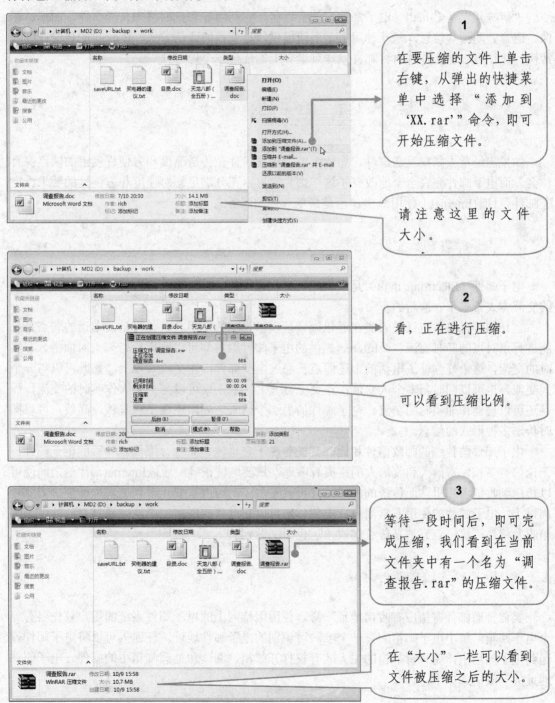

1 在要压缩的文件上单击右键，从弹出的快捷菜单中选择"添加到'XX.rar'"命令，即可开始压缩文件。

请注意这里的文件大小。

2 看，正在进行压缩。

可以看到压缩比例。

3 等待一段时间后，即可完成压缩，我们看到在当前文件夹中有一个名为"调查报告.rar"的压缩文件。

在"大小"一栏可以看到文件被压缩之后的大小。

第4章 收发电子邮件

"伊妹儿"是E-mail（电子邮件）的音译名，它利用计算机网络来传送文件、图形、图像、语音、动画等信息，是一种用电子手段提供信息交换的通信方式。E-mail 的传输速度非常快，往往可以在几秒钟内将邮件发送到世界上的任何一个地方。

4.1 电子邮件概述

如果您经常去邮局发送信件，您就可能对传统信件在传送速度和方便程度上的缺点深有体会。而电子邮件完完全全地改变了这一切！它可以充分满足您对速度和方便性的要求。电子邮件是目前Internet上使用最多，也是最受欢迎的服务之一。

4.1.1 电子邮件的产生及其特点

电子邮件（Electronic mail）是20世纪70年代出现的一种新型通信方式，它的出现给人类的交流方式带来了一次新的革命。

自1876年以来，电话是人类在通讯领域最引以为豪的发明之一。可是，电话的弱点是只能进行点对点的即时交流。而Internet提供的电子邮件服务却可以给人们带来点对面的、非实时的交流，这恰好弥补了电话的上述弱点。通过电子邮件，在交流对象上，您既可以与一个人交流，也可以同时与多个人交流；在交流方式上，您不仅可以与一个人作实时的交流，而且还可以与他作非实时的交流。电子邮件的另一个诱人之处，还在于它省钱、高效，可以同时传递多种形式的信息。

电子邮件与传统的邮政信件相比，其优势在于它迅速、简便、廉价。一般的电子邮件，无论信有多长，寄信人和收信人的距离有多远，只要地址正确，通过Internet，片刻之间便可以传送到收信者那里。而传统的邮政信件可就差多了，国内需要几天到达，国际至少需要一周以上。电子邮件的使用非常简单、方便，您可以在世界的任何一个地方通过自己的电子邮箱收发信件，这一点恐怕是传统邮政永远也无法做到的。

4.1.2 电子邮件地址的一般格式

类似普通邮件寄信应有收信地址一样，使用因特网上的电子邮件系统的用户首先要有一个电子邮箱，每个电子邮箱应有一个唯一可识别的电子邮件地址。任何人可以将电子邮件投递到电子邮箱中，而只有邮箱的主人才有权打开邮箱，阅读和处理邮箱中的邮件。电子邮件地址的一般格式如下：

username@mail.server.name

电子邮件地址主要由用户名和邮件服务器名称两部分组成，中间加上"@"（读作"at"）分隔符。例如，tony5678@126.com就是一个电子邮件地址。

4.2　申请电子邮箱

E-mail 的使用十分简单。首先我们要先申请一个电子邮箱，也就是要得到一个 E-mail 地址，这样才能接收别人发来的邮件，也能给别人发送邮件。

4.2.1　申请免费电子邮箱

目前免费电子邮箱的使用较为广泛，用来收发邮件非常方便。下面以在"网易126"申请一个免费邮箱为例，讲解申请免费电子邮箱的一般步骤。其他网站免费邮箱的申请步骤与之类似。

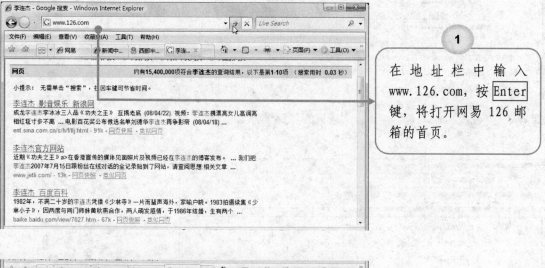

> **1** 在地址栏中输入www.126.com，按 Enter键，将打开网易 126 邮箱的首页。

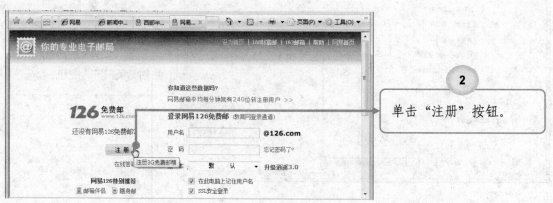

> **2** 单击"注册"按钮。

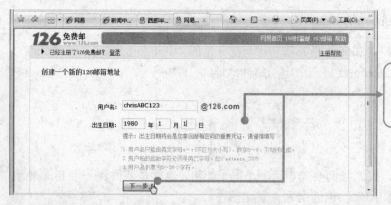

3 输入用户名和出生日期，然后单击"下一步"按钮。

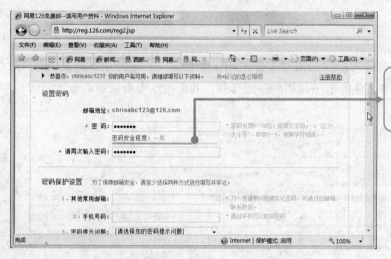

4 设置密码，然后向下滚动窗口。

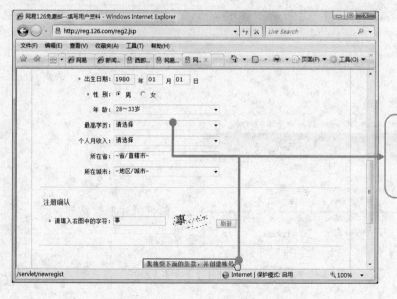

5 设置个人信息后，单击"我接受下面的条款，并创建账号"按钮。

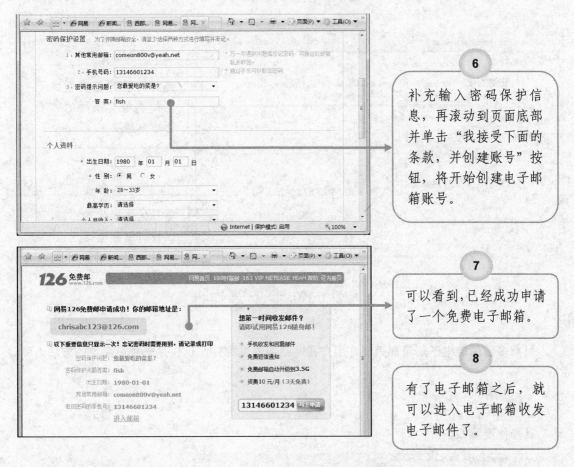

6

补充输入密码保护信息,再滚动到页面底部并单击"我接受下面的条款,并创建账号"按钮,将开始创建电子邮箱账号。

7

可以看到,已经成功申请了一个免费电子邮箱。

8

有了电子邮箱之后,就可以进入电子邮箱收发电子邮件了。

4.2.2 申请收费电子邮箱

为了通过向电子邮箱用户提供更好的服务来实现提供商和用户双赢,现在有些网站和ISP推出了收费电子邮箱,其申请步骤与免费邮箱基本相同,只是多了付款环节。

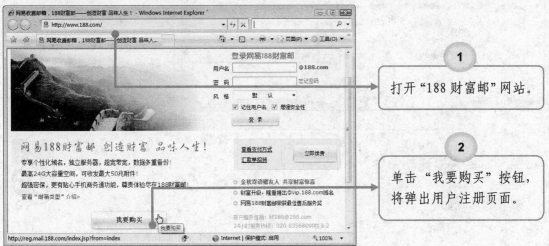

1

打开"188 财富邮"网站。

2

单击"我要购买"按钮,将弹出用户注册页面。

③ 选择一种邮箱类型。不同的类型有不同的收费标准和服务。

④ 要开始注册收费邮箱，可以拨打服务电话。

4.3　在网站中收发邮件

目前多数免费电子邮箱都只允许用户在网站中收发邮件，这也是一种最简单的方法。

4.3.1　登录电子邮箱

其操作步骤如下：

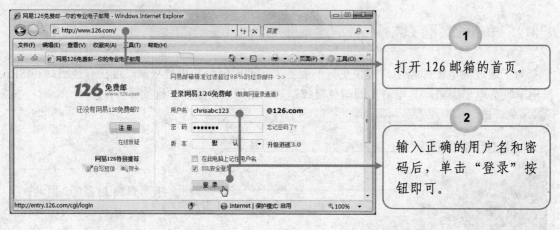

① 打开126邮箱的首页。

② 输入正确的用户名和密码后，单击"登录"按钮即可。

4.3.2　撰写并发送新邮件

其操作步骤如下：

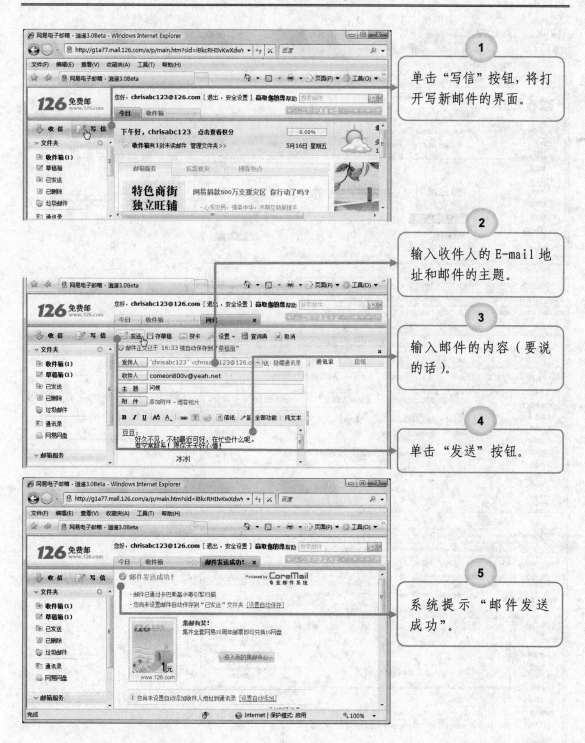

1 单击"写信"按钮，将打开写新邮件的界面。

2 输入收件人的 E-mail 地址和邮件的主题。

3 输入邮件的内容（要说的话）。

4 单击"发送"按钮。

5 系统提示"邮件发送成功"。

4.3.3 接收和阅读邮件

其操作步骤如下：

1 单击"收信"按钮，将打开收邮件的界面（收件箱）。

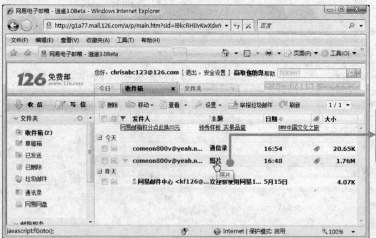

2 单击一个邮件的主题，即可查看邮件的内容。

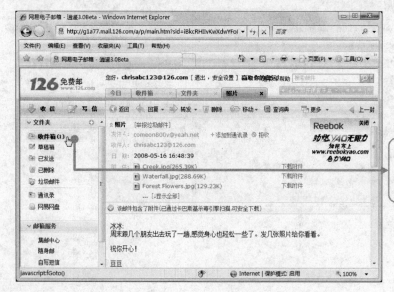

3 单击"收件箱"超链接，回到"收件箱"的首页。

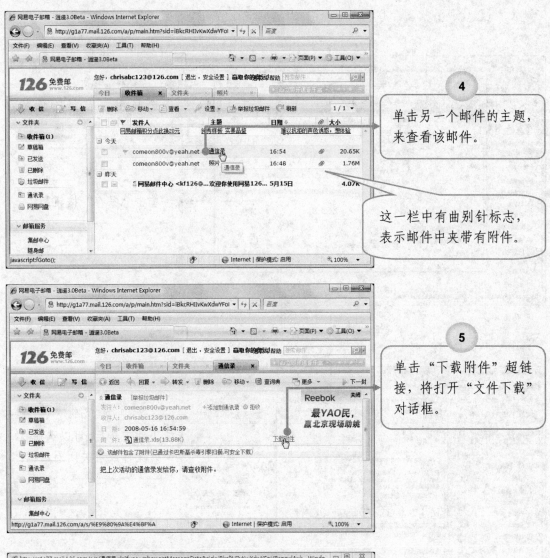

4

单击另一个邮件的主题，来查看该邮件。

这一栏中有曲别针标志，表示邮件中夹带有附件。

5

单击"下载附件"超链接，将打开"文件下载"对话框。

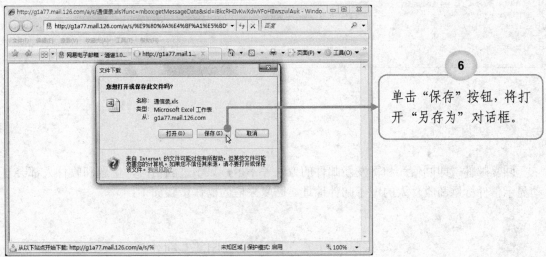

6

单击"保存"按钮，将打开"另存为"对话框。

7 选择用来存放附件的位置。

8 单击"保存"按钮。

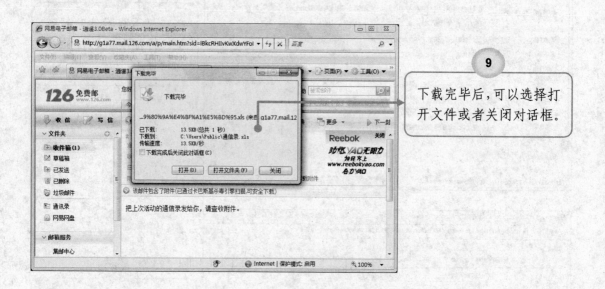

9 下载完毕后,可以选择打开文件或者关闭对话框。

4.3.4 回复邮件

回复邮件(即回信)和寄发新邮件的方法差不多,只不过回信时,主题和收件人都会自动显示信件标题和收件人的电子邮件地址。回复来信的操作步骤如下:

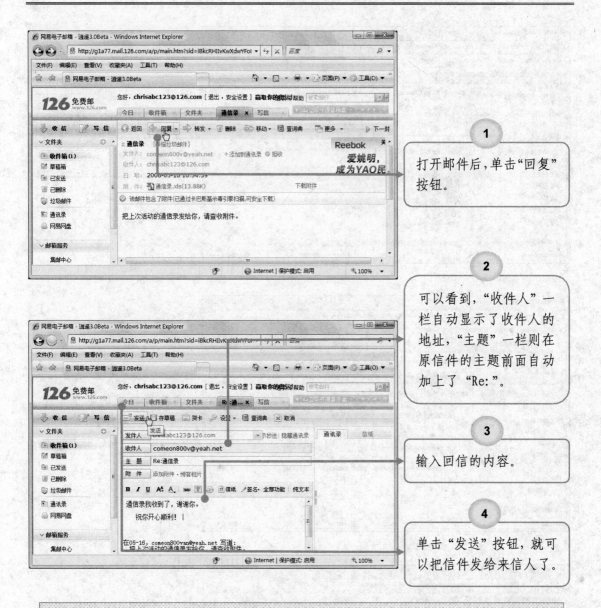

1　打开邮件后，单击"回复"按钮。

2　可以看到，"收件人"一栏自动显示了收件人的地址，"主题"一栏则在原信件的主题前面自动加上了"Re:"。

3　输入回信的内容。

4　单击"发送"按钮，就可以把信件发给来信人了。

提示

　　回信时，系统会自动把来信原文引入回复的信件中。如果不必要，可以将不需要的文字删掉。

4.3.5　转发邮件

　　转发邮件是和回复邮件相似的任务，二者之间的区别是：回复是给发件人发邮件，而转发邮件则是指将收到的邮件再发给除发件人以外的人。

　　其操作步骤如下：

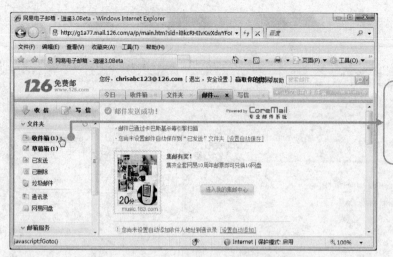

1

单击"收件箱"超链接，来查看"收件箱"中的邮件列表。

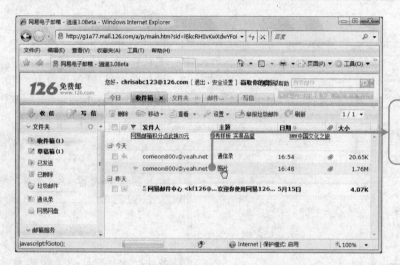

2

单击要转发的电子邮件标题，将邮件打开。

3

单击"转发"按钮，打开转发邮件的界面。

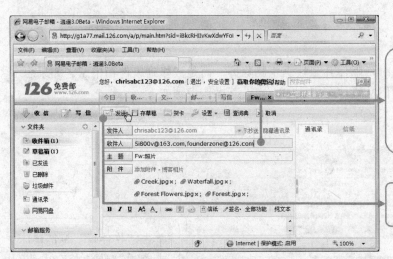

4

输入收件人的地址。如果有多个收件人，则要用逗号将各个地址隔开。

5

单击"发送"按钮。

6

提示有错误的地址。直接单击"确定"按钮。

7

输入正确的收件人地址后，单击"发送"按钮。

4.3.6 删除邮件

默认情况下，删除邮件时，邮件并未被真正删除掉，而是被移到废件箱中了。如果想永远删除这些邮件，还得把它们从废件箱中删除一次。其操作步骤如下：

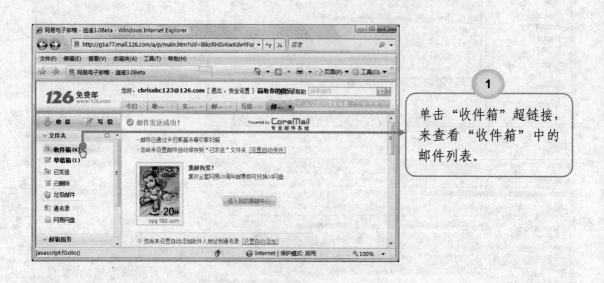

① 单击"收件箱"超链接，来查看"收件箱"中的邮件列表。

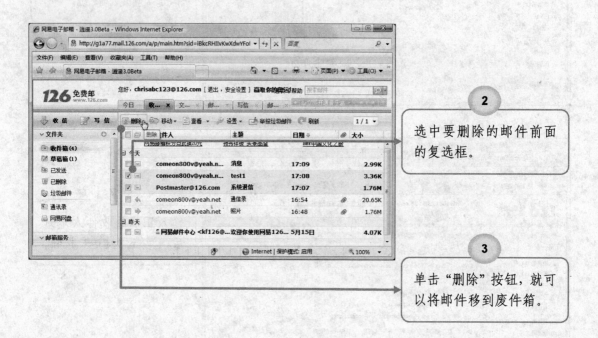

② 选中要删除的邮件前面的复选框。

③ 单击"删除"按钮，就可以将邮件移到废件箱。

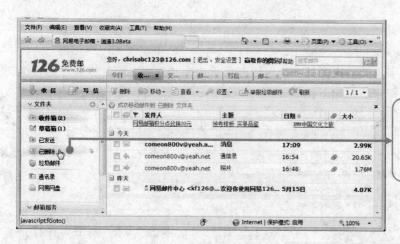

4 单击"已删除"超链接，来查看废件箱中的邮件列表。

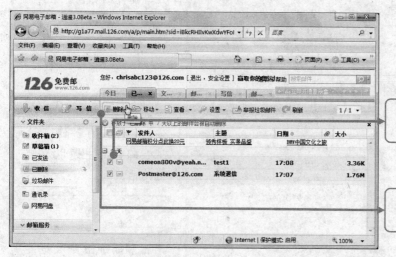

5 选中要彻底删除的邮件。

6 单击"删除"按钮。

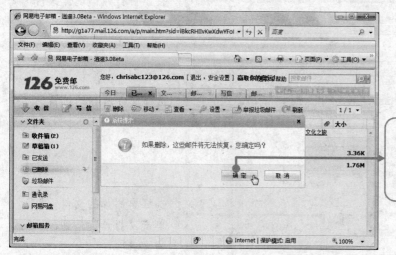

7 如果确定要永远删除这些邮件，单击"确定"按钮即可。

4.3.7 在写信时添加附件

E-mail 除了传送一般文字形式的内容外，也可以在信件中附加声音、照片或程序等各类文件。在信件中附加文件的操作步骤如下：

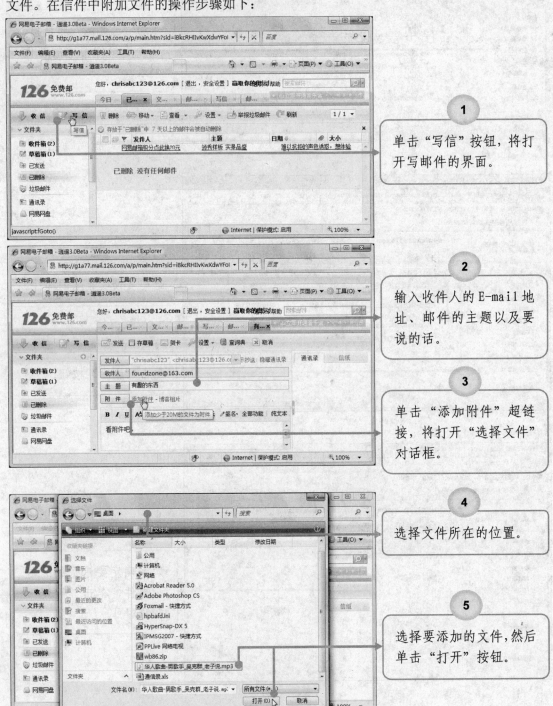

1 单击"写信"按钮，将打开写邮件的界面。

2 输入收件人的 E-mail 地址、邮件的主题以及要说的话。

3 单击"添加附件"超链接，将打开"选择文件"对话框。

4 选择文件所在的位置。

5 选择要添加的文件，然后单击"打开"按钮。

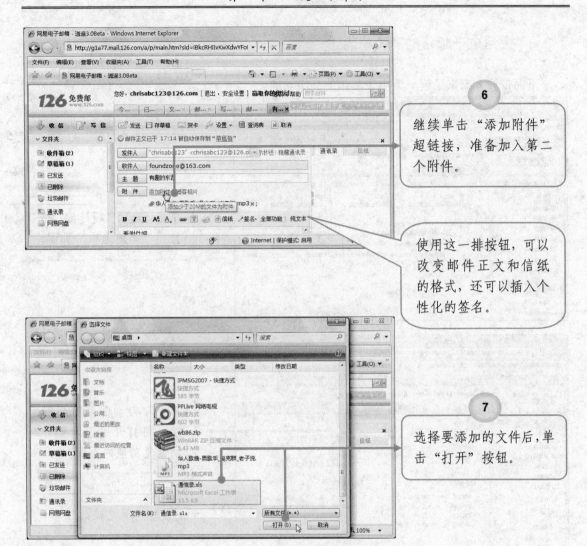

6

继续单击"添加附件"超链接，准备加入第二个附件。

使用这一排按钮，可以改变邮件正文和信纸的格式，还可以插入个性化的签名。

7

选择要添加的文件后，单击"打开"按钮。

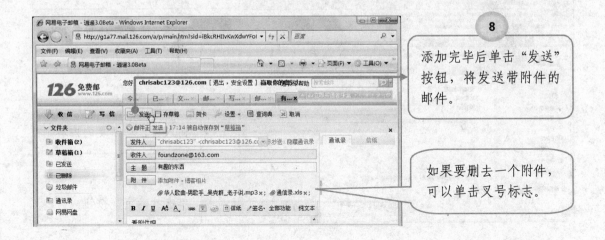

8

添加完毕后单击"发送"按钮，将发送带附件的邮件。

如果要删去一个附件，可以单击叉号标志。

4.3.8 使用电子邮箱的高级功能

下面带领大家来了解一下电子邮箱的高级功能。

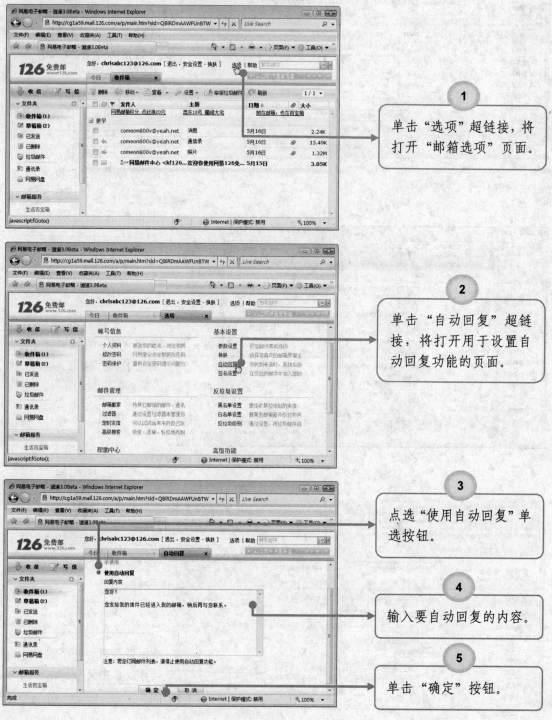

1　单击"选项"超链接，将打开"邮箱选项"页面。

2　单击"自动回复"超链接，将打开用于设置自动回复功能的页面。

3　点选"使用自动回复"单选按钮。

4　输入要自动回复的内容。

5　单击"确定"按钮。

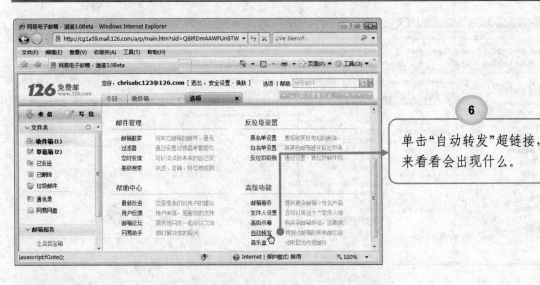

6 单击"自动转发"超链接，来看看会出现什么。

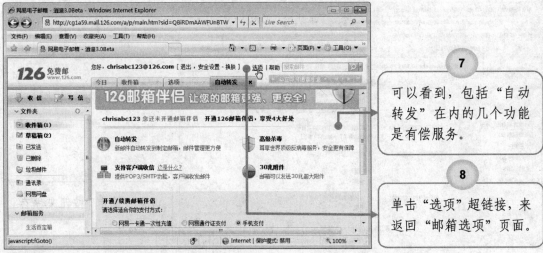

7 可以看到，包括"自动转发"在内的几个功能是有偿服务。

8 单击"选项"超链接，来返回"邮箱选项"页面。

9 单击"参数设置"超链接，来更新邮箱的常规设置。

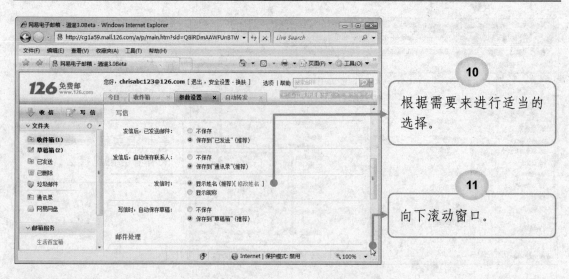

10 根据需要来进行适当的选择。

11 向下滚动窗口。

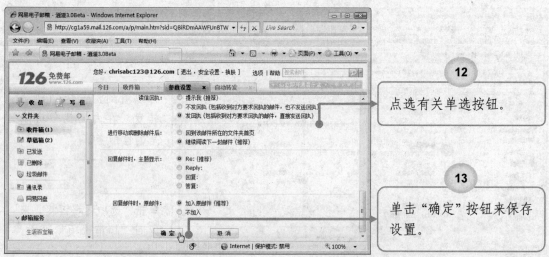

12 点选有关单选按钮。

13 单击"确定"按钮来保存设置。

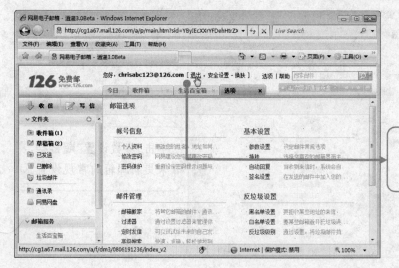

14 单击"退出"超链接，即可安全退出邮箱。

4.4 使用 Windows Mail 收发邮件

Windows Mail 是 Windows Vista 操作系统内自带的一款邮件收发与管理软件，它除了具备免费邮箱的诸多优点以外，还可以同时接收来自不同邮箱的电子邮件，给拥有多个邮箱的用户使用和管理邮箱带来了方便。

在此强调一点，现在许多新申请的免费邮箱都不支持 Windows Mail，因为它们没有提供接收和发送邮件的服务器，只有用户前几年申请的免费邮箱和目前的收费邮箱才支持 Windows Mail。对于不支持 Windows Mail 的邮箱，只能使用 4.3 节介绍的方法来收发邮件。

4.4.1 设置电子邮件账号

要利用 Windows Mail 收发电子邮件，必须拥有一个有效的邮件账号，用户可以根据自己申请到的电子邮箱为 Windows Mail 设置电子邮件账号。其操作步骤如下。

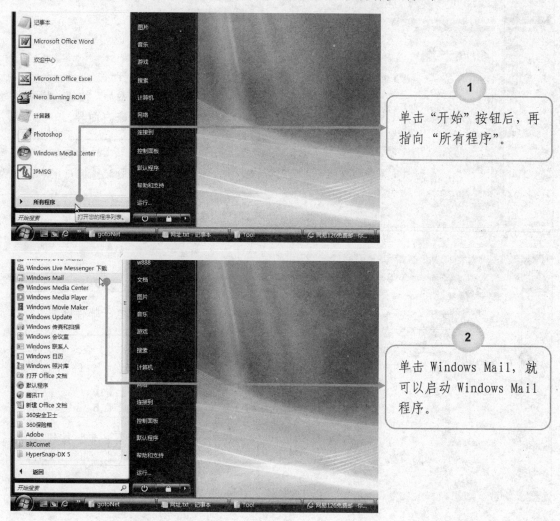

1　单击"开始"按钮后，再指向"所有程序"。

2　单击 Windows Mail，就可以启动 Windows Mail 程序。

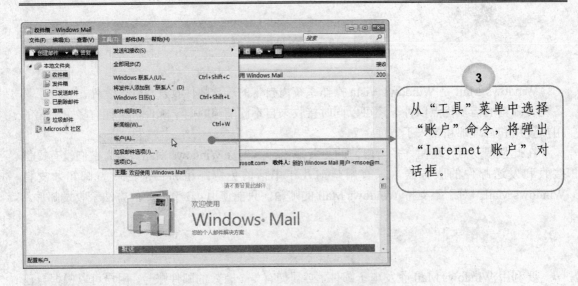

3

从"工具"菜单中选择"账户"命令，将弹出"Internet 账户"对话框。

4

单击"添加"按钮，将弹出添加账户向导。

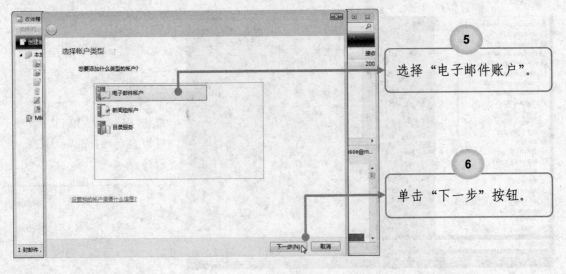

5

选择"电子邮件账户"。

6

单击"下一步"按钮。

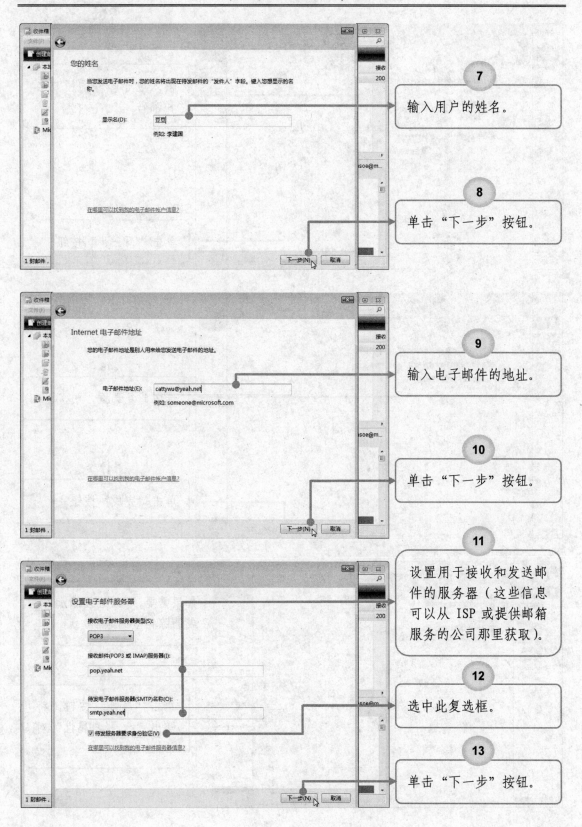

7
输入用户的姓名。

8
单击"下一步"按钮。

9
输入电子邮件的地址。

10
单击"下一步"按钮。

11
设置用于接收和发送邮件的服务器(这些信息可以从 ISP 或提供邮箱服务的公司那里获取)。

12
选中此复选框。

13
单击"下一步"按钮。

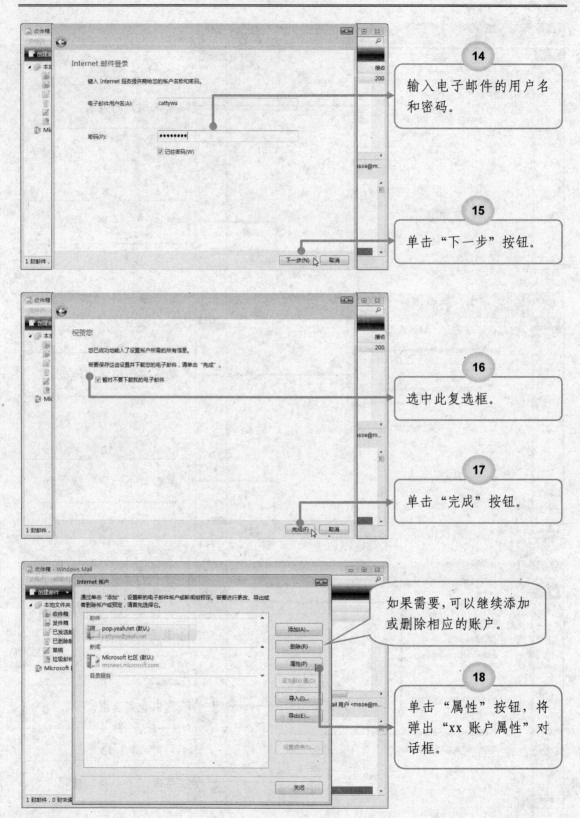

14 输入电子邮件的用户名和密码。

15 单击"下一步"按钮。

16 选中此复选框。

17 单击"完成"按钮。

如果需要,可以继续添加或删除相应的账户。

18 单击"属性"按钮,将弹出"xx 账户属性"对话框。

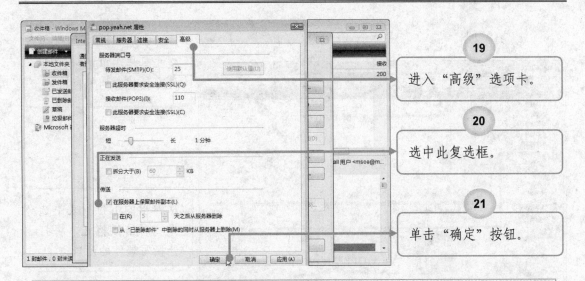

19 进入"高级"选项卡。

20 选中此复选框。

21 单击"确定"按钮。

提示

如果要将较大的邮件拆分之后再发送，可以在上图内选中"拆分大于"复选框，然后指定一个要拆分邮件的大小。

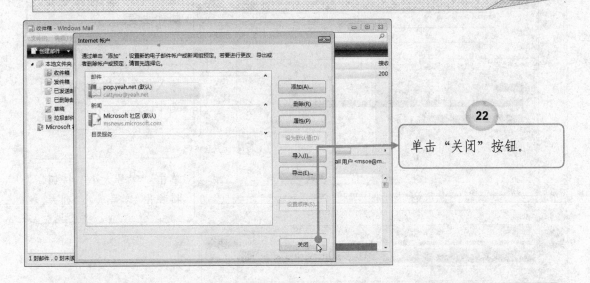

22 单击"关闭"按钮。

提示

按照上述方法，用户可设置多个邮件账号，以便接收来自多个邮箱的邮件，但有一个邮件账号被设置为默认账号，用户在发送邮件时默认使用该账号。

4.4.2　撰写与发送电子邮件

邮件账户设置完成之后，就可以撰写和发送电子邮件了，其操作步骤如下。

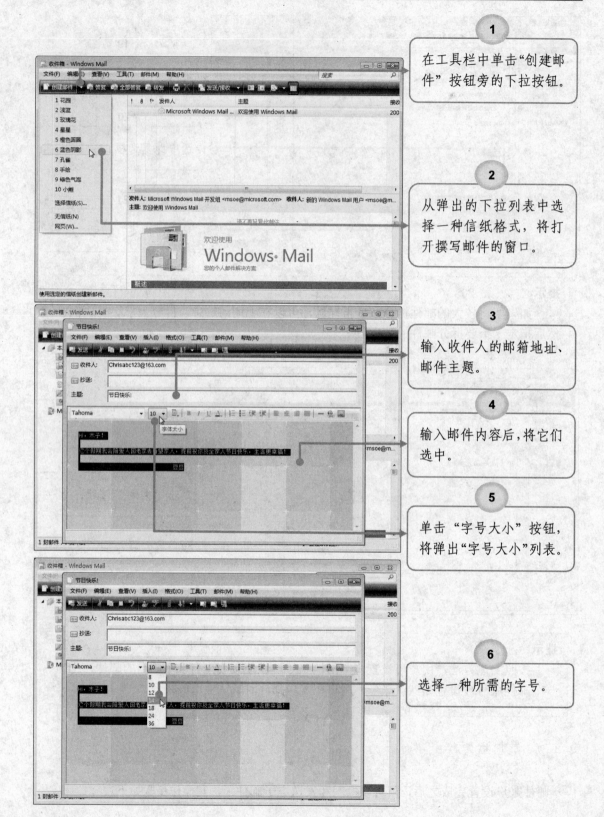

1 在工具栏中单击"创建邮件"按钮旁的下拉按钮。

2 从弹出的下拉列表中选择一种信纸格式,将打开撰写邮件的窗口。

3 输入收件人的邮箱地址、邮件主题。

4 输入邮件内容后,将它们选中。

5 单击"字号大小"按钮,将弹出"字号大小"列表。

6 选择一种所需的字号。

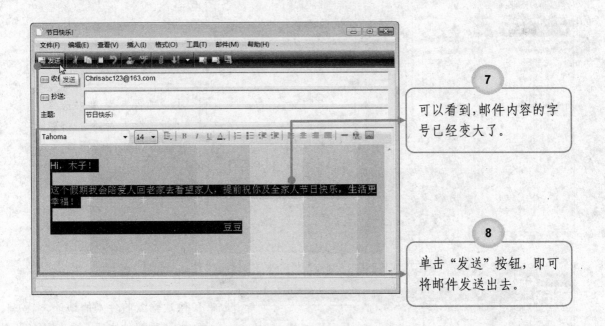

7 可以看到,邮件内容的字号已经变大了。

8 单击"发送"按钮,即可将邮件发送出去。

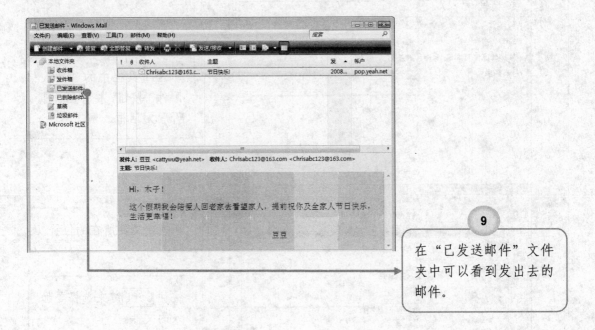

9 在"已发送邮件"文件夹中可以看到发出去的邮件。

4.4.3 插入附件

其操作步骤如下:

115

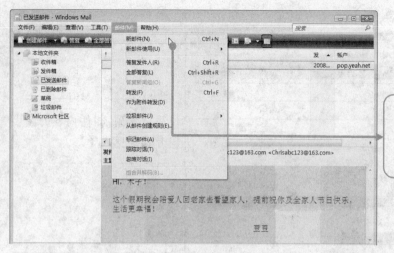

1 从"邮件"菜单中选择"新邮件"命令，将弹出撰写新邮件的窗口。

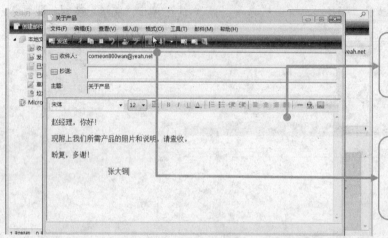

2 依次输入收件人的地址、主题和邮件内容。

3 单击工具栏中的"插入附件"按钮，将弹出"打开"对话框。

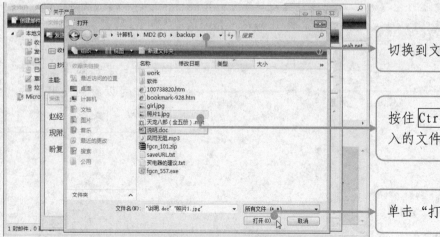

4 切换到文件所在的位置。

5 按住 Ctrl 键来选择要加入的文件。

6 单击"打开"按钮。

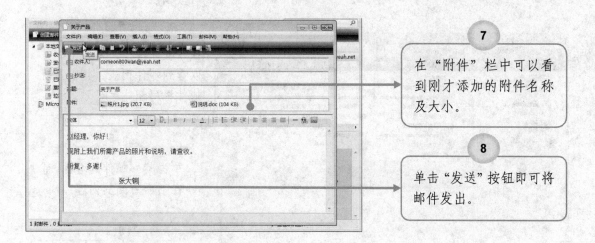

7　在"附件"栏中可以看到刚才添加的附件名称及大小。

8　单击"发送"按钮即可将邮件发出。

4.4.4　接收与处理电子邮件

电脑上网后，即可接收电子邮件，还可以根据需要对收到的邮件进行处理。

1. 接收电子邮件

其操作步骤如下：

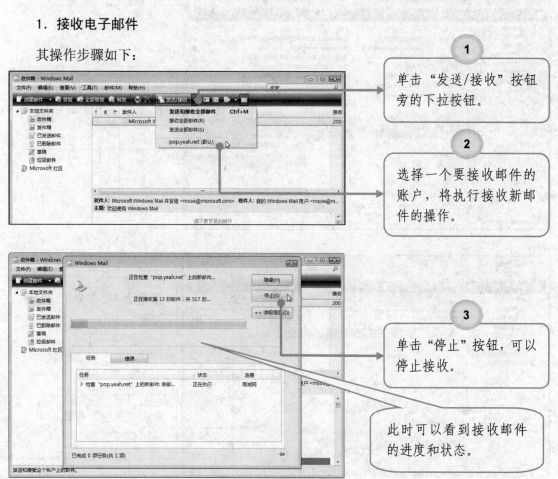

1　单击"发送/接收"按钮旁的下拉按钮。

2　选择一个要接收邮件的账户，将执行接收新邮件的操作。

3　单击"停止"按钮，可以停止接收。

此时可以看到接收邮件的进度和状态。

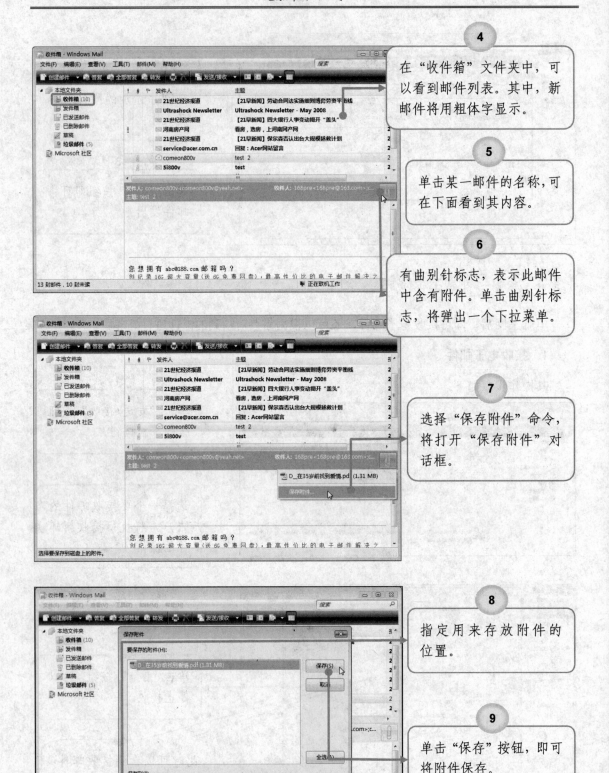

4

在"收件箱"文件夹中，可以看到邮件列表。其中，新邮件将用粗体字显示。

5

单击某一邮件的名称，可在下面看到其内容。

6

有曲别针标志，表示此邮件中含有附件。单击曲别针标志，将弹出一个下拉菜单。

7

选择"保存附件"命令，将打开"保存附件"对话框。

8

指定用来存放附件的位置。

9

单击"保存"按钮，即可将附件保存。

2．删除邮件

对于没有保存价值的邮件或垃圾邮件，应及时将其删除，其操作步骤如下：

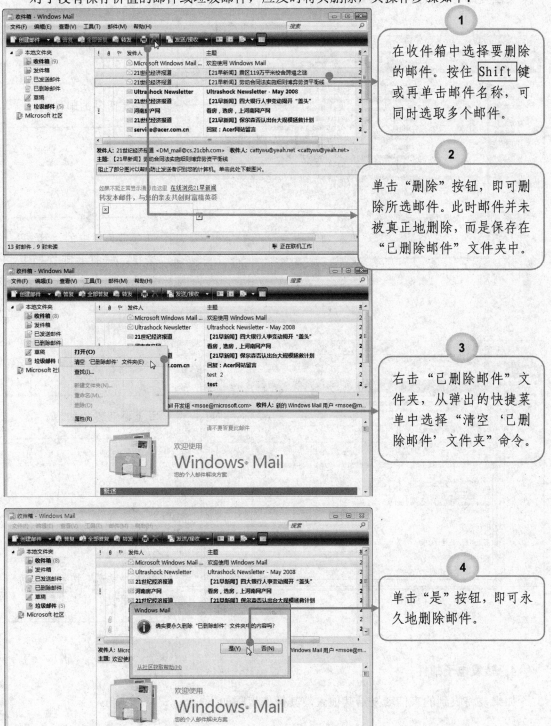

1

在收件箱中选择要删除的邮件。按住 Shift 键或再单击邮件名称，可同时选取多个邮件。

2

单击"删除"按钮，即可删除所选邮件。此时邮件并未被真正地删除，而是保存在"已删除邮件"文件夹中。

3

右击"已删除邮件"文件夹，从弹出的快捷菜单中选择"清空'已删除邮件'文件夹"命令。

4

单击"是"按钮，即可永久地删除邮件。

3. 回复电子邮件

要回复邮件，其操作步骤如下：

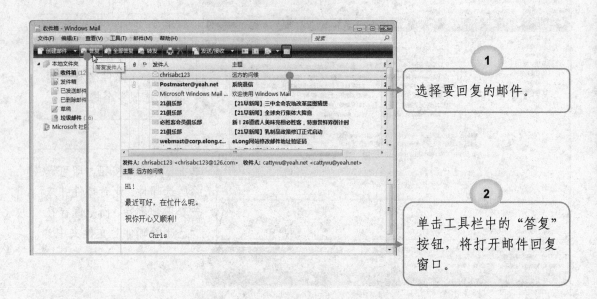

1 选择要回复的邮件。

2 单击工具栏中的"答复"按钮，将打开邮件回复窗口。

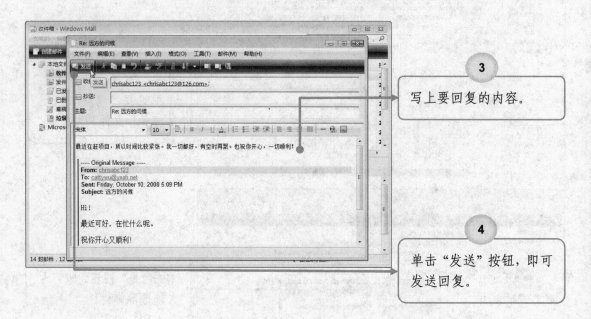

3 写上要回复的内容。

4 单击"发送"按钮，即可发送回复。

4. 转发电子邮件

如果要将收到的来信转发给其他人，其操作步骤如下：

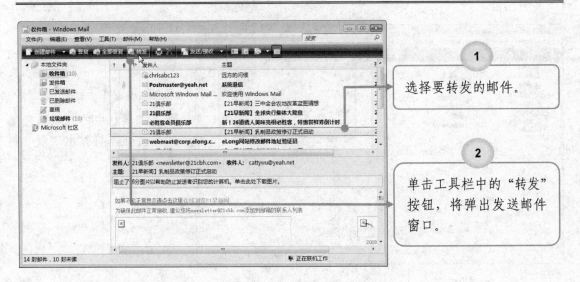

1　选择要转发的邮件。

2　单击工具栏中的"转发"按钮，将弹出发送邮件窗口。

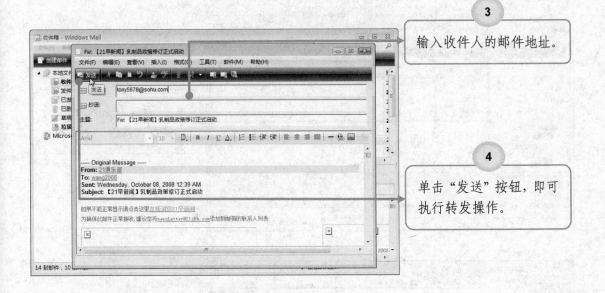

3　输入收件人的邮件地址。

4　单击"发送"按钮，即可执行转发操作。

4.4.5　使用通信录

在 Windows Mail 中，可以通过通信录来组织联系人的邮件地址等资料，需要时从中调用即可。

1．新建联系人

可以将自己需要联系的人员添加到通信录中，新建联系人的操作步骤如下：

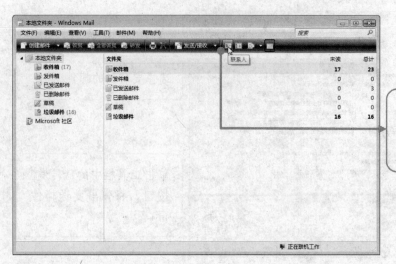

1 单击工具栏中的"联系人"按钮，将弹出"联系人"窗口。

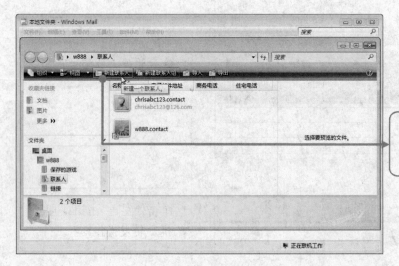

2 单击"新建联系人"按钮，将弹出"属性"对话框。

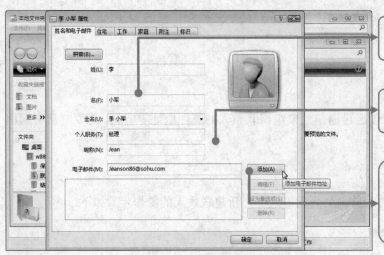

3 输入姓和名。

4 输入职务和昵称。

5 输入电子邮件地址后，单击"添加"按钮执行添加操作。

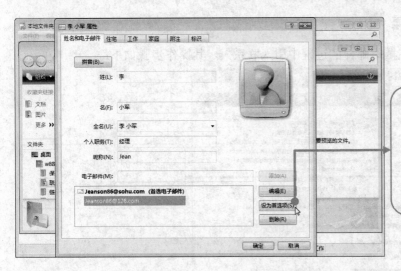

6

从邮件地址列表中选取一个，再单击"设为首选项"按钮，可以将它作为默认的电子邮件地址。

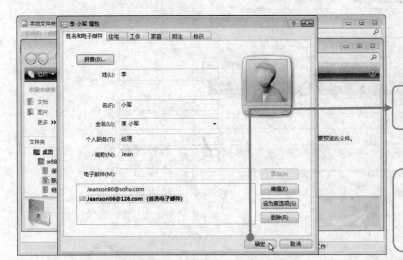

7

单击"确定"按钮。

8

重复步骤 2 到 7 的操作，可以继续添加其他联系人。

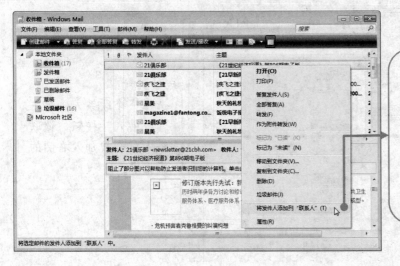

9

在邮件列表空格内右击邮件主题，从弹出的快捷菜单中选择"将发件人添加到'联系人'"命令，即可将邮件的发件人地址添加到通信录中。

2. 在写信时使用通信录

下面我们来学习如何在撰写邮件的过程中引入联系人，其操作步骤如下：

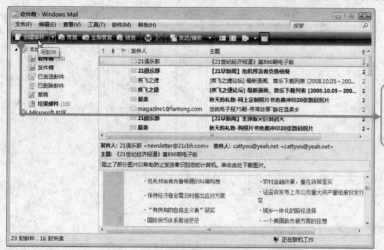

1

单击"创建邮件"按钮，将弹出"新邮件"窗口。

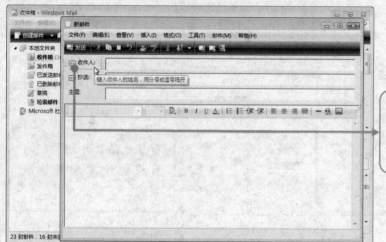

2

单击"收件人"按钮，将弹出"选择收件人"对话框。

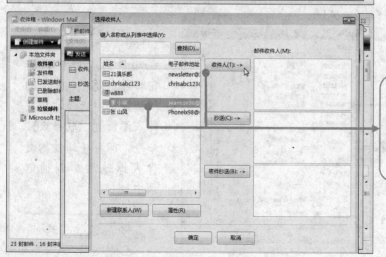

3

选择一个联系人，单击"收件人"按钮，该联系人就会被加入右侧的窗格中。

4 选择联系人后，若单击"抄送"按钮，则该联系人将被添加到"抄送"窗格中。

5 单击"确定"按钮。

6 可以看到，"收件人"和"抄送"文本框中已经自动填入了刚才所选的联系人。

7 输入主题和邮件的内容。

8 单击"发送"按钮，即可发出邮件。

3. 联系人编组

将联系人编组，可以更加有效地管理通信录，其操作步骤如下：

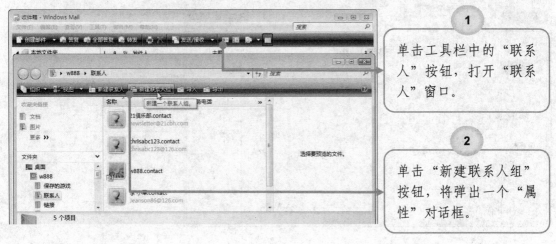

1 单击工具栏中的"联系人"按钮，打开"联系人"窗口。

2 单击"新建联系人组"按钮，将弹出一个"属性"对话框。

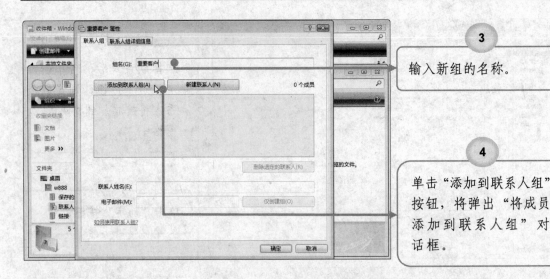

3 输入新组的名称。

4 单击"添加到联系人组"按钮,将弹出"将成员添加到联系人组"对话框。

5 按住 Ctrl 键来选择多个成员。

6 单击"添加"按钮,即可将联系人添加到新建的组中。

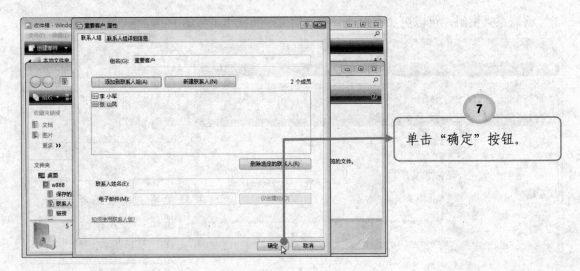

7 单击"确定"按钮。

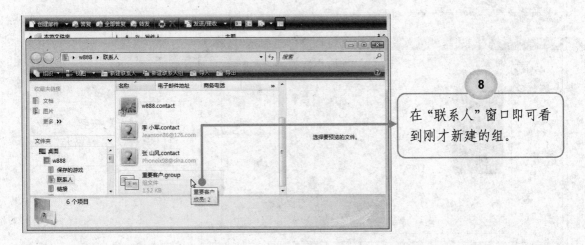

8

在"联系人"窗口即可看到刚才新建的组。

4. 导出

重新安装系统之前，别忘记备份通信录。备份的方法是执行导出操作。其作步骤如下：

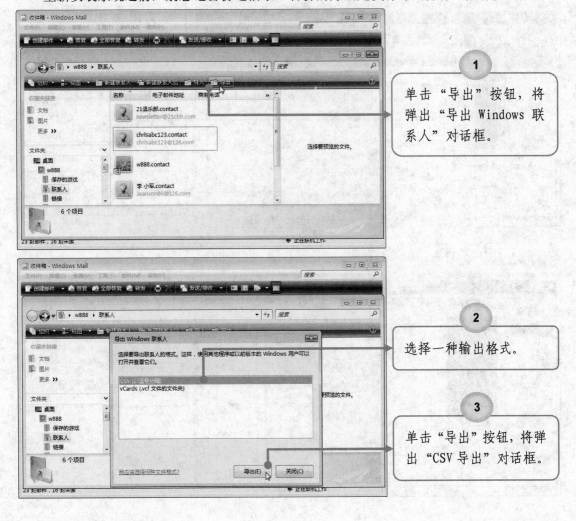

1

单击"导出"按钮，将弹出"导出 Windows 联系人"对话框。

2

选择一种输出格式。

3

单击"导出"按钮，将弹出"CSV 导出"对话框。

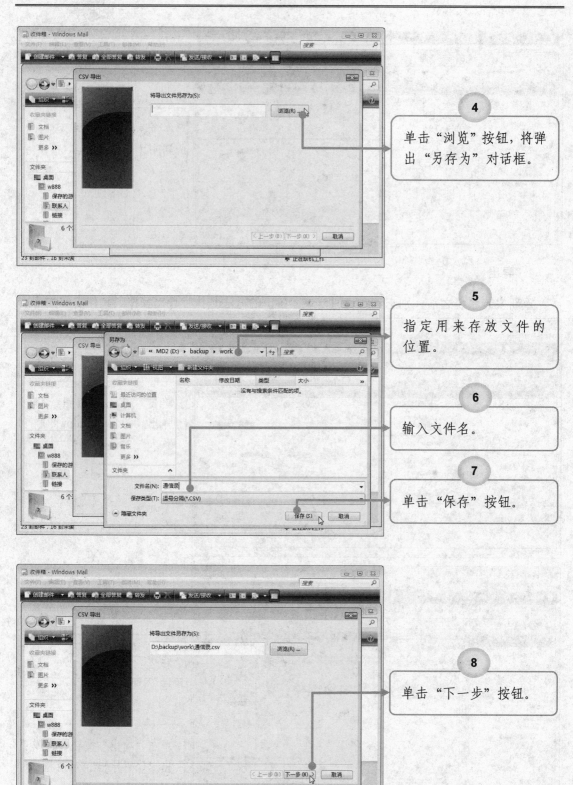

4 单击"浏览"按钮，将弹出"另存为"对话框。

5 指定用来存放文件的位置。

6 输入文件名。

7 单击"保存"按钮。

8 单击"下一步"按钮。

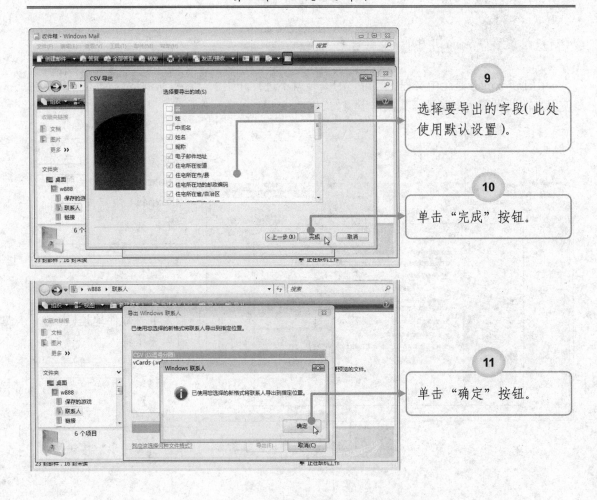

9

选择要导出的字段(此处使用默认设置)。

10

单击"完成"按钮。

11

单击"确定"按钮。

4.5　使用 Foxmail 收发邮件

Foxmail 是一款免费的国产邮件收发与管理软件,它的基本使用方法与 Windows Mail 相似,但是 Foxmail 的功能更强大,界面更漂亮,也更符合国内用户的使用习惯。

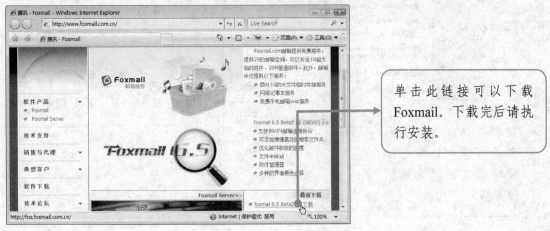

单击此链接可以下载 Foxmail。下载完后请执行安装。

4.5.1 设置 Foxmail 的邮件账号

由于 Foxmail 是全中文程序，对它的安装就不进行介绍了。它和 Windows Mail 一样，在使用之前要设置用户账号，其操作步骤如下：

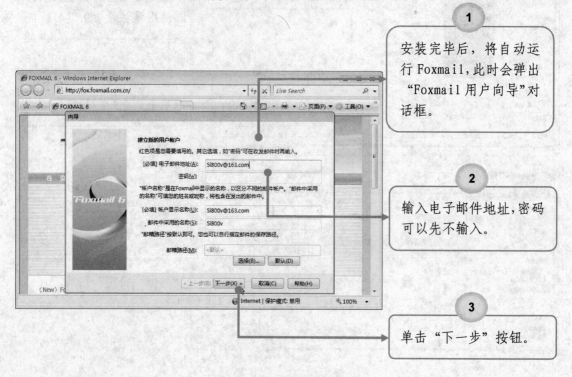

1 安装完毕后，将自动运行 Foxmail，此时会弹出 "Foxmail 用户向导"对话框。

2 输入电子邮件地址，密码可以先不输入。

3 单击"下一步"按钮。

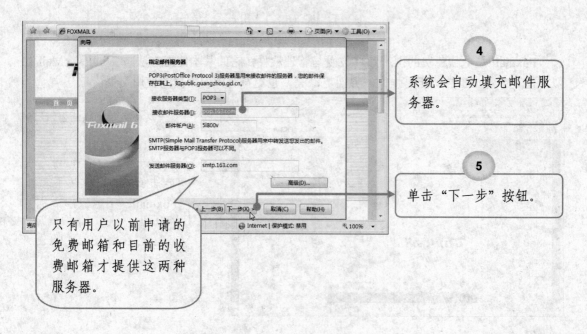

4 系统会自动填充邮件服务器。

5 单击"下一步"按钮。

只有用户以前申请的免费邮箱和目前的收费邮箱才提供这两种服务器。

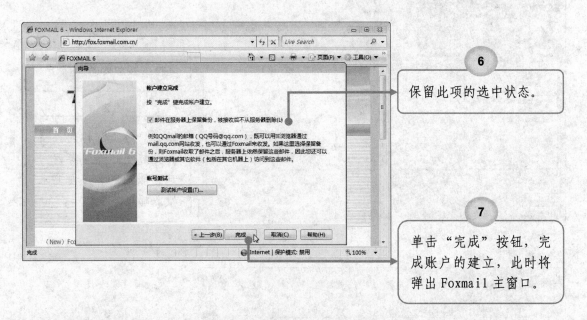

6

保留此项的选中状态。

7

单击"完成"按钮，完成账户的建立，此时将弹出 Foxmail 主窗口。

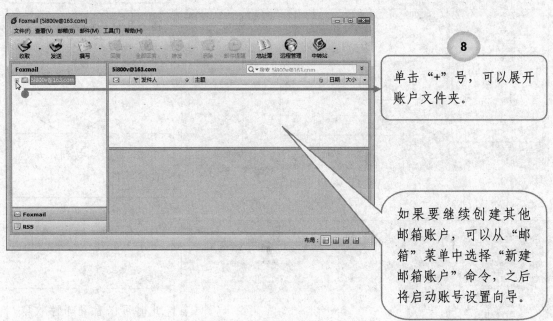

8

单击"+"号，可以展开账户文件夹。

如果要继续创建其他邮箱账户，可以从"邮箱"菜单中选择"新建邮箱账户"命令，之后将启动账号设置向导。

4.5.2 使用 Foxmail 处理邮件

1. 收信

其操作步骤如下：

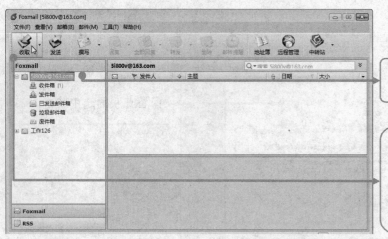

1 选择要接收邮件的账户。

2 单击"收取"按钮，将开始连接邮件服务器。连通服务器后，便要求输入邮箱口令。

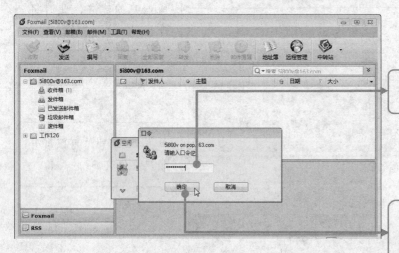

3 输入正确的邮箱口令。

4 单击"确定"按钮，开始接收邮件。

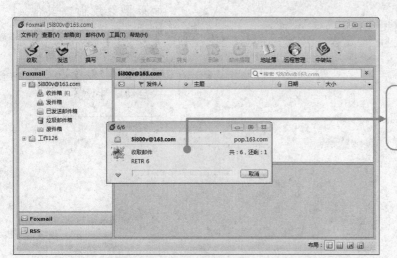

5 此时可以看到邮件收取的状态和进度。

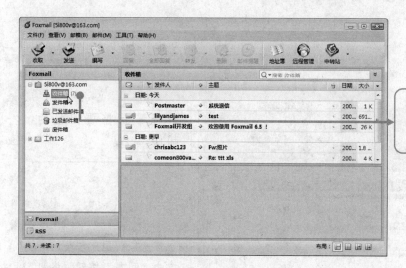

6

单击"收件箱"图标,即可看到刚刚收到的邮件。

2. 读信

其操作步骤如下:

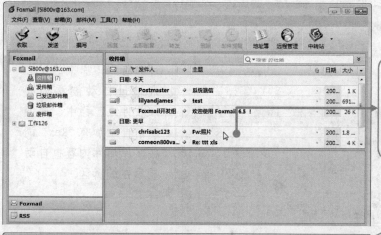

1

在邮件列表窗口中双击一封信的主题,即弹出一个窗口来显示信的全文。

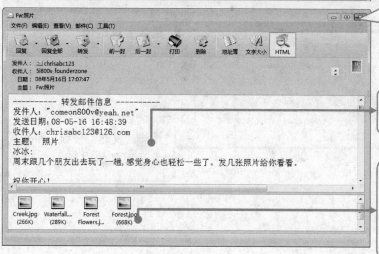

单击此按钮,可以关闭窗口。

2

这里是邮件正文。

3

这里是邮件中的附件,双击可以将其打开,或者单击右键后选择"另存为"命令来保存附件。

3. 回信

其作步骤如下：

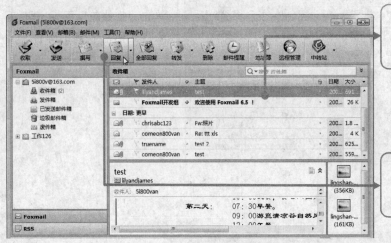

1 选择一封需要回复的邮件。

2 单击"回复"按钮，将打开"邮件回复"窗口。

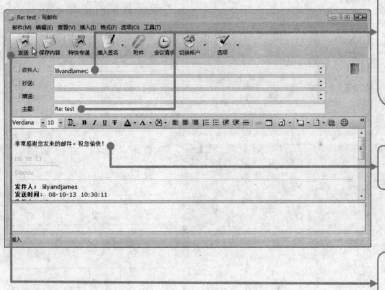

3 可以看到，原来的发信人地址自动被添加到"收件人"栏中，原主题前自动加有"Re:"词头，原邮件内容也自动显示在编辑区。

4 输入要说的话。

5 单击"发送"按钮，即可发送回复的内容。

4. 写信

其操作步骤如下：

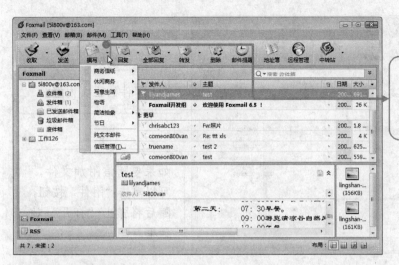

1

单击"撰写"按钮旁的下拉按钮，将弹出一个下拉菜单。

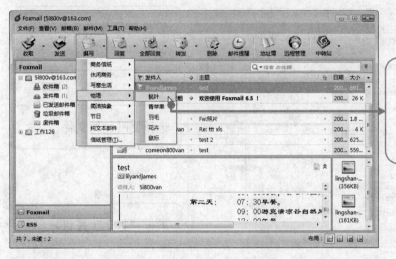

2

选择"物语"分类下的"枫叶"信纸，将打开以所选信纸为背景的"写邮件"窗口。

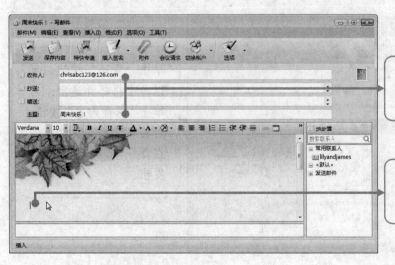

3

输入收件人的地址和邮件主题。

4

在正文区单击一下来定位光标。

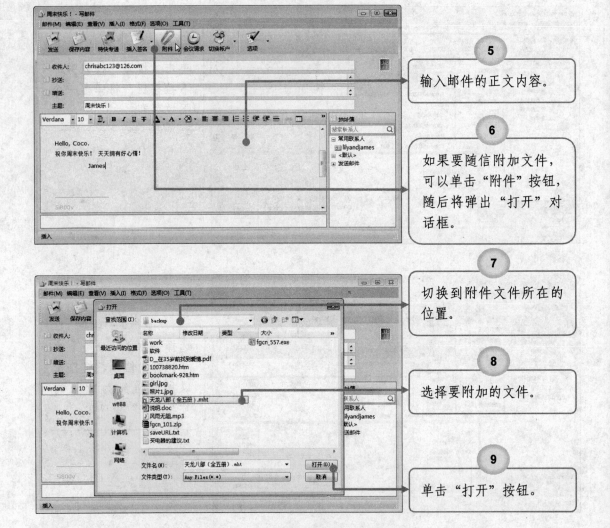

5

输入邮件的正文内容。

6

如果要随信附加文件，可以单击"附件"按钮，随后将弹出"打开"对话框。

7

切换到附件文件所在的位置。

8

选择要附加的文件。

9

单击"打开"按钮。

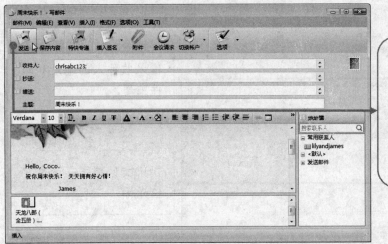

10

单击"发送"按钮，可以马上将邮件送出；若单击"保存内容"按钮，可将邮件放入发件箱，在下一次发信时一起发出。

4.5.3 使用 Foxmail 的邮件管理功能

1. 邮件的分类

操作步骤如下：

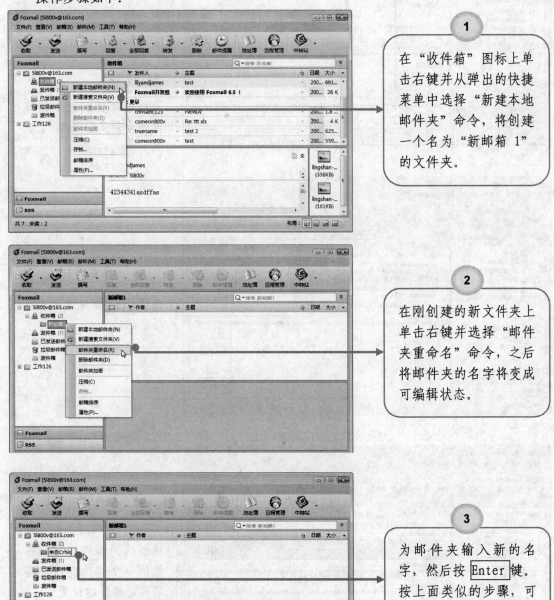

1 在"收件箱"图标上单击右键并从弹出的快捷菜单中选择"新建本地邮件夹"命令，将创建一个名为"新邮箱 1"的文件夹。

2 在刚创建的新文件夹上单击右键并选择"邮件夹重命名"命令，之后将邮件夹的名字将变成可编辑状态。

3 为邮件夹输入新的名字，然后按 Enter 键。按上面类似的步骤，可以继续创建子邮件夹。

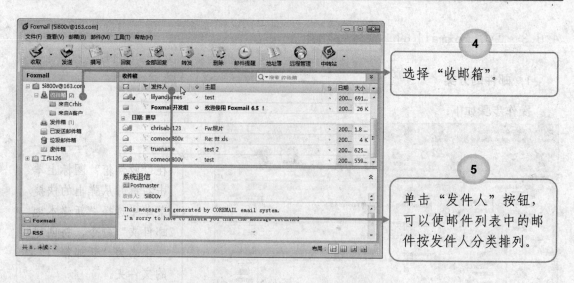

4 选择"收邮箱"。

5 单击"发件人"按钮，可以使邮件列表中的邮件按发件人分类排列。

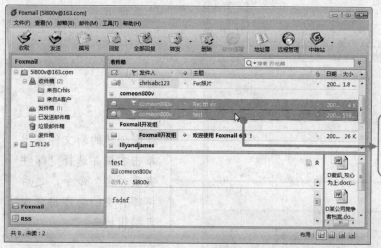

6 按住 Ctrl 键来选定要移动的邮件。

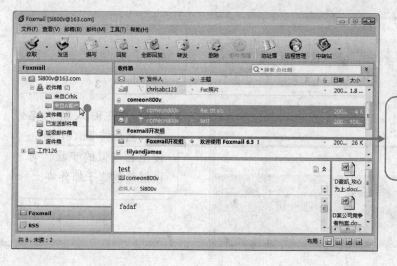

7 将所选的邮件拖拉到左侧的一个邮件夹内，即可移动邮件的位置。

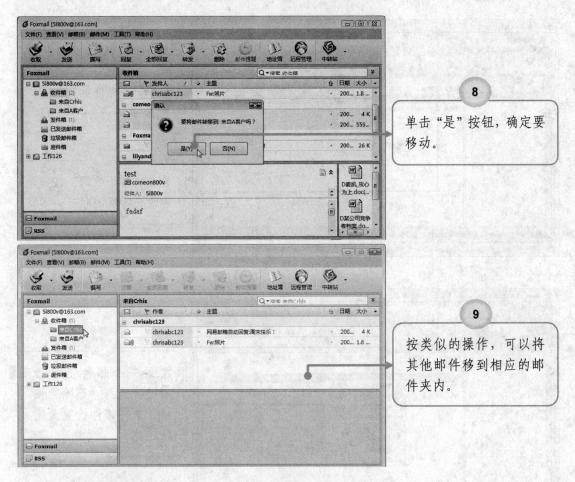

8

单击"是"按钮，确定要移动。

9

按类似的操作，可以将其他邮件移到相应的邮件夹内。

2．远程信箱管理

在下载服务器上的邮件之前，利用远程信箱管理功能可以直接对邮件进行操作。例如，您可以直接在服务器上删除一些垃圾邮件，或暂时不收取某些邮件。

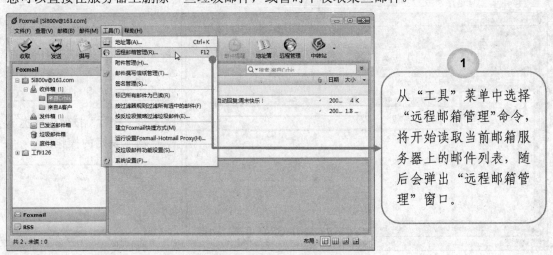

1

从"工具"菜单中选择"远程邮箱管理"命令，将开始读取当前邮箱服务器上的邮件列表，随后会弹出"远程邮箱管理"窗口。

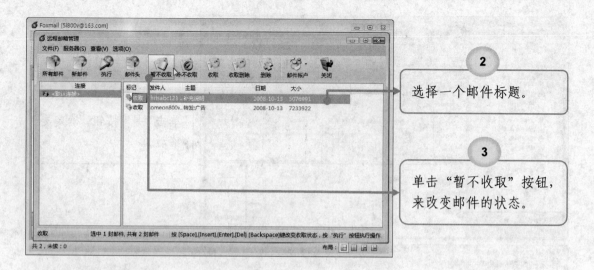

2 选择一个邮件标题。

3 单击"暂不收取"按钮，来改变邮件的状态。

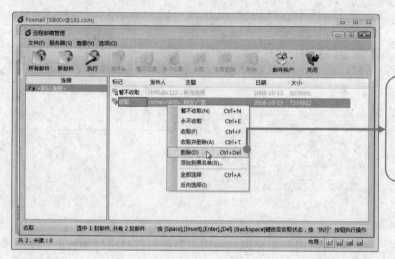

4 在另一个邮件上单击右键并选择"删除"按钮，来将邮件设置为删除状态。

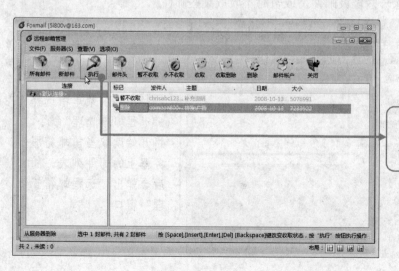

5 单击"执行"按钮，将执行刚才设定的操作。

执行完毕后,单击"关闭"按钮。

3. 过滤管理器

如果您要接收的邮件很多,并且希望自动将它们分类保存到不同的邮箱中,就要使用过滤管理器。其操作步骤如下:

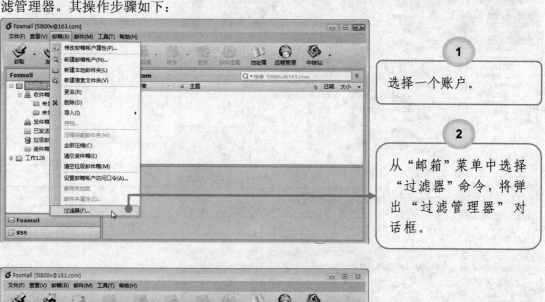

1

选择一个账户。

2

从"邮箱"菜单中选择"过滤器"命令,将弹出"过滤管理器"对话框。

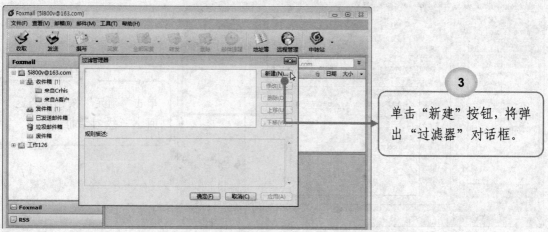

3

单击"新建"按钮,将弹出"过滤器"对话框。

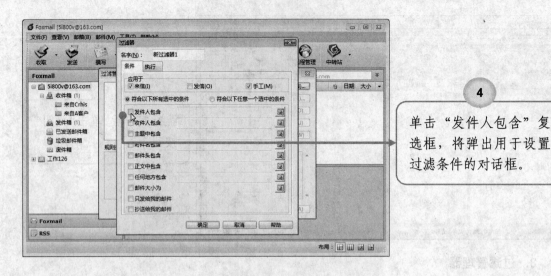

4

单击"发件人包含"复选框，将弹出用于设置过滤条件的对话框。

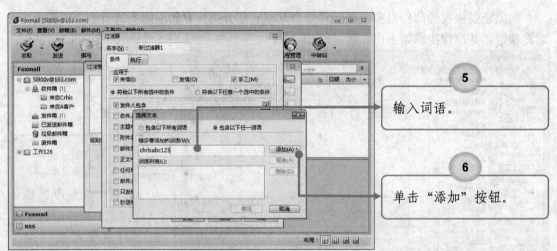

5

输入词语。

6

单击"添加"按钮。

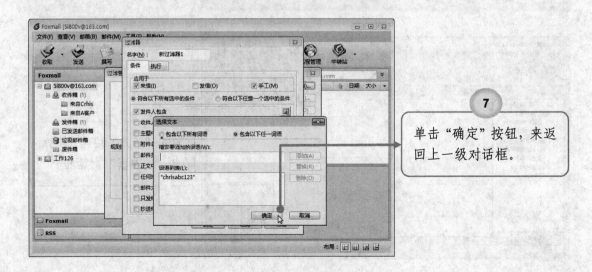

7

单击"确定"按钮，来返回上一级对话框。

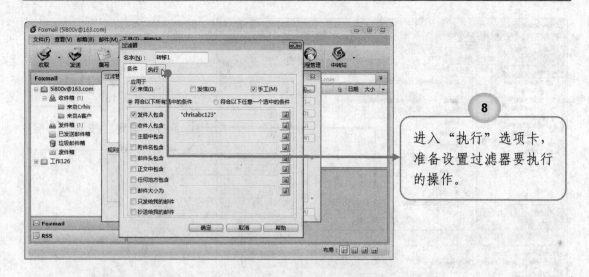

8

进入"执行"选项卡，
准备设置过滤器要执行
的操作。

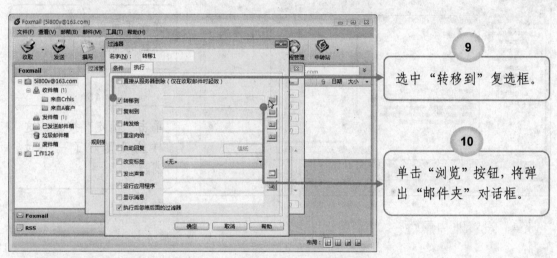

9

选中"转移到"复选框。

10

单击"浏览"按钮，将弹
出"邮件夹"对话框。

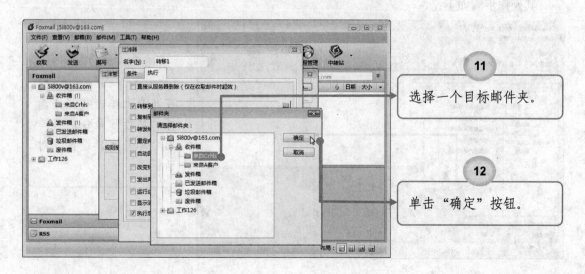

11

选择一个目标邮件夹。

12

单击"确定"按钮。

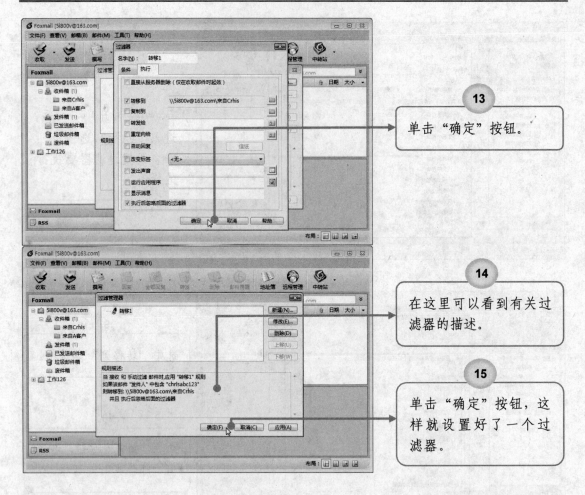

13 单击"确定"按钮。

14 在这里可以看到有关过滤器的描述。

15 单击"确定"按钮,这样就设置好了一个过滤器。

4.5.4 设置账户属性

其操作步骤如下:

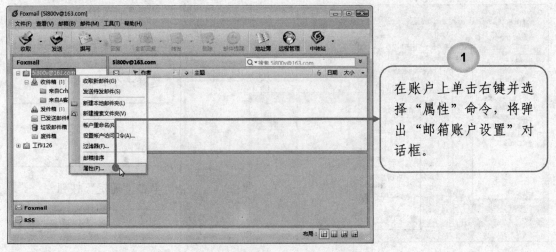

1 在账户上单击右键并选择"属性"命令,将弹出"邮箱账户设置"对话框。

144

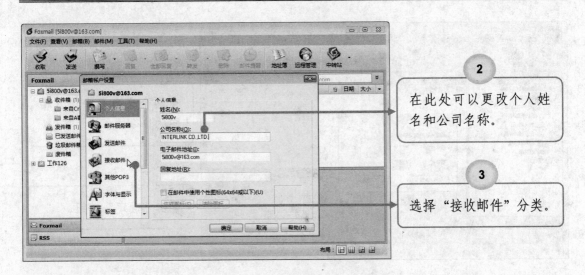

2

在此处可以更改个人姓名和公司名称。

3

选择"接收邮件"分类。

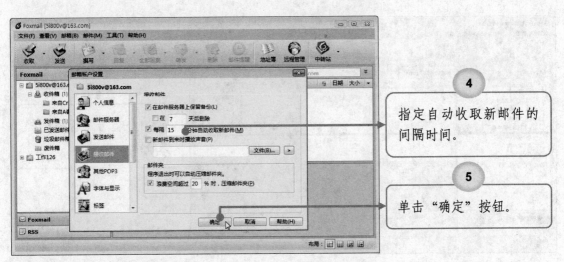

4

指定自动收取新邮件的间隔时间。

5

单击"确定"按钮。

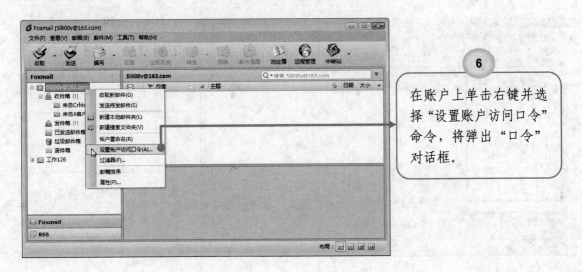

6

在账户上单击右键并选择"设置账户访问口令"命令,将弹出"口令"对话框。

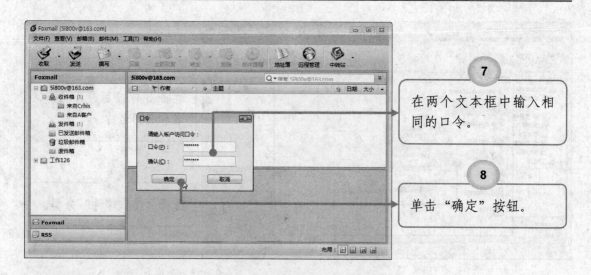

7 在两个文本框中输入相同的口令。

8 单击"确定"按钮。

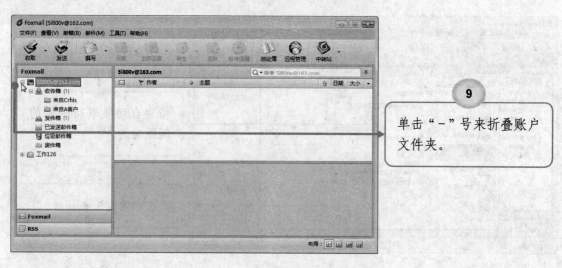

9 单击"-"号来折叠账户文件夹。

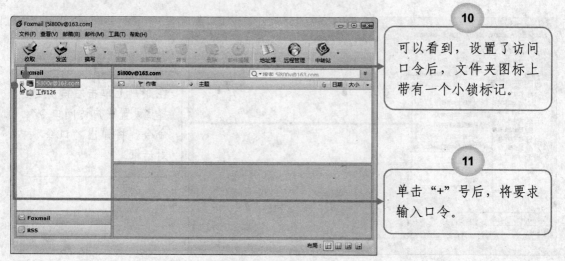

10 可以看到,设置了访问口令后,文件夹图标上带有一个小锁标记。

11 单击"+"号后,将要求输入口令。

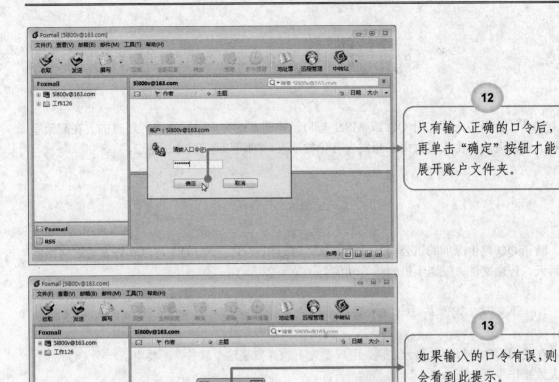

12

只有输入正确的口令后，再单击"确定"按钮才能展开账户文件夹。

13

如果输入的口令有误，则会看到此提示。

可以发现，为账户添加访问口令后，可以对账户起到一定程度的保护作用。

第5章 网上交流

如今，有很多人都在用 QQ 或 MSN 与自己的朋友或客户进行交流，还有的人在聊天室里和五湖四海的陌生人侃大山；想发表言论的朋友，则可以逛逛 BBS 论坛。

5.1 QQ 聊天

腾讯 QQ 是由深圳腾讯公司开发的一款即时通讯软件，使用 QQ 可以和好友通过网络实现聊天、传输文件、发送手机短信等功能。

5.1.1 下载 QQ 软件与申请 QQ 号码

在使用 QQ 进行网上聊天之前，用户要先下载并安装这个软件，还要申请一个 QQ 号码。其大致操作步骤如下：

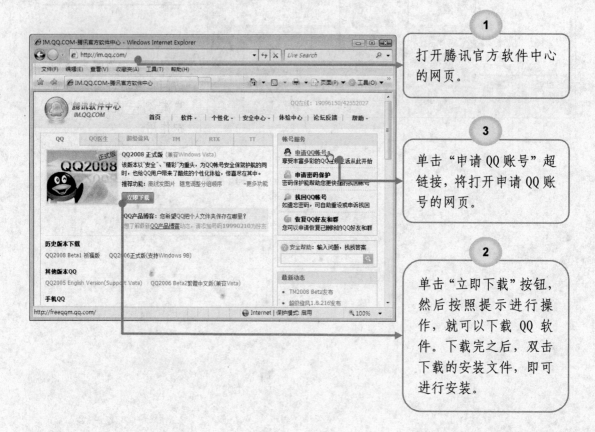

1 打开腾讯官方软件中心的网页。

3 单击"申请 QQ 账号"超链接，将打开申请 QQ 账号的网页。

2 单击"立即下载"按钮，然后按照提示进行操作，就可以下载 QQ 软件。下载完之后，双击下载的安装文件，即可进行安装。

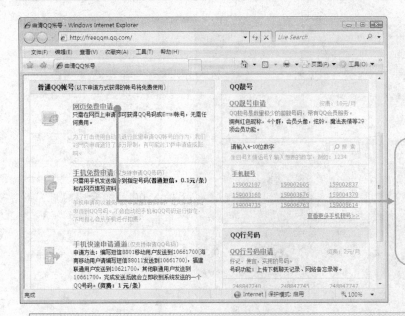

4

单击"网页免费申请"超链接，然后按照提示进行操作，就可以通过网络申请免费的 QQ 号码。

提示

　　申请到的号码以及申请时输入的密码需要牢牢记住，否则就无法使用该号码正常登录 QQ。

5.1.2　登录 QQ

　　安装了 QQ 软件，也申请到了 QQ 号码之后，就可以登录 QQ 了，其操作步骤如下：

1

双击桌面上的"腾讯 QQ"图标，将打开"QQ 用户登录"对话框。

2

对于还没有 QQ 号码的用户，可以单击"申请账号"超链接。

3

输入 QQ 号码和密码后，单击"登录"按钮。

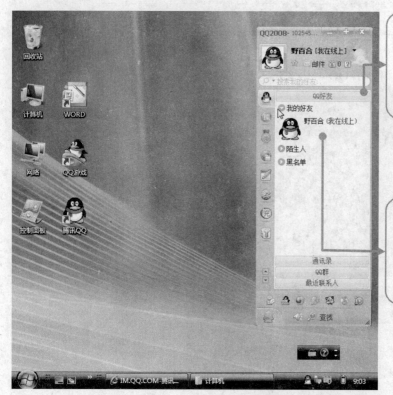

4

登录成功后，则会打开 QQ 操作面板，在任务栏的右下角也会出现 QQ 的图标。

5

如果是第一次使用 QQ，则展开"我的好友"列表后只能看到自己的头像。

5.1.3　添加好友

　　要想和朋友在 QQ 上聊天，还有一个前提就是需要知道他的 QQ 号码，并将其加为 QQ 好友。其操作步骤如下：

1 单击 QQ 操作面板中的"查找用户"按钮，将打开"QQ2008 查找/添加好友"对话框。

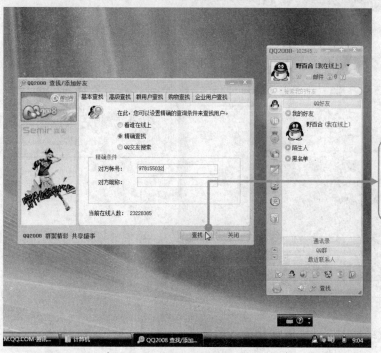

2 输入对方的 QQ 号码，单击"查找"按钮开始查找。

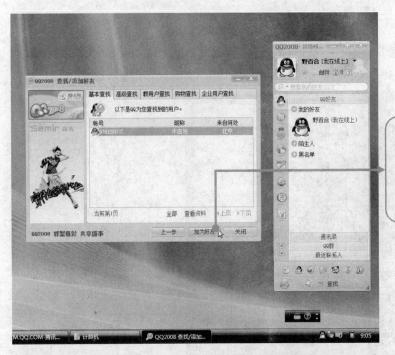

3

选择找到的用户，单击"加为好友"按钮。如果对方需要进行身份验证，则会出现验证窗口。

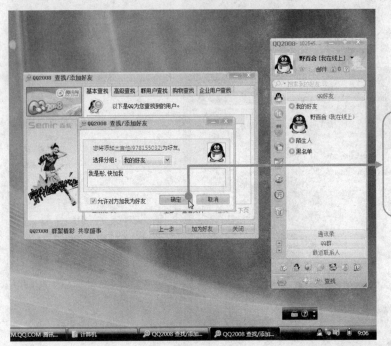

4

输入验证信息后，再单击"确定"按钮，系统将验证信息发送给对方。

提示

常把网络上的好友或经常上网的朋友简称为"网友"。

5

如果对方通过了验证信息，并同意了请求，则操作面板底端的小喇叭会闪动，双击该喇叭按钮可以打开对方同意验证的消息。

6

单击"确定"按钮完成好友的添加，同时在"我的好友"列表中也会出现该好友的名字。

5.1.4　开始聊天

做好了准备工作，就可以开始聊天了。其操作步骤如下：

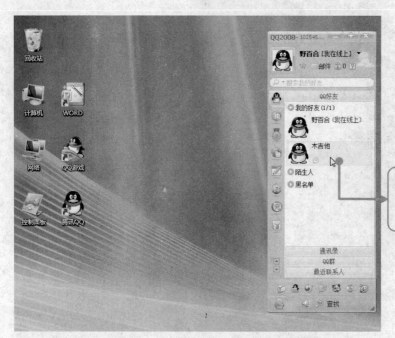

1

双击一个要与之聊天的对象，将打开对话窗口。

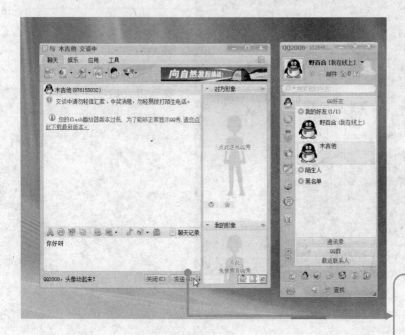

2

输入要说的话后，单击"发送"按钮来发送消息。

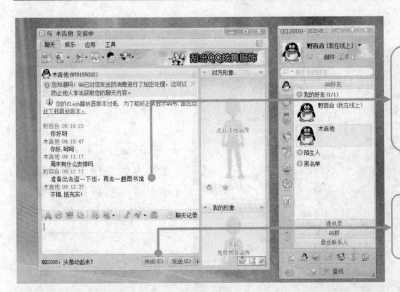

3 在对话窗口中会出现自己发送的消息，对方发送的消息也会显示在这个窗口内。

4 单击"关闭"按钮，可以关闭对话窗口。

5 单击自己 QQ 昵称旁的下拉按钮后，从弹出的菜单中选择一项，即可改变 QQ 工作状态，比如中午要出去吃饭时，就可以选择"离开"状态；忙于工作时不希望被别人打扰，就可以选择"忙碌"状态。

　　如果选择"隐身"，用户的头像将在对方的好友列表中显示为灰色（即不在线状态），但不影响用户正常使用 QQ 的所有功能，这样用户可免受别人打扰。

5.1.5　传送文件

　　通过 QQ 不仅可以聊天，还可以把各种文件（例如照片、音乐、Word 文档等）传送给别人。

1

在好友的头像上单击鼠标右键，再将鼠标指针指向 ⚡（扩展）按钮。

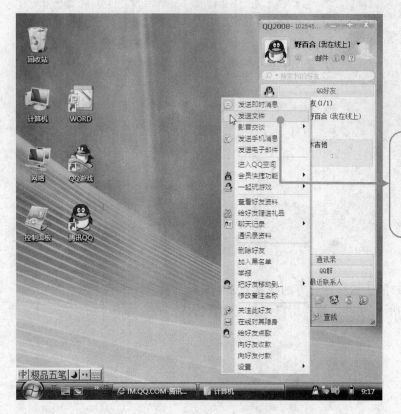

2

从弹出的菜单中选择"发送文件"命令，将打开一个文件浏览窗口。

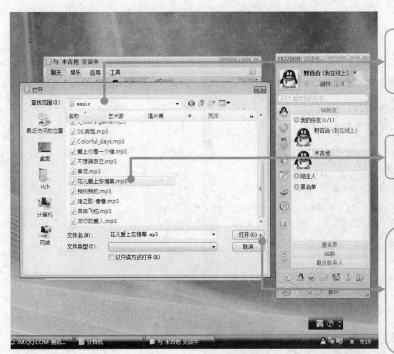

3 切换到文件所在的位置。

4 选择要传送的文件。

5 单击"打开"按钮后，将会给对方发送一条消息。如果对方接受了文件，则会看到发送的进度。

6 当文件传送成功之后，会显示出发送完毕的提示。

7 通过这一排按钮，可以选择发送短信、语音聊天、视频聊天等功能。

8 这一排按钮有更多功能，感兴趣的读者可以自己去尝试。

5.1.6 QQ个人设置

操作步骤如下：

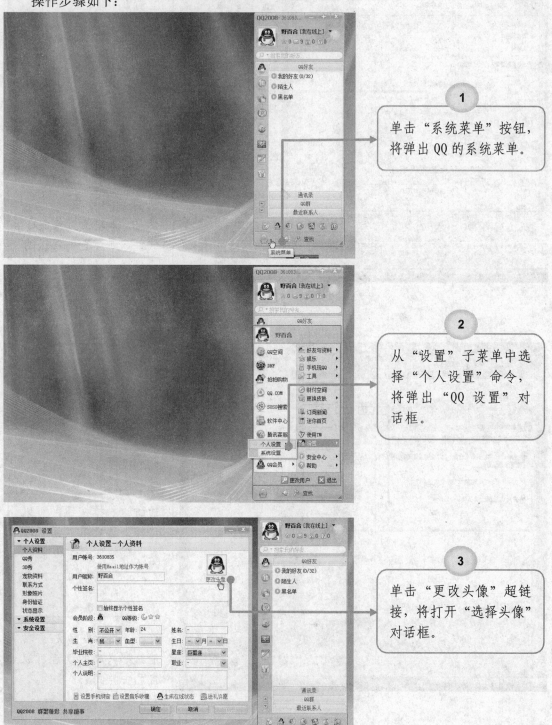

1

单击"系统菜单"按钮，将弹出QQ的系统菜单。

2

从"设置"子菜单中选择"个人设置"命令，将弹出"QQ设置"对话框。

3

单击"更改头像"超链接，将打开"选择头像"对话框。

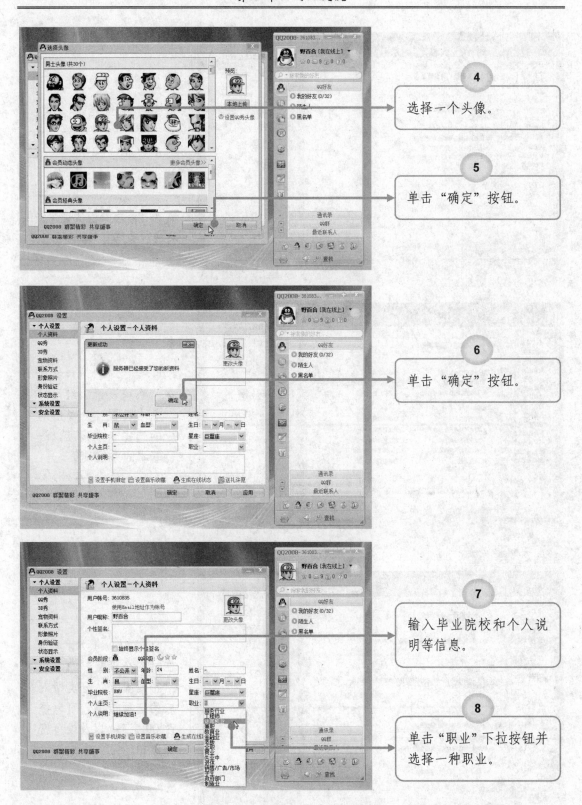

4 选择一个头像。

5 单击"确定"按钮。

6 单击"确定"按钮。

7 输入毕业院校和个人说明等信息。

8 单击"职业"下拉按钮并选择一种职业。

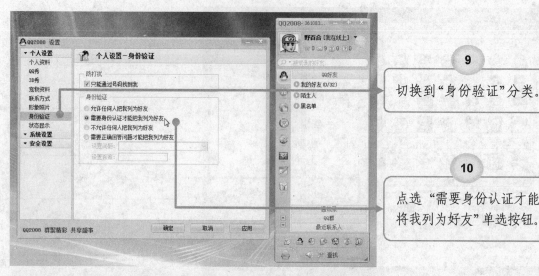

9 切换到"身份验证"分类。

10 点选"需要身份认证才能将我列为好友"单选按钮。

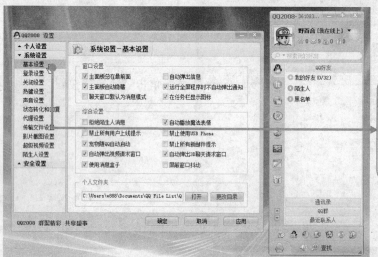

11 在"系统设置"组下的"基本设置"分类所对应的选项卡中，可以进行基本的系统设置。

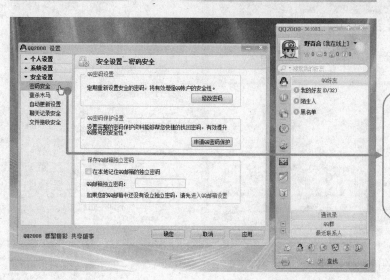

12 在"安全设置"组下的"密码安全"分类所对应的选项卡中，可以修改QQ密码，以及设置密码保护。

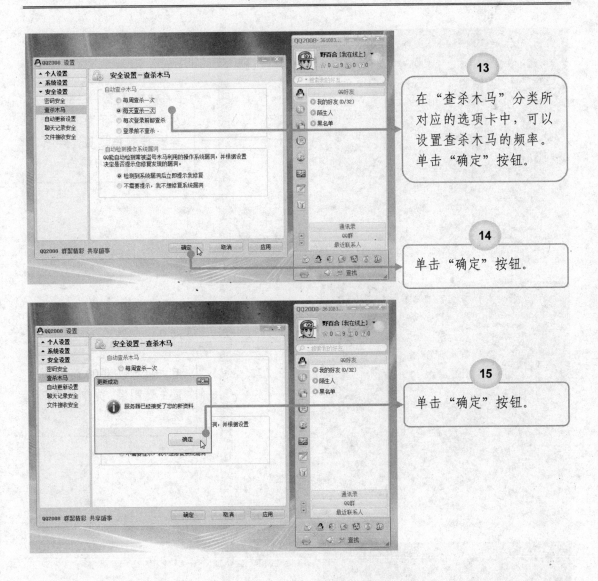

13

在"查杀木马"分类所对应的选项卡中,可以设置查杀木马的频率。单击"确定"按钮。

14

单击"确定"按钮。

15

单击"确定"按钮。

5.1.7 更改 QQ 外观

用户可以根据自己的喜好改变 QQ 的外观和颜色,使其更加美观,其操作步骤如下:

1

单击"颜色改变"按钮,将弹出一个下拉菜单。

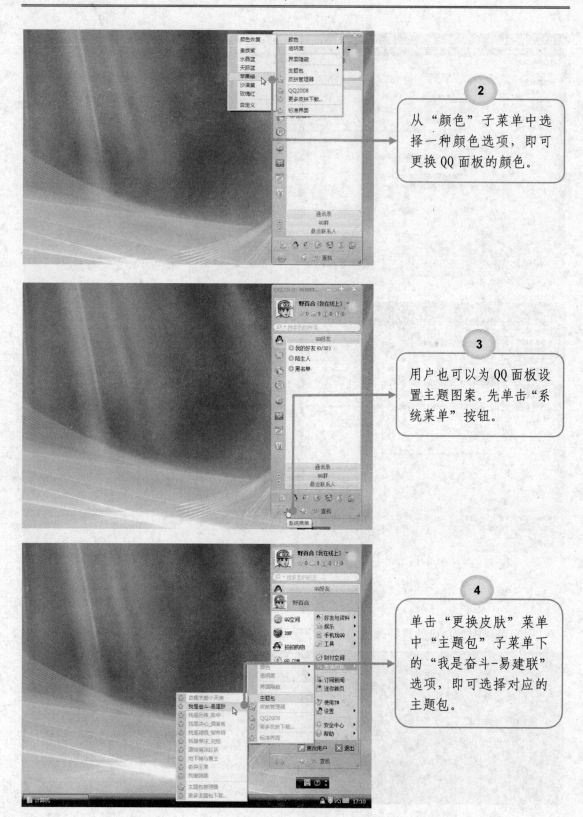

2

从"颜色"子菜单中选择一种颜色选项，即可更换QQ面板的颜色。

3

用户也可以为QQ面板设置主题图案。先单击"系统菜单"按钮。

4

单击"更换皮肤"菜单中"主题包"子菜单下的"我是奋斗-易建联"选项，即可选择对应的主题包。

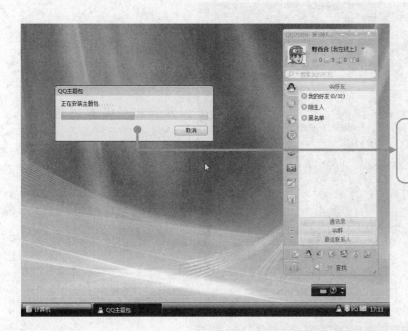

5

正在安装所选的主题包，请稍候。

6

可以看到，QQ 面板已经完全变样了——这就是套用了主题包之后的效果。

7

单击加号"+"按钮。

8

从弹出的菜单中选择"标准界面"命令，可以将QQ面板恢复成标准界面。

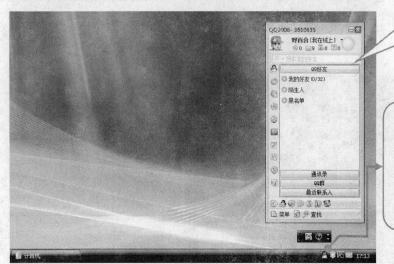

这就是以标准界面显示的QQ窗口。

9

在任务栏右下角的 QQ 图标上单击右键，并从弹出的菜单中选择"退出"命令，可以关闭QQ程序。

5.2 用 MSN 交流

MSN 的全称是 Microsoft Service Network（微软服务网络）。MSN Messenger 是一个出自微软（Microsoft）公司的即时通信工具，它和 QQ 是同一个类别的工具。MSN Messenger 的最新版本是 Windows Live Messenger。由于 Windows Live Messenger 这个名称比较长，念起来也不方便，所以现在很多人还是把 Windows Live Messenger 简称为 MSN。

5.2.1 下载与安装

其操作步骤如下：

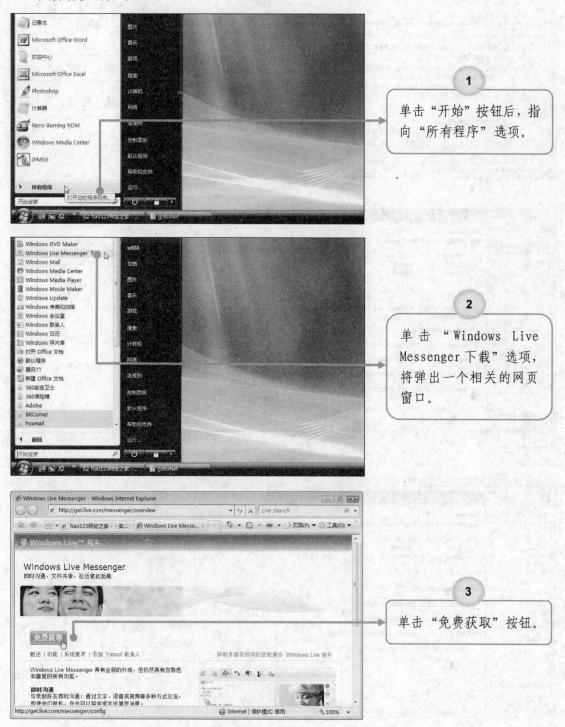

1 单击"开始"按钮后，指向"所有程序"选项。

2 单击"Windows Live Messenger 下载"选项，将弹出一个相关的网页窗口。

3 单击"免费获取"按钮。

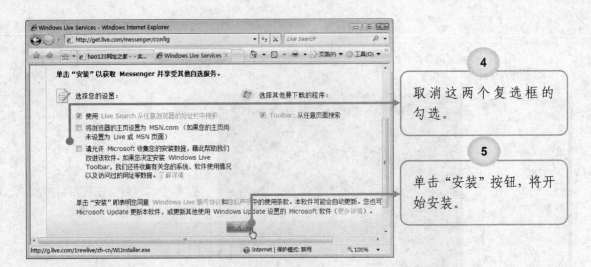

4

取消这两个复选框的勾选。

5

单击"安装"按钮，将开始安装。

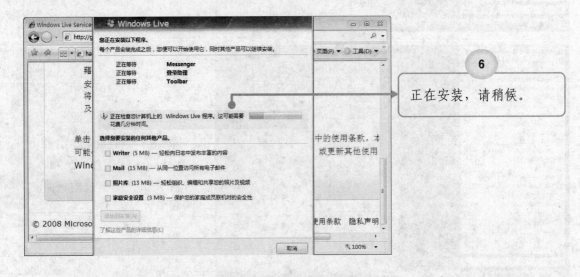

6

正在安装，请稍候。

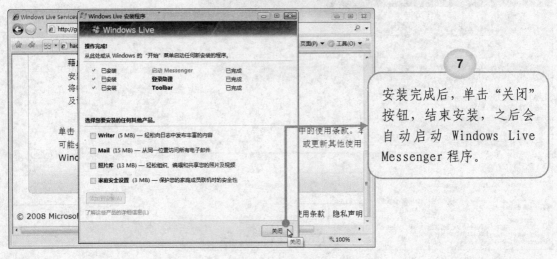

7

安装完成后，单击"关闭"按钮，结束安装，之后会自动启动 Windows Live Messenger 程序。

5.2.2　注册账号

其操作步骤如下：

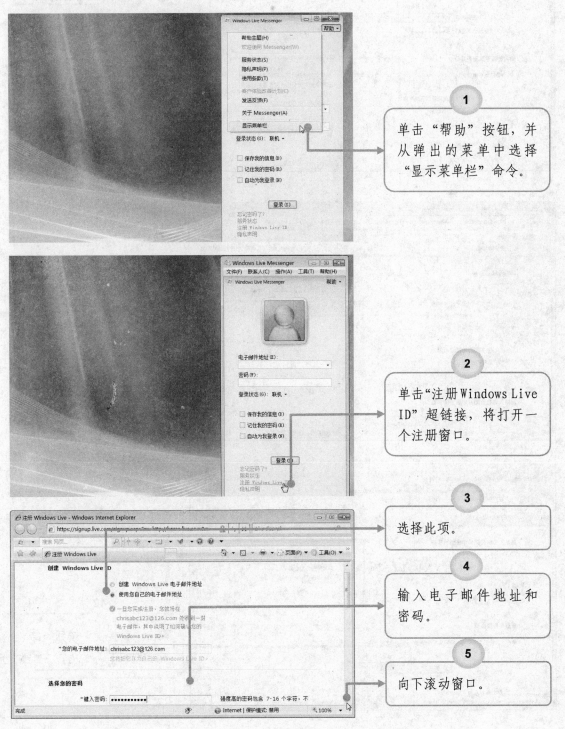

1 单击"帮助"按钮，并从弹出的菜单中选择"显示菜单栏"命令。

2 单击"注册Windows Live ID"超链接，将打开一个注册窗口。

3 选择此项。

4 输入电子邮件地址和密码。

5 向下滚动窗口。

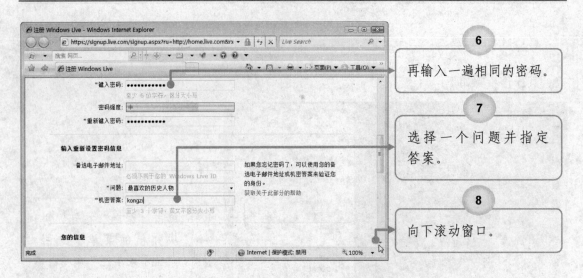

6

再输入一遍相同的密码。

7

选择一个问题并指定答案。

8

向下滚动窗口。

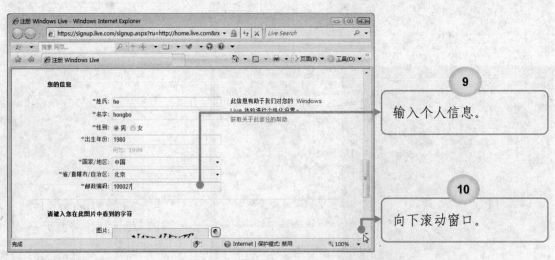

9

输入个人信息。

10

向下滚动窗口。

11

输入验证字符。

12

单击"我接受"按钮,结束注册过程。

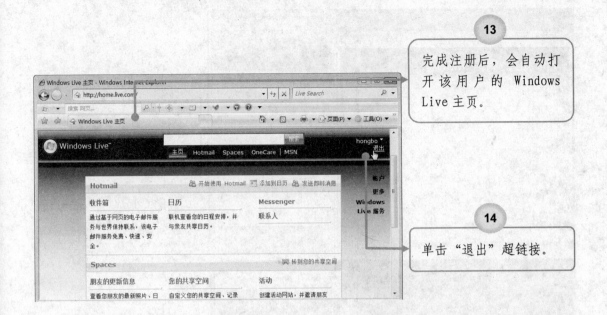

13 完成注册后，会自动打开该用户的 Windows Live 主页。

14 单击"退出"超链接。

5.2.3　查找与添加联系人

其操作步骤如下：

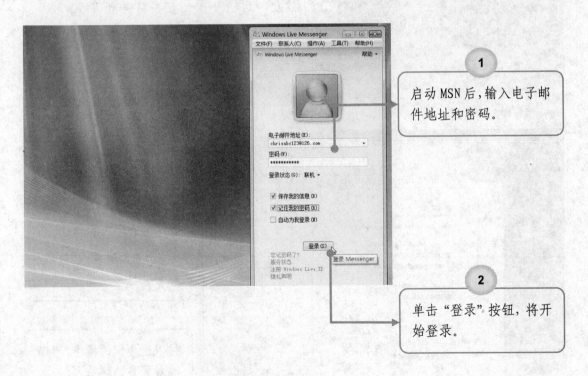

1 启动 MSN 后，输入电子邮件地址和密码。

2 单击"登录"按钮，将开始登录。

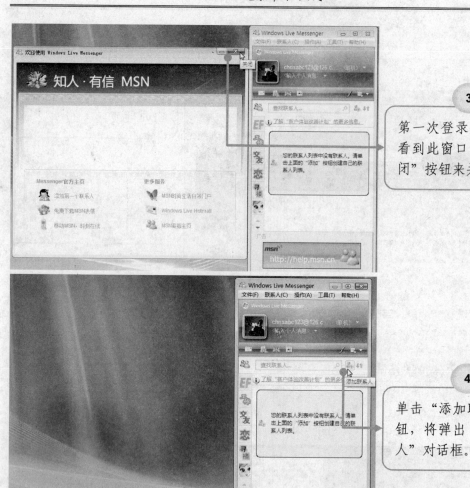

3 第一次登录成功后，会看到此窗口。单击"关闭"按钮来关闭它。

4 单击"添加联系人"按钮，将弹出"添加联系人"对话框。

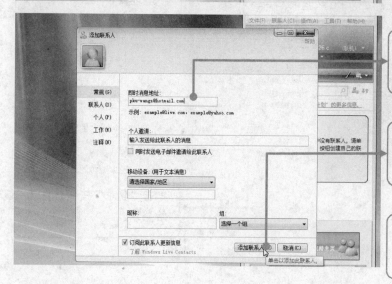

5 输入对方用于注册 MSN 的电子邮箱地址。

6 单击"添加联系人"按钮，即可完成添加操作。

7 按以上类似的操作，可以添加更多的联系人。

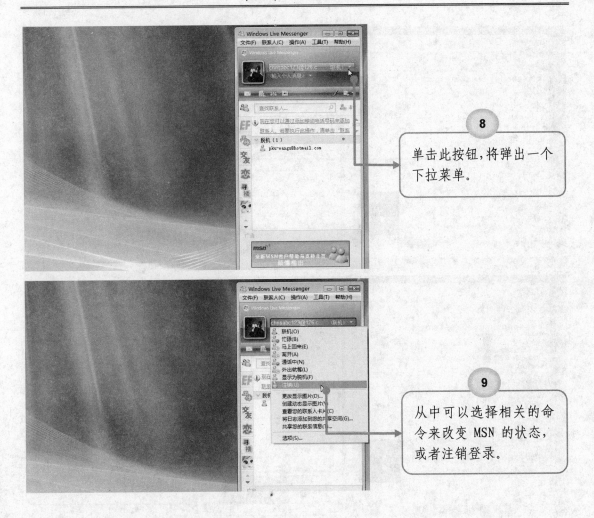

8

单击此按钮,将弹出一个下拉菜单。

9

从中可以选择相关的命令来改变 MSN 的状态,或者注销登录。

5.2.4　聊天与传送文件

其操作步骤如下:

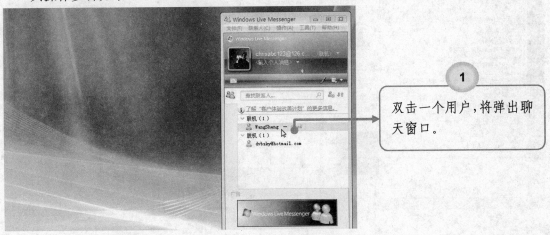

1

双击一个用户,将弹出聊天窗口。

2

输入要说的话后，单击
"发送"按钮。

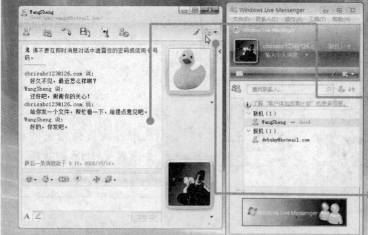

3

双方的聊天内容都会列
在这个窗口内。

4

单击此按钮，将弹出一个
菜单。

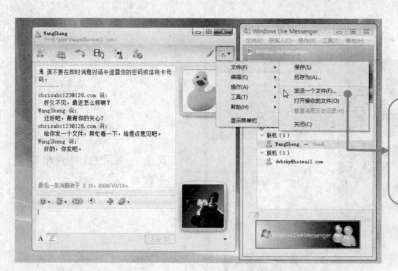

5

从"文件"菜单中选择
"发送一个文件"命令，
将弹出"发送文件"对
话框。

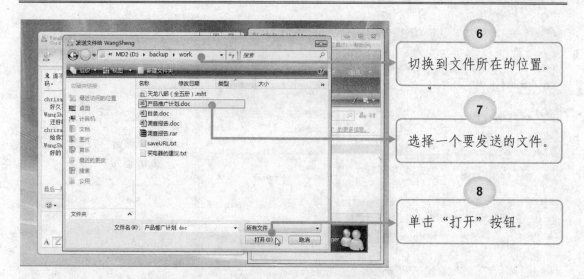

6 切换到文件所在的位置。

7 选择一个要发送的文件。

8 单击"打开"按钮。

9 此时正在等待对方接收。只要对方接受了，便开始文件的传输。

10 可以看到，文件发送成功了。

11 继续进行对话。

12

单击"表情"按钮,将弹出表情面板。

13

选择一个笑脸。

14

单击"发送"按钮,将发出对应的表情。

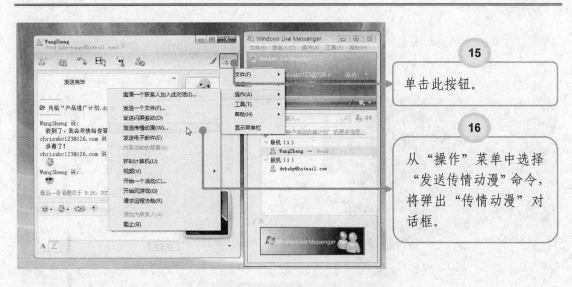

15

单击此按钮。

16

从"操作"菜单中选择"发送传情动漫"命令，将弹出"传情动漫"对话框。

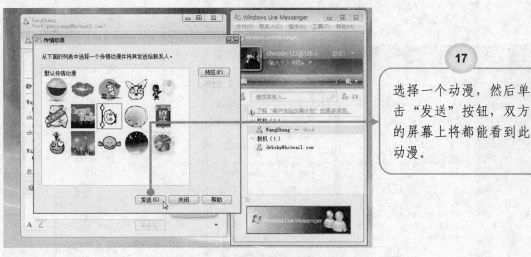

17

选择一个动漫，然后单击"发送"按钮，双方的屏幕上将都能看到此动漫。

18

单击"关闭"按钮，将结束聊天。

5.2.5 分组管理联系人

其操作步骤如下：

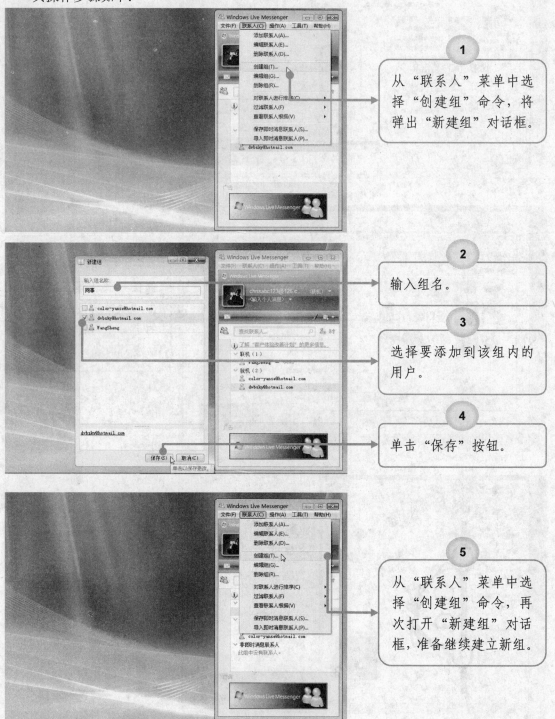

1 从"联系人"菜单中选择"创建组"命令，将弹出"新建组"对话框。

2 输入组名。

3 选择要添加到该组内的用户。

4 单击"保存"按钮。

5 从"联系人"菜单中选择"创建组"命令，再次打开"新建组"对话框，准备继续建立新组。

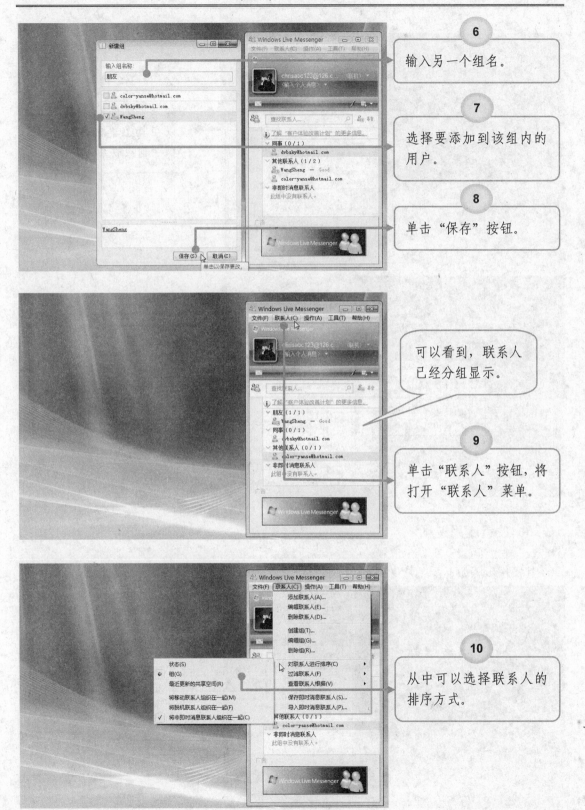

6 输入另一个组名。

7 选择要添加到该组内的用户。

8 单击"保存"按钮。

可以看到，联系人已经分组显示。

9 单击"联系人"按钮，将打开"联系人"菜单。

10 从中可以选择联系人的排序方式。

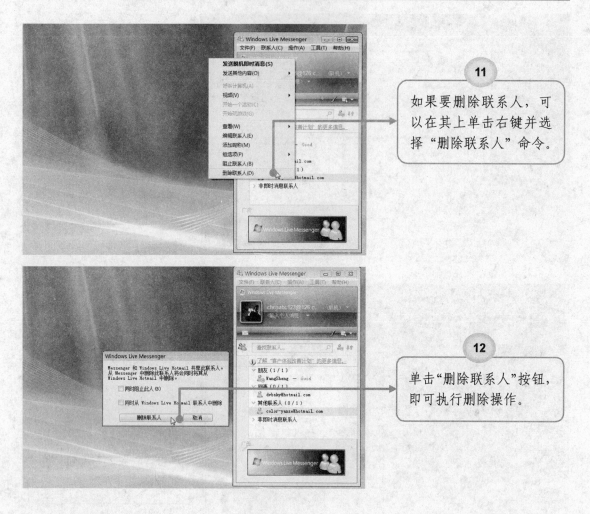

11 如果要删除联系人，可以在其上单击右键并选择"删除联系人"命令。

12 单击"删除联系人"按钮，即可执行删除操作。

5.2.6 设置常用选项

其操作步骤如下：

1 单击"工具"按钮，将打开"工具"菜单。

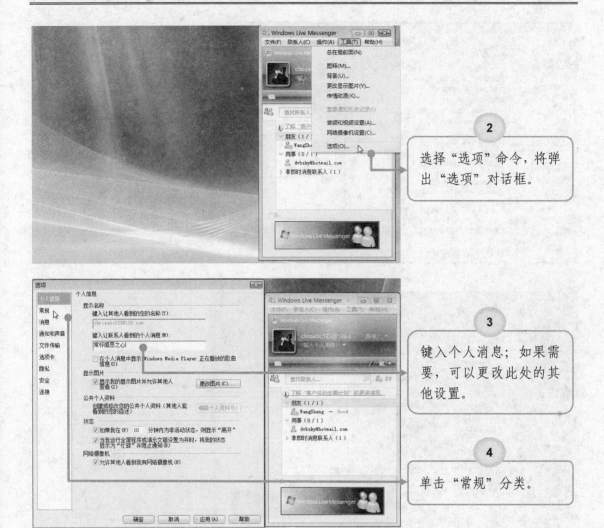

2

选择"选项"命令，将弹出"选项"对话框。

3

键入个人消息；如果需要，可以更改此处的其他设置。

4

单击"常规"分类。

5

更改登录设置。

6

单击"消息"分类。

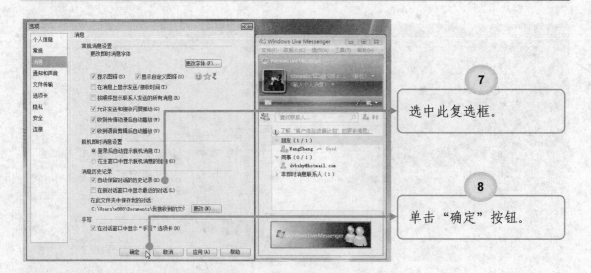

7 选中此复选框。

8 单击"确定"按钮。

9 可以看到,此处的个人消息已经改变了。

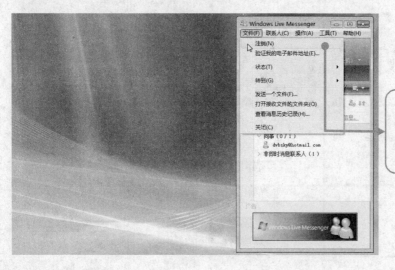

10 从"文件"菜单中选择"注销"命令,将注销MSN的登录。

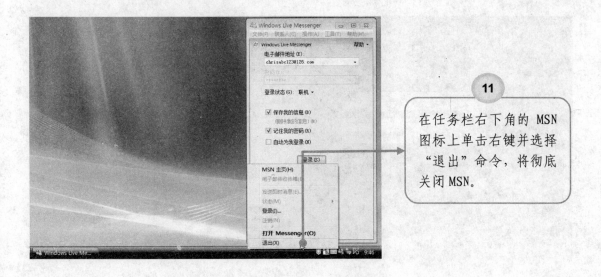

在任务栏右下角的 MSN 图标上单击右键并选择"退出"命令，将彻底关闭 MSN。

5.3　在聊天室交流

大家聊天的目的往往是为了交朋友、问问题、学知识和谈心情。为此，很多网站都提供了这种服务，而且它也成为网站吸引网民的一种手段。

5.3.1　使用 QQ 聊天室

QQ 的聊天室功能非常强大，用户除了可以使用 QQ 的操作面板与好友交流外，也可以进入聊天室与好友聊天。

1．聊天室软件的安装与登录

其操作步骤如下：

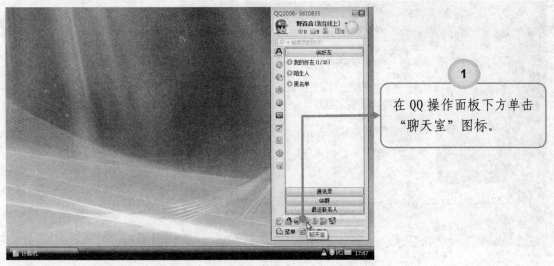

在 QQ 操作面板下方单击"聊天室"图标。

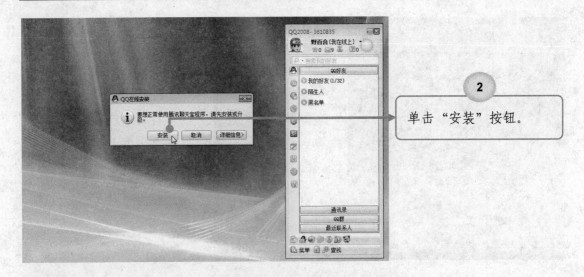

2

单击"安装"按钮。

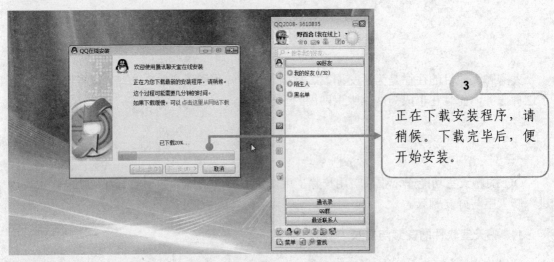

3

正在下载安装程序，请稍候。下载完毕后，便开始安装。

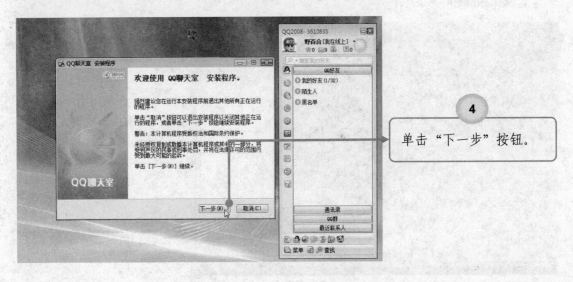

4

单击"下一步"按钮。

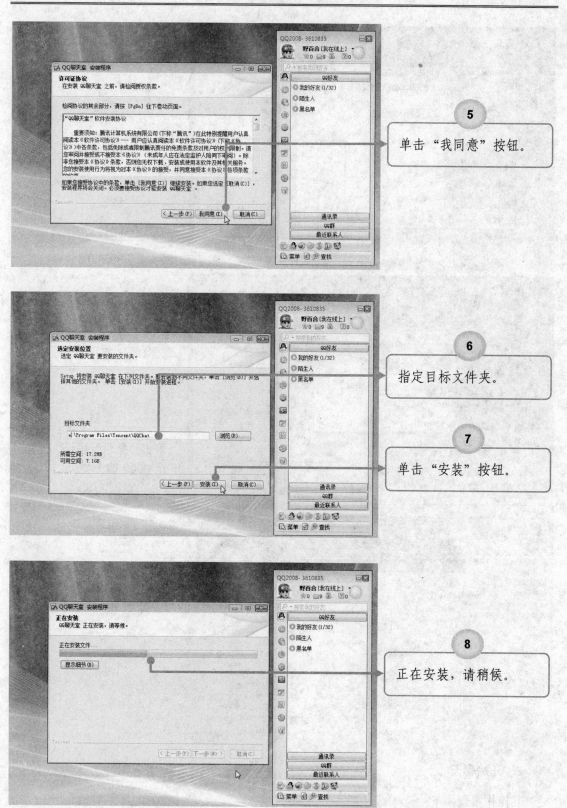

5 单击"我同意"按钮。

6 指定目标文件夹。

7 单击"安装"按钮。

8 正在安装,请稍候。

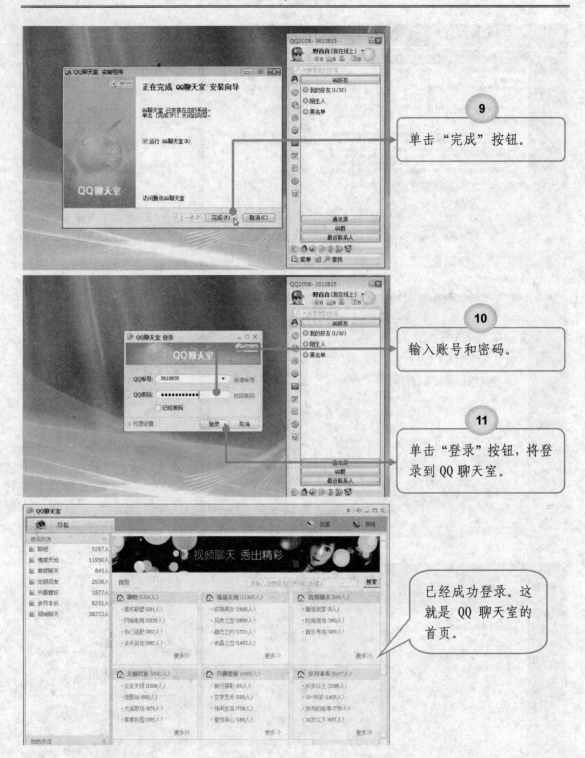

9 单击"完成"按钮。

10 输入账号和密码。

11 单击"登录"按钮,将登录到 QQ 聊天室。

已经成功登录。这就是 QQ 聊天室的首页。

2. 开始聊天

其操作步骤如下:

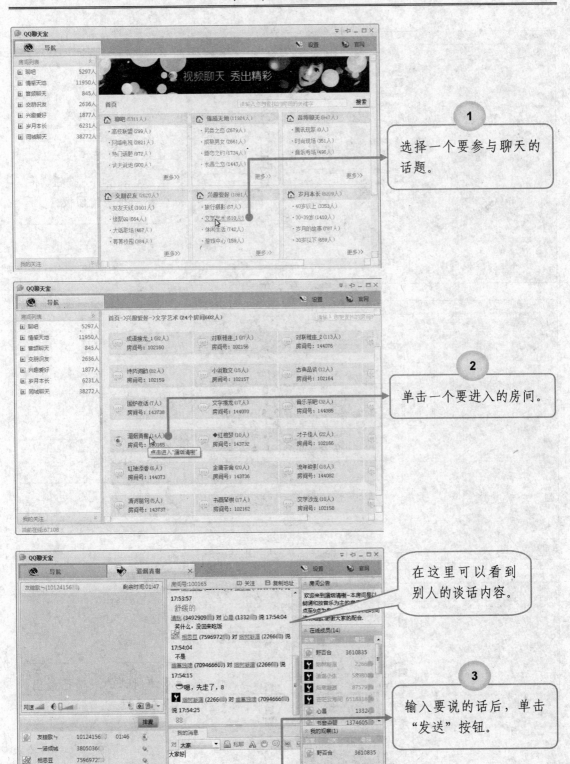

1 选择一个要参与聊天的话题。

2 单击一个要进入的房间。

在这里可以看到别人的谈话内容。

3 输入要说的话后，单击"发送"按钮。

185

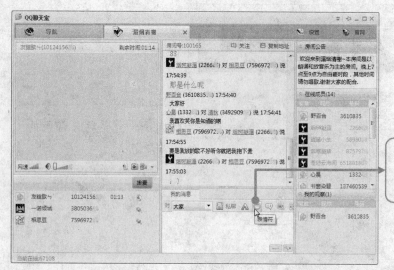

4 单击"表情符"按钮，将弹出一个表情面板。

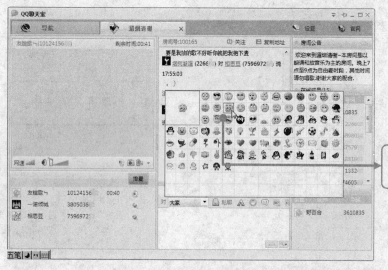

5 选择一个表情。

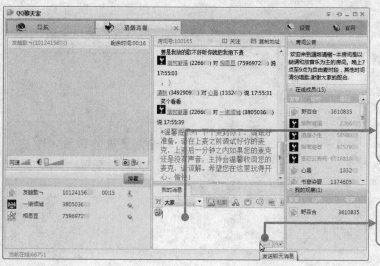

6 刚才所选的表情已经出现在这里。

7 单击"发送"按钮。

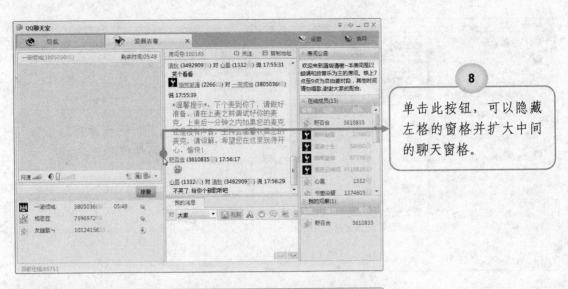

8

单击此按钮，可以隐藏左格的窗格并扩大中间的聊天窗格。

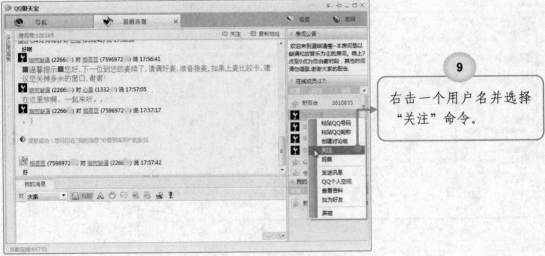

9

右击一个用户名并选择"关注"命令。

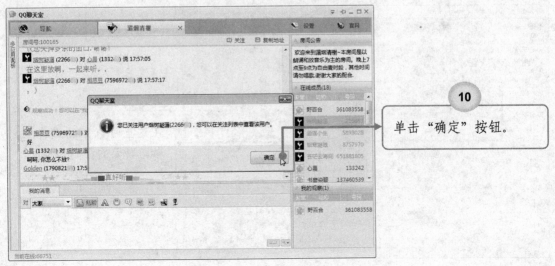

10

单击"确定"按钮。

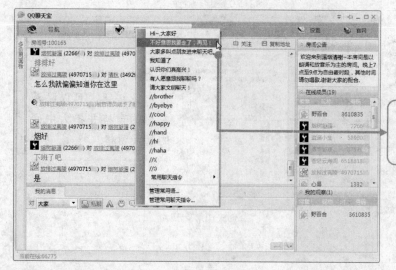

11

也可以选择常用的短语进行快速发送。

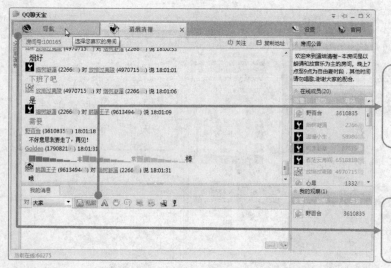

12

如果与某位网友的交谈内容不愿公开，可以单击"私聊"按钮。

13

还可以单击"导航"标签，打开"导航"选项卡。

14

在这里可以重新选择要参与聊天的话题和房间。

5.3.2　网上聊天室

　　所谓网上聊天室，就是某些网站提供的让人聊天的空间，来自四面八方的人济济一堂，您可以和某个人单独聊天，也可以对所有人发言。

　　常用的聊天室有搜狐聊天室（http://me.sohu.com/bar）、新浪聊天室（http://chat.sina.com.cn）、聊聊语音聊天室（http://www.liaoliao.com）等。

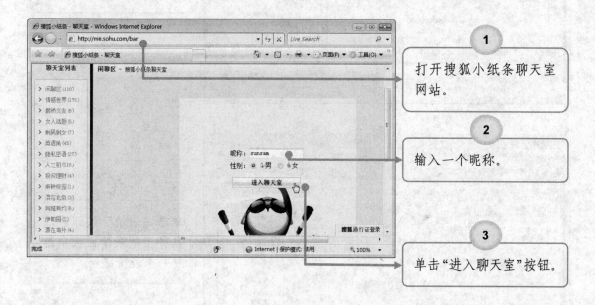

1　打开搜狐小纸条聊天室网站。

2　输入一个昵称。

3　单击"进入聊天室"按钮。

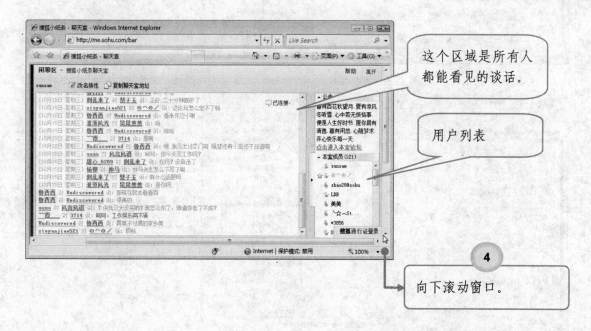

这个区域是所有人都能看见的谈话。

用户列表

4　向下滚动窗口。

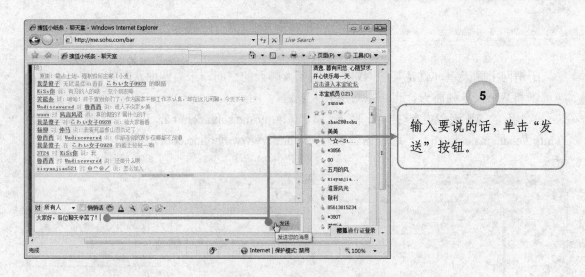

5

输入要说的话，单击"发送"按钮。

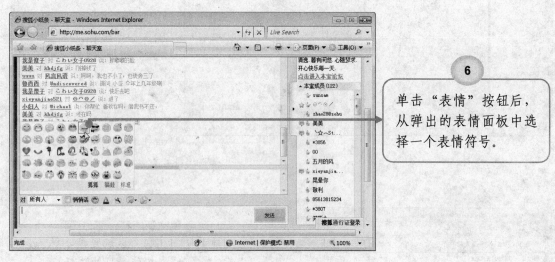

6

单击"表情"按钮后，从弹出的表情面板中选择一个表情符号。

7

单击"发送"按钮。

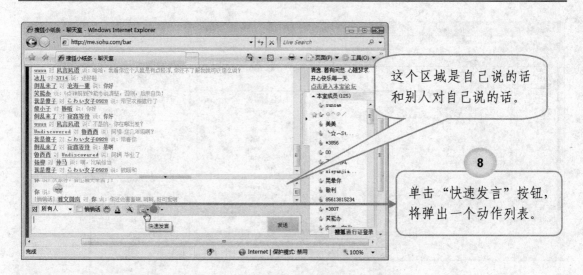

这个区域是自己说的话和别人对自己说的话。

8

单击"快速发言"按钮，将弹出一个动作列表。

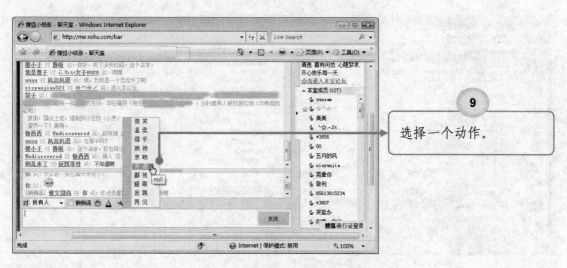

9

选择一个动作。

10

在用户名上单击右键并选择"加为小纸条好友"命令。

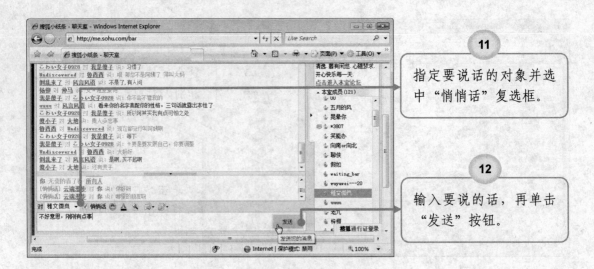

11 指定要说话的对象并选中"悄悄话"复选框。

12 输入要说的话，再单击"发送"按钮。

13 单击一个好友。

14 输入要说的话，再单击"发送"按钮。

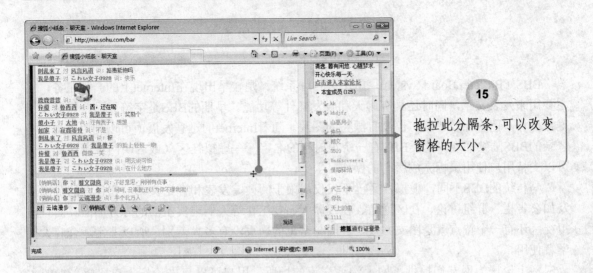

15

拖拉此分隔条,可以改变窗格的大小。

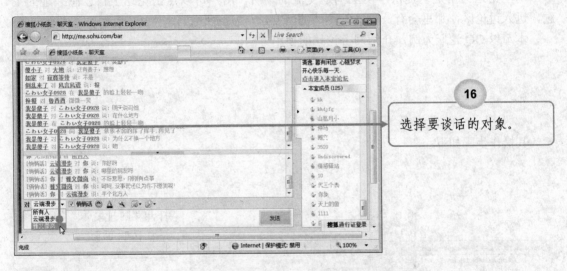

16

选择要谈话的对象。

17

输入要说的话,再单击"发送"按钮。

5.4　BBS 论坛交流

BBS（Bulletin Board System，电子公告牌系统）是较早出现在Internet上的一种服务，它主要用来发表文章，同时还具有聊天和收发邮件等功能。早期的BBS是字符界面，只能使用键盘操作，色彩比较单调，也没有漂亮的图片。随着Internet的迅猛发展，可以利用IE浏览器登录的BBS陆续涌现，这类BBS有一个很时髦的名字——虚拟社区（或者叫网上论坛），它可以支持用户使用鼠标完成所有的操作。

与传统的BBS不同，虚拟社区已不仅仅局限于阅读、发表和评论文章，它包含的范围涉及如公告栏、群组讨论、社区通信、在线聊天、找工作等人们现实生活的方方面面。而且虚拟社区还有一个特点就是图文并茂，甚至与常见的网页没有多大差别，所以非常适合广大初学者使用。

网上论坛为网友们提供了网上沟通交流的场所，用户可以点击论坛上自己感兴趣的主题，进入讨论区，那里会有一群非常热情的网友，与您畅所欲言。

本节以 QQ 论坛为例，介绍网上论坛的使用方法。

5.4.1　查看留言

其操作步骤如下：

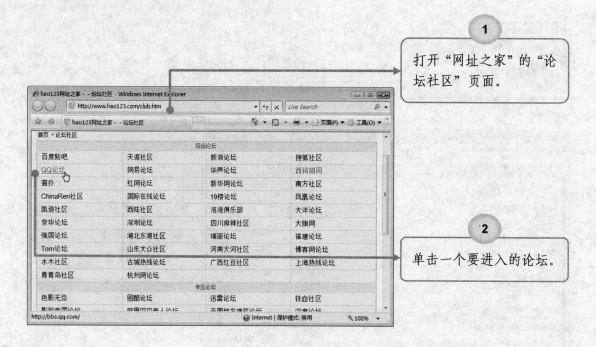

1　打开"网址之家"的"论坛社区"页面。

2　单击一个要进入的论坛。

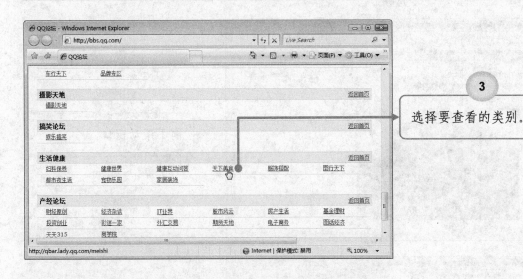

3

选择要查看的类别。

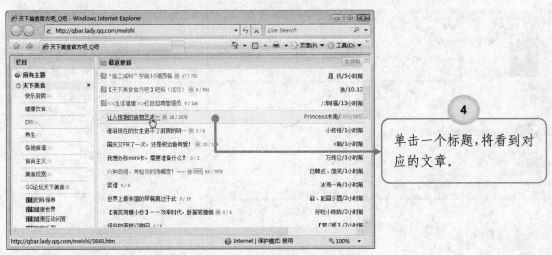

4

单击一个标题,将看到对应的文章。

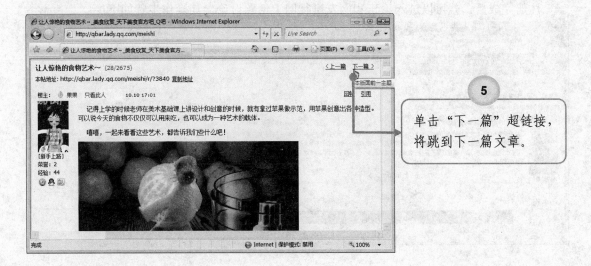

5

单击"下一篇"超链接,将跳到下一篇文章。

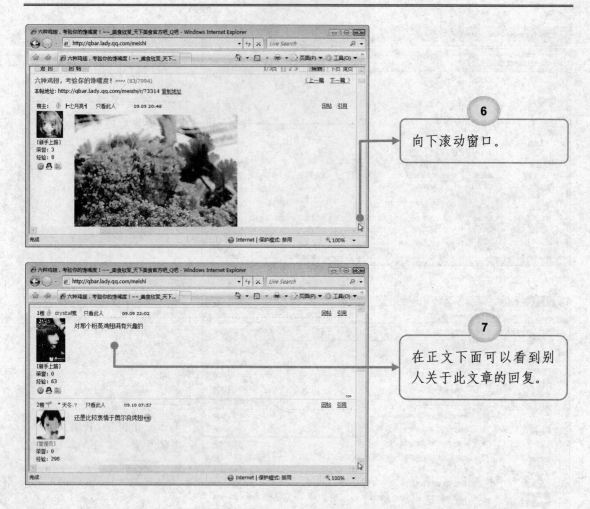

6

向下滚动窗口。

7

在正文下面可以看到别人关于此文章的回复。

5.4.2 回复留言

注册完成后，就可以进入论坛和网友进行网上话题讨论，其操作步骤如下：

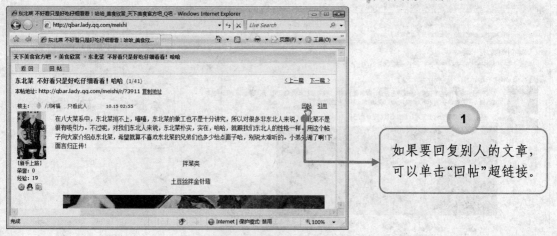

1

如果要回复别人的文章，可以单击"回帖"超链接。

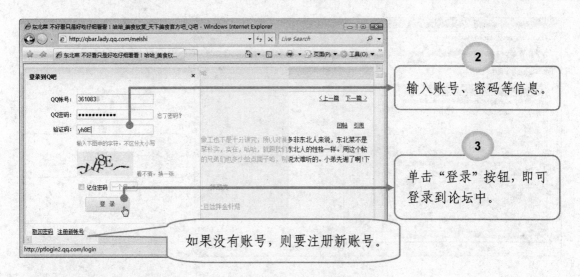

输入账号、密码等信息。

单击"登录"按钮，即可登录到论坛中。

如果没有账号，则要注册新账号。

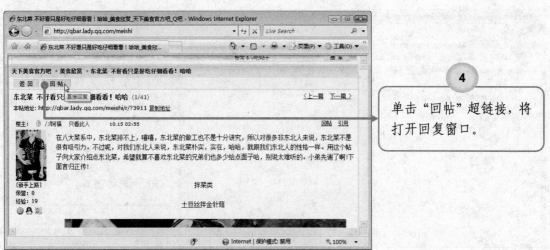

单击"回帖"超链接，将打开回复窗口。

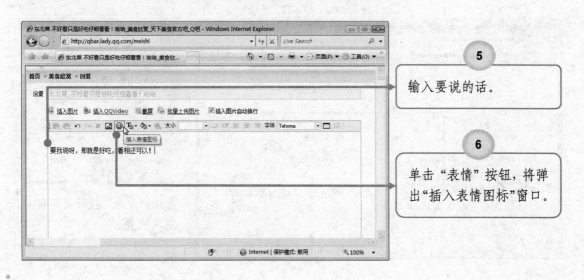

输入要说的话。

单击"表情"按钮，将弹出"插入表情图标"窗口。

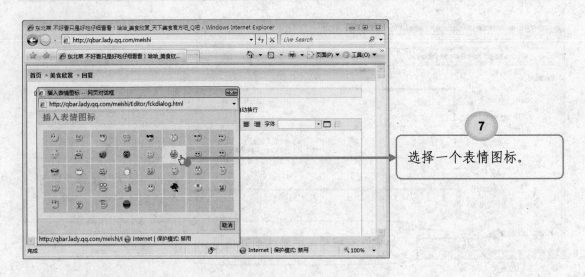

7 选择一个表情图标。

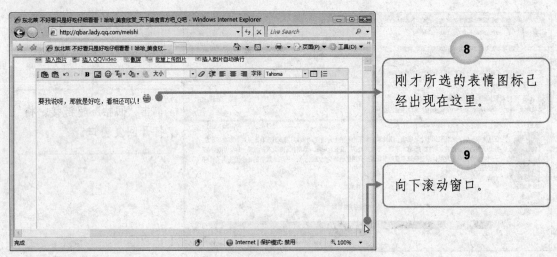

8 刚才所选的表情图标已经出现在这里。

9 向下滚动窗口。

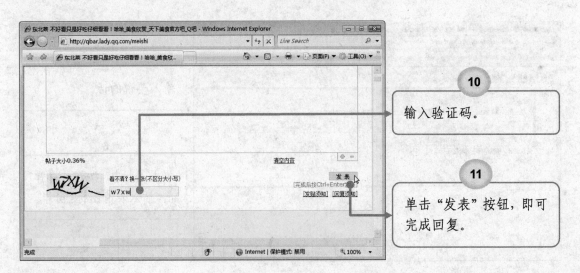

10 输入验证码。

11 单击"发表"按钮，即可完成回复。

5.4.3　发表言论

用户可以将自己的言论贴到公告栏中（俗称"发帖子"），其操作步骤如下：

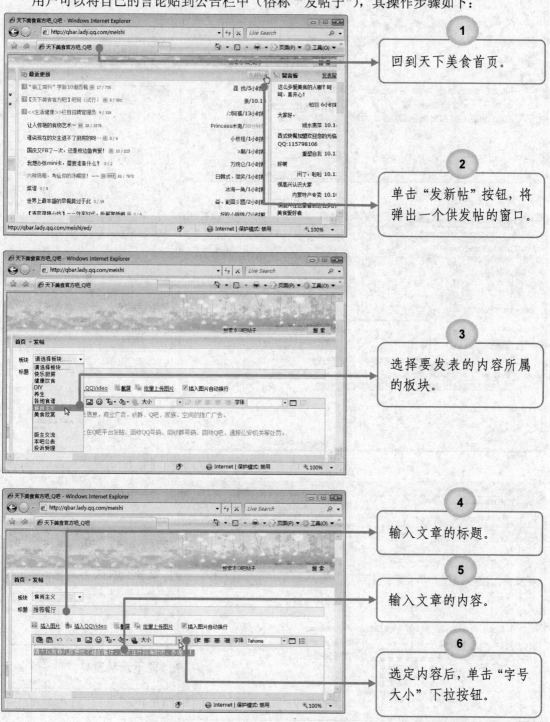

1 回到天下美食首页。

2 单击"发新帖"按钮，将弹出一个供发帖的窗口。

3 选择要发表的内容所属的板块。

4 输入文章的标题。

5 输入文章的内容。

6 选定内容后，单击"字号大小"下拉按钮。

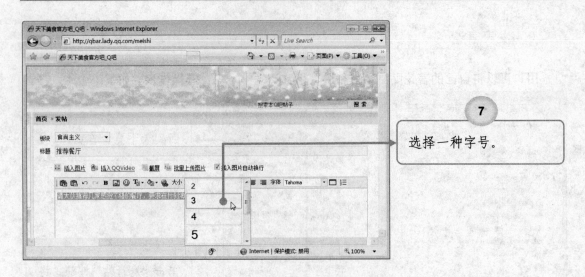

7 选择一种字号。

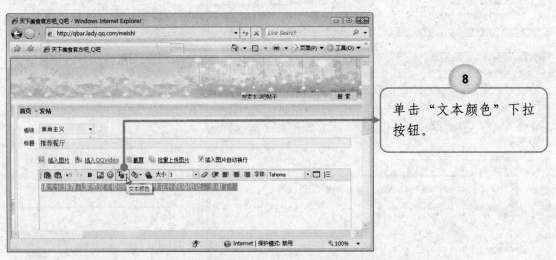

8 单击"文本颜色"下拉按钮。

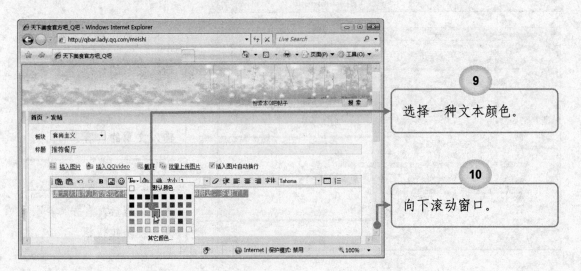

9 选择一种文本颜色。

10 向下滚动窗口。

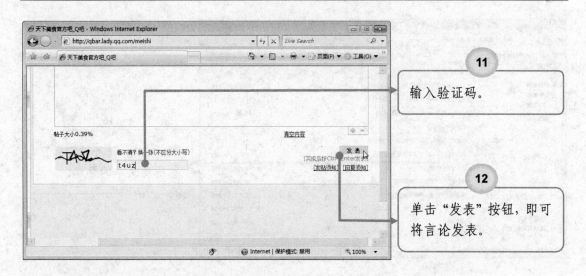

11 输入验证码。

12 单击"发表"按钮,即可将言论发表。

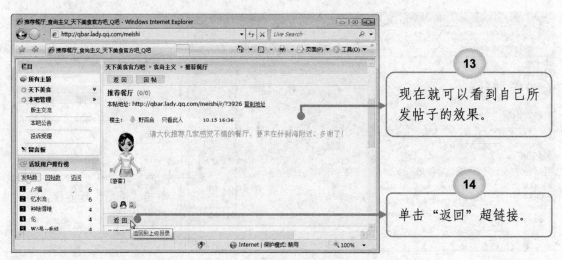

13 现在就可以看到自己所发帖子的效果。

14 单击"返回"超链接。

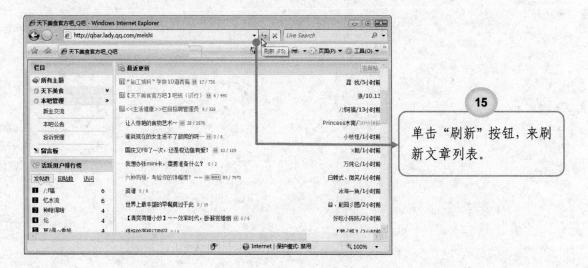

15 单击"刷新"按钮,来刷新文章列表。

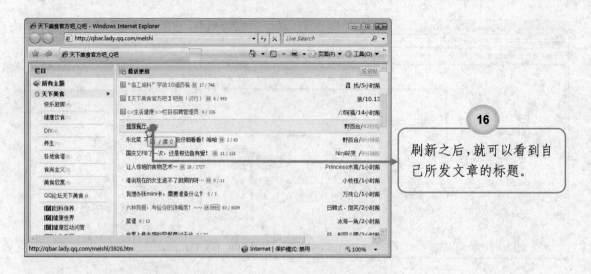

16

刷新之后，就可以看到自己所发文章的标题。

17

滚动到窗口顶部。

18

单击"退出"超链接，将退出论坛。

第6章 网络生活

日常生活中的许多事情都可以在网络上来完成。相信读者学完本章后一定会感叹——网络真是包罗万象啊！

6.1 信息服务

网上提供了许多的信息服务，如天气预报、列车时刻、电子地图、网络词典等，为人们的日常生活提供了诸多方便。下面就来一一举例说明。

6.1.1 天气预报查询

要在网上查询天气情况，其操作步骤如下：

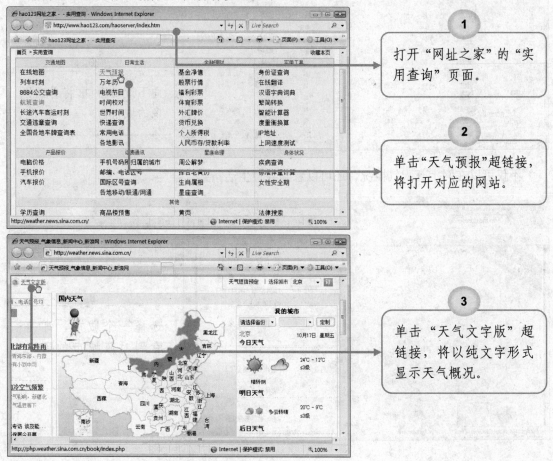

1　打开"网址之家"的"实用查询"页面。

2　单击"天气预报"超链接，将打开对应的网站。

3　单击"天气文字版"超链接，将以纯文字形式显示天气概况。

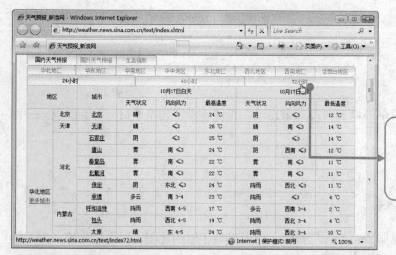

4 单击"72 小时"标签，将显示第 3 天（48 小时后）的天气概况。

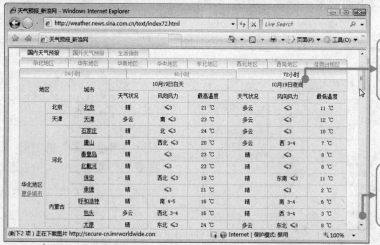

5 现在看到的就是 72 小时的天气概况。

6 向下滚动窗口，将看到更多的城市。

不仅可以在网上查天气概况，还可以看到各种生活指数。

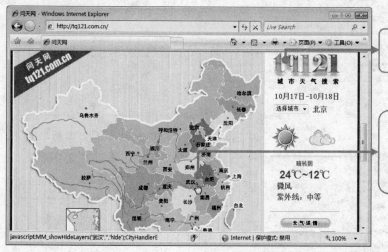

7 打开"问天网"的主页。

8 选择一个城市，即可看到对应城市的天气预报。

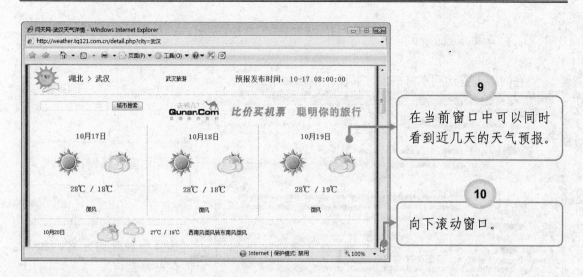

9

在当前窗口中可以同时看到近几天的天气预报。

10

向下滚动窗口。

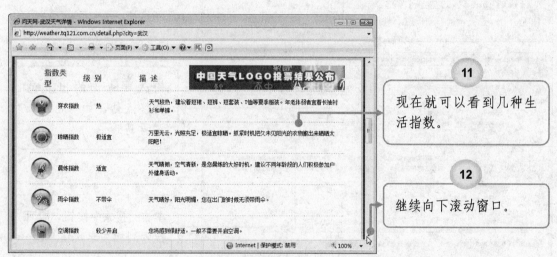

11

现在就可以看到几种生活指数。

12

继续向下滚动窗口。

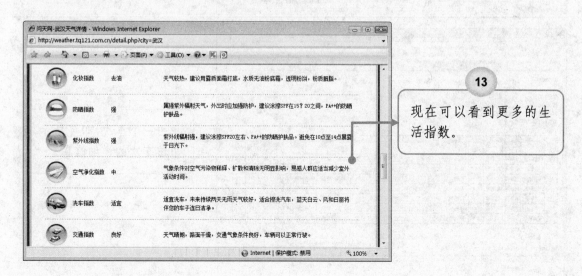

13

现在可以看到更多的生活指数。

6.1.2 列车时刻表查询

要在网络上查询列车时刻表，其操作步骤如下：

1 打开中国铁路网。

2 选择一种查询方式，如"站站查询"。

3 输入要查询的出发站和终点站，如"北京"、"青岛"。

4 单击"搜索"按钮，即可搜索到相关车次信息。

5 单击一个车次，即可显示出该车次的详细信息。

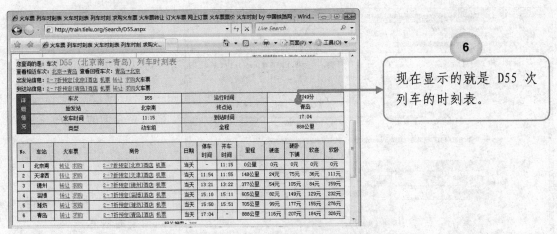

6

现在显示的就是 D55 次列车的时刻表。

用户还可以在网上转让自己多余的火车票，或者求购他人转让的二手火车票。

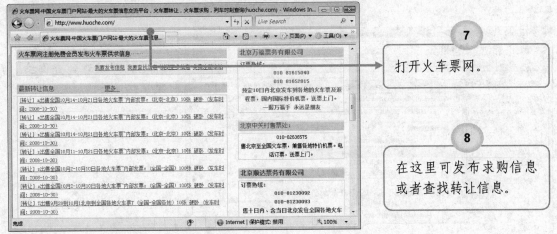

7

打开火车票网。

8

在这里可发布求购信息或者查找转让信息。

6.1.3　邮政编码和电话区号查询

要在网上查询邮政编码及电话区号，其操作步骤如下：

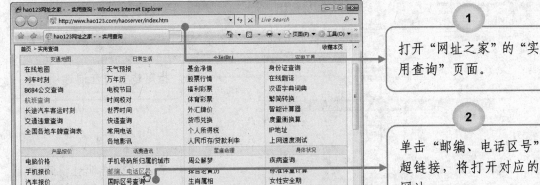

1

打开"网址之家"的"实用查询"页面。

2

单击"邮编、电话区号"超链接，将打开对应的网站。

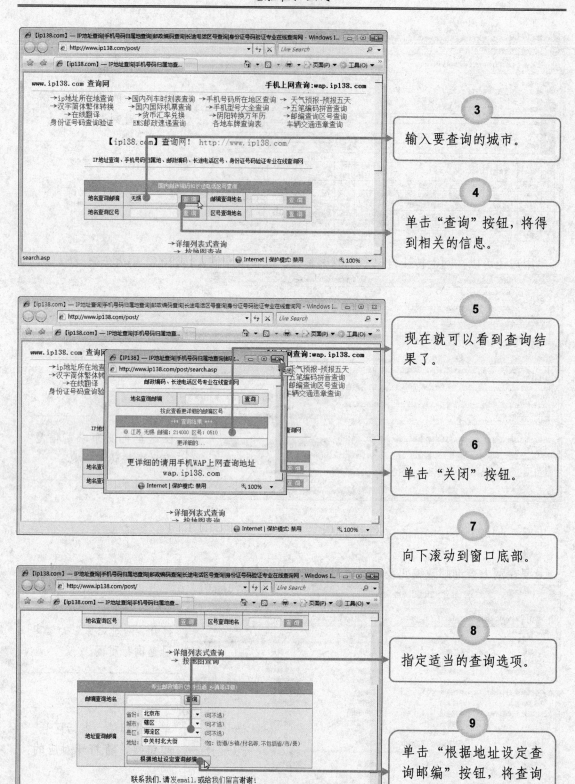

3 输入要查询的城市。

4 单击"查询"按钮,将得到相关的信息。

5 现在就可以看到查询结果了。

6 单击"关闭"按钮。

7 向下滚动到窗口底部。

8 指定适当的查询选项。

9 单击"根据地址设定查询邮编"按钮,将查询到更准确的邮编。

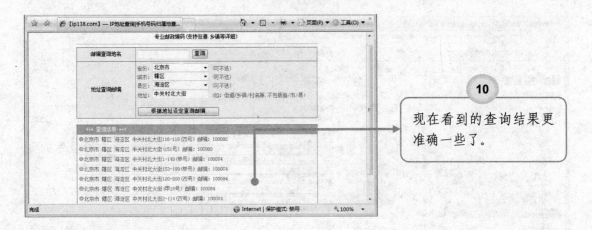

10

现在看到的查询结果更准确一些了。

6.1.4 使用电子地图

要在网络上使用电子地图，其操作步骤如下：

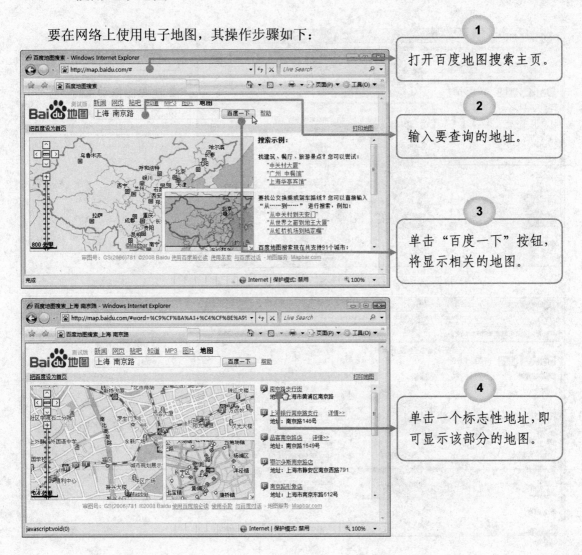

1

打开百度地图搜索主页。

2

输入要查询的地址。

3

单击"百度一下"按钮，将显示相关的地图。

4

单击一个标志性地址，即可显示该部分的地图。

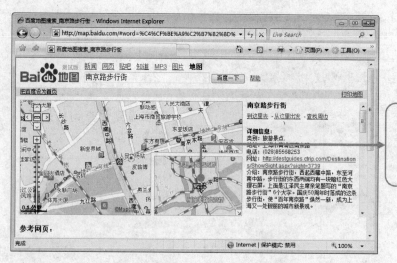

5 在小图中拖动鼠标，可以改变地图内所显示的区域。

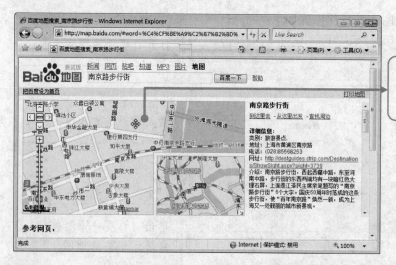

6 在地图内拖动鼠标，也可以改变显示区域。

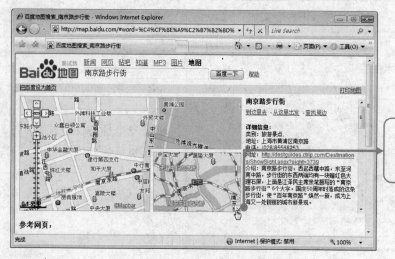

7 单击此按钮，将隐藏小缩略图。

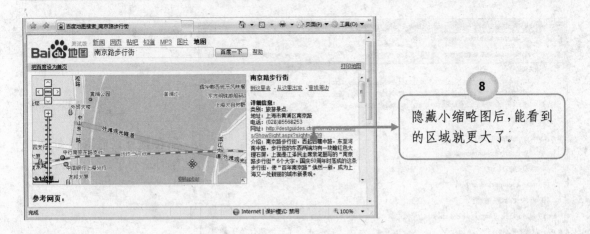

8

隐藏小缩略图后，能看到的区域就更大了。

6.1.5　查词典

要在网络上查词典，其操作步骤如下：

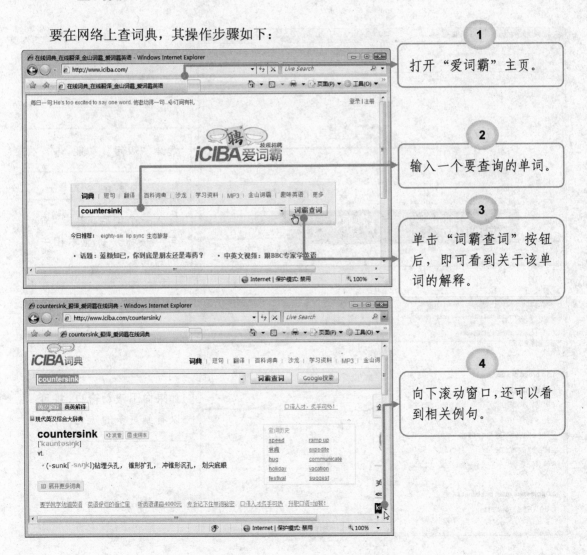

1

打开"爱词霸"主页。

2

输入一个要查询的单词。

3

单击"词霸查词"按钮后，即可看到关于该单词的解释。

4

向下滚动窗口，还可以看到相关例句。

211

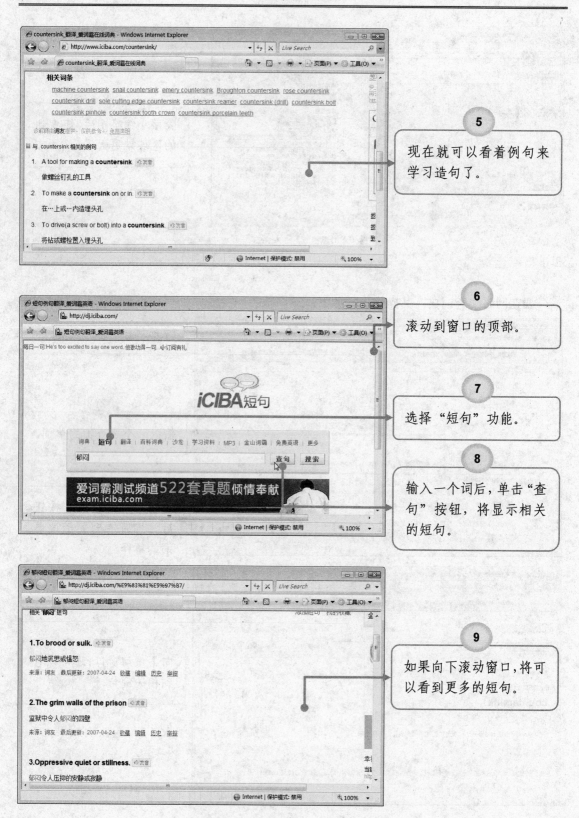

5 现在就可以看着例句来学习造句了。

6 滚动到窗口的顶部。

7 选择"短句"功能。

8 输入一个词后,单击"查句"按钮,将显示相关的短句。

9 如果向下滚动窗口,将可以看到更多的短句。

6.2　网上新闻/广播

如今，人们看新闻、听广播不必再拘泥于电视、收音机等传统的传播媒介，网络为我们提供了更多的选择。

6.2.1　网上看新闻

如今，众多的报纸、杂志都推出了网络版，电台、电视台也都建立了自己的网站，并开辟了专门的在线新闻频道。所有这些网站都为人们提供了丰富的新闻信息，拓宽了人们获取新闻的途径。

除了专业新闻站点之外，许多门户网站都开设有新闻频道，为用户提供新闻服务。如新浪、网易、搜狐等，而且其提供的新闻具有及时、全面等特点。

要在网络上看新闻，其操作步骤如下：

1 打开"网址之家"的"新闻报刊"页面。

2 单击"千龙网"超链接，将打开对应的网站。

3 单击一个超链接，将切换到相应的新闻频道。

213

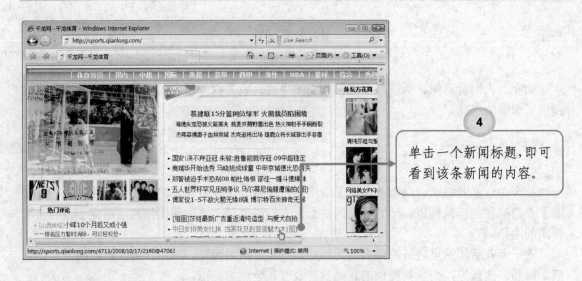

4

单击一个新闻标题,即可看到该条新闻的内容。

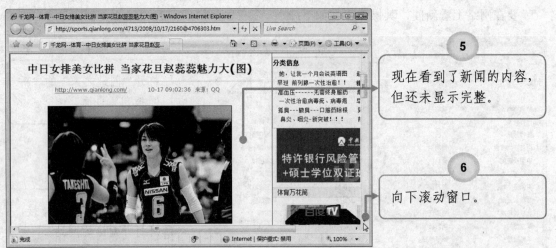

5

现在看到了新闻的内容,但还未显示完整。

6

向下滚动窗口。

7

单击翻页超链接,将进入该条新闻的下一页。

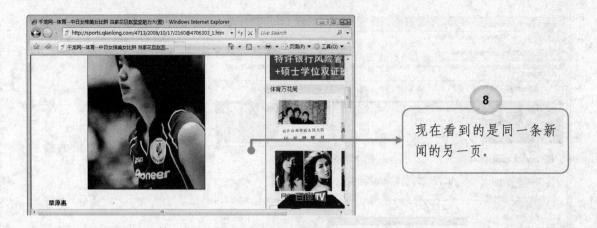

8 现在看到的是同一条新闻的另一页。

6.2.2　网上听广播

利用网络也可以收听广播节目,对于广大的电台听众来说,这无疑是一个好消息。

1. 利用浏览器听广播

下面以北京广播网为例,介绍利用浏览器在线收听广播的方法,其操作步骤如下。

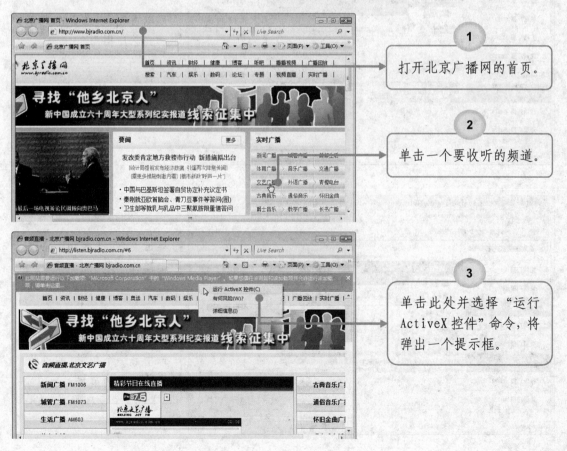

1 打开北京广播网的首页。

2 单击一个要收听的频道。

3 单击此处并选择"运行 ActiveX 控件"命令,将弹出一个提示框。

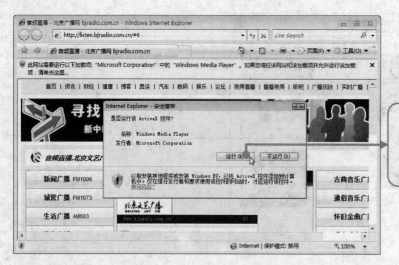

4

单击"运行"按钮,将在网页内运行相应的播放控件。

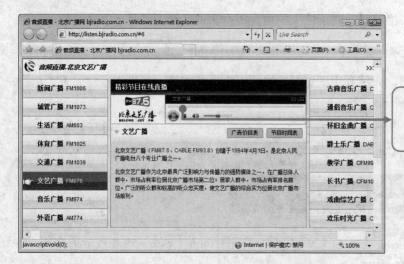

5

可以看到,现在正在直播"文艺广播"。

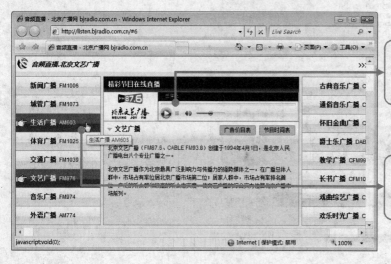

6

单击"停止"按钮,将停止播放。

7

单击另一个频道,即可收听该频道的节目。

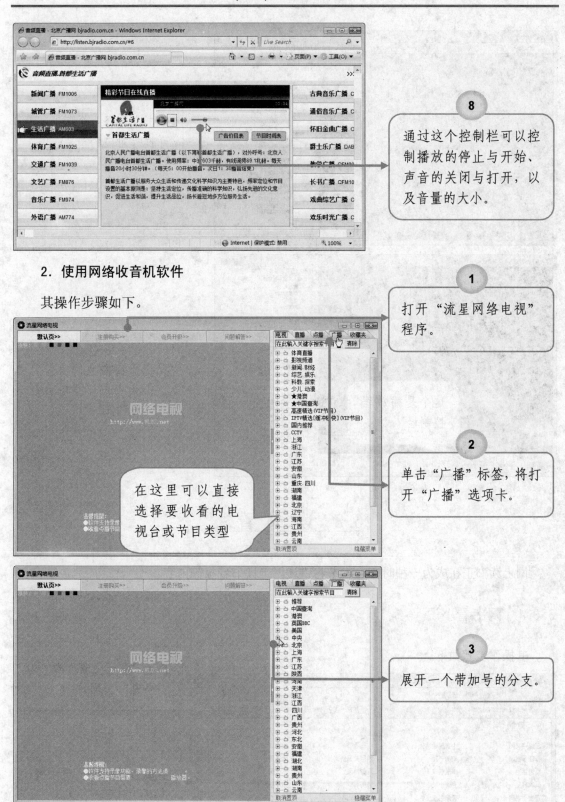

8 通过这个控制栏可以控制播放的停止与开始、声音的关闭与打开，以及音量的大小。

2. 使用网络收音机软件

其操作步骤如下。

1 打开"流星网络电视"程序。

在这里可以直接选择要收看的电视台或节目类型

2 单击"广播"标签，将打开"广播"选项卡。

3 展开一个带加号的分支。

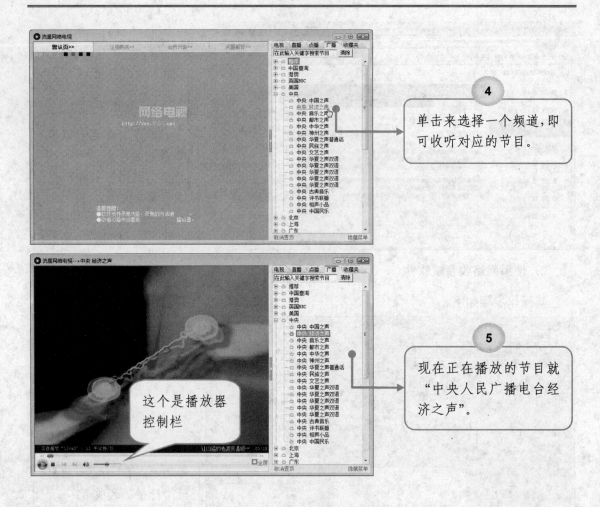

4 单击来选择一个频道，即可收听对应的节目。

这个是播放器控制栏

5 现在正在播放的节目就"中央人民广播电台经济之声"。

6.3 读书看报

网上读书正在成为一种时尚。本节将讲述网上读书看报等内容。

6.3.1 网上看小说

其操作步骤如下。

1 打开"网址之家"的"文学小说"页面。

2 单击"白鹿书院"超链接，将打开对应的网站。

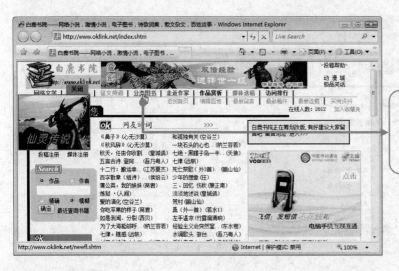

3 单击导航栏中的"分类图书"超链接,将打开图书分类窗口。

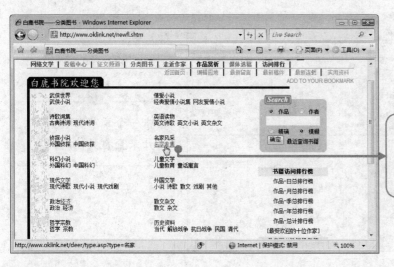

4 单击"名家专集"超链接,将打开一个名家名录。

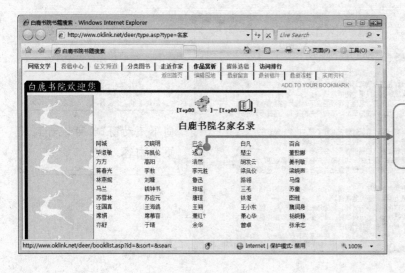

5 单击一个作者,即可看到该作者的作品列表。

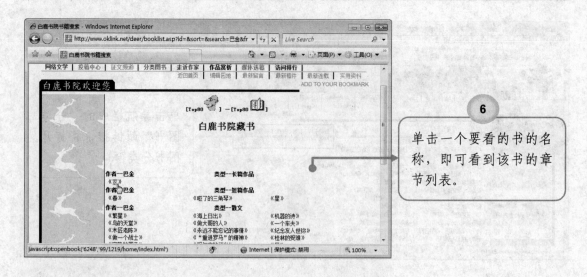

6

单击一个要看的书的名称，即可看到该书的章节列表。

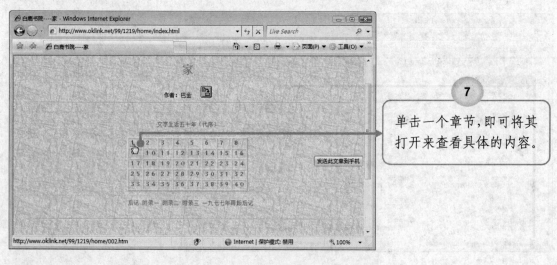

7

单击一个章节，即可将其打开来查看具体的内容。

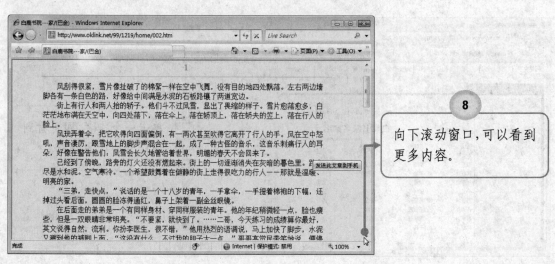

8

向下滚动窗口，可以看到更多内容。

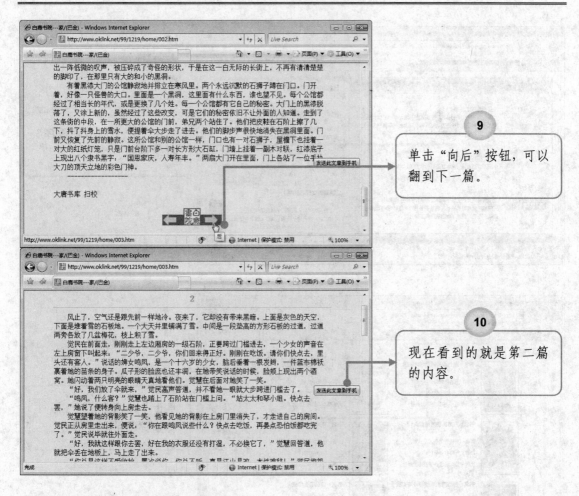

9

单击"向后"按钮,可以
翻到下一篇。

10

现在看到的就是第二篇
的内容。

6.3.2 浏览中国国家数字图书馆

要浏览中国国家数字图书馆,其操作步骤如下:

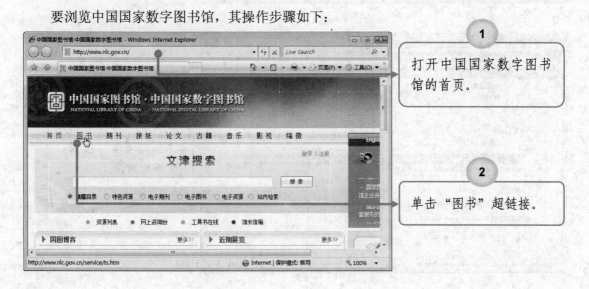

1

打开中国国家数字图书
馆的首页。

2

单击"图书"超链接。

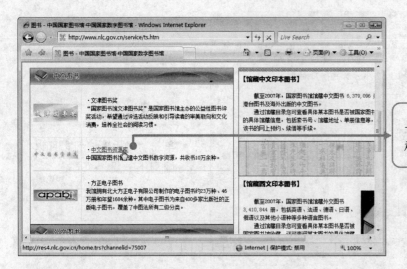

3

单击"中文图书资源库"超链接。

4

单击一本要看的书,即可看到该书的相关介绍。

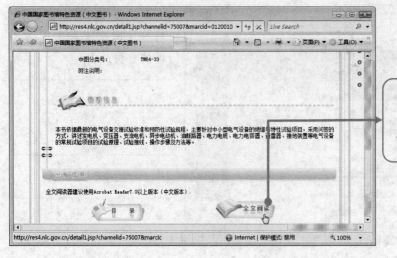

5

向下滚动窗口后,单击"全文阅读"按钮,即可开始阅读。

6

单击目录中的一项，即可看到对应的内容。

7

向下滚动窗口，可以看到更多内容。

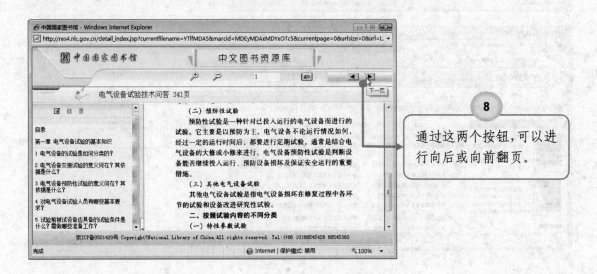

8

通过这两个按钮，可以进行向后或向前翻页。

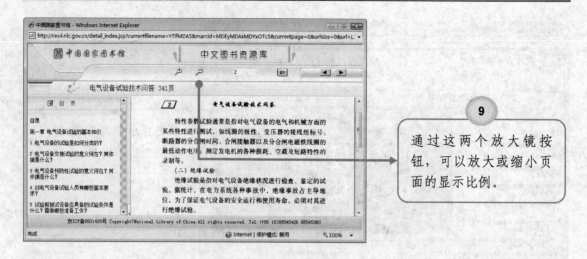

9 通过这两个放大镜按钮，可以放大或缩小页面的显示比例。

6.3.3 逛超星数字图书馆

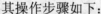

其操作步骤如下：

1 打开超星数字图书馆的首页。

2 单击"免费阅览室"标签，将进入免费阅览室。

3 向下滚动窗口。

4 单击一本要阅读的书，将打开相关的窗口。

5 选择一种阅读选项（此处是单击"IE 阅读"按钮）。

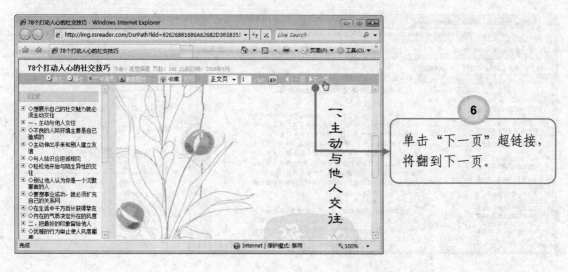

6 单击"下一页"超链接，将翻到下一页。

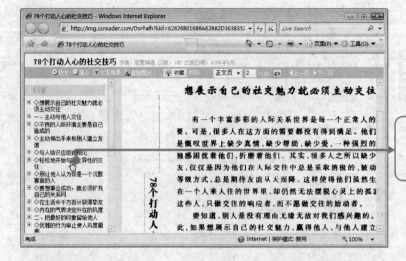

7

单击目录中的一项，即可快速地切换内容。

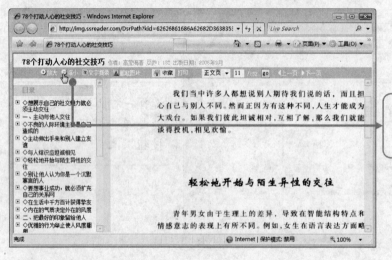

8

单击"缩小"超链接，将缩小显示比例。

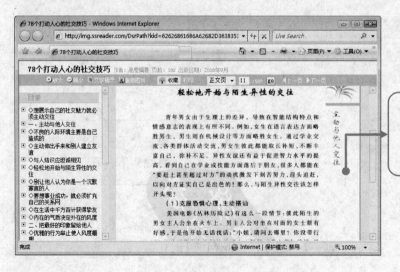

9

缩小显示比例后，在同样大小的显示区域内就可以看到更多的文字。

6.3.4　网上看报

要在网上看报，其操作步骤如下：

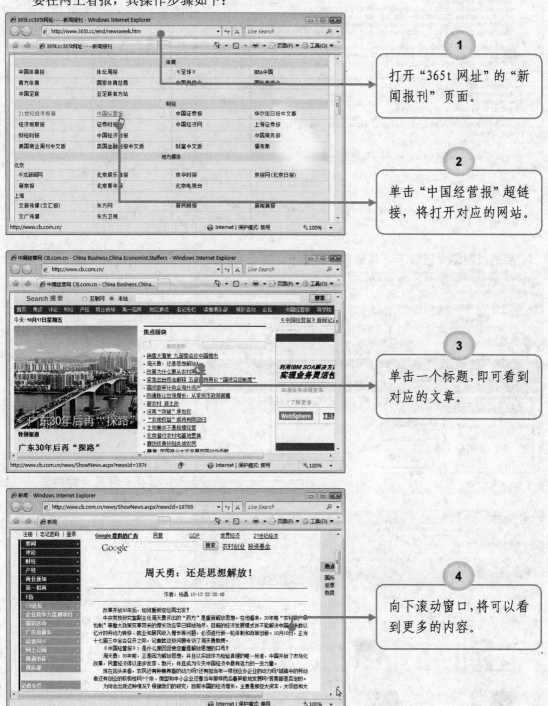

1 打开"365t 网址"的"新闻报刊"页面。

2 单击"中国经营报"超链接，将打开对应的网站。

3 单击一个标题，即可看到对应的文章。

4 向下滚动窗口，将可以看到更多的内容。

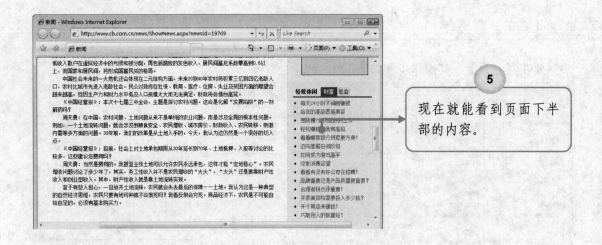

5 现在就能看到页面下半部的内容。

6.4 网上贺卡

要通过网络发送贺卡，其操作步骤如下：

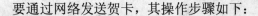

1 打开网易贺卡频道的首页。

2 选择一种贺卡的类型。

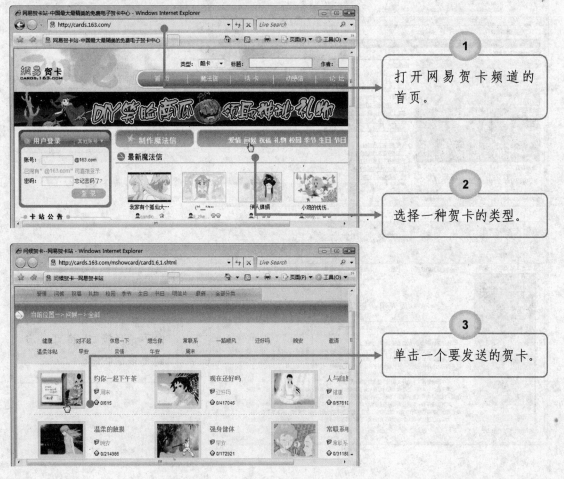

3 单击一个要发送的贺卡。

4 输入登录信息。

5 单击"登录"按钮。

6 单击"添加好友"按钮，准备添加收件人。

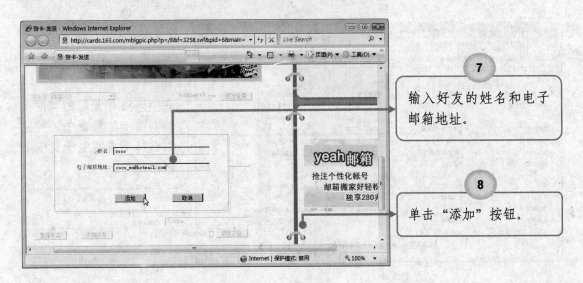

7 输入好友的姓名和电子邮箱地址。

8 单击"添加"按钮。

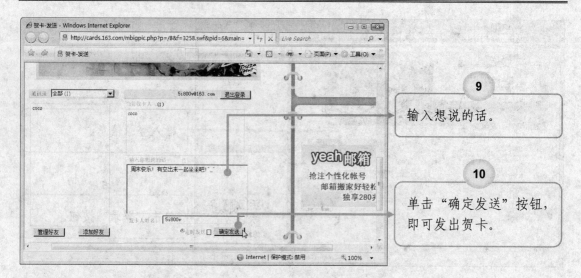

9
输入想说的话。

10
单击"确定发送"按钮,即可发出贺卡。

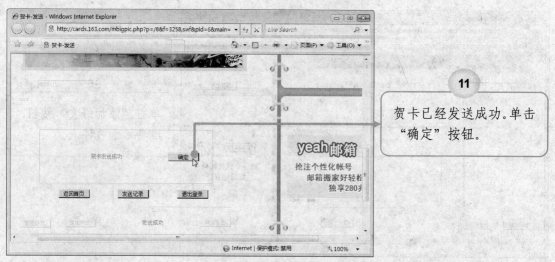

11
贺卡已经发送成功。单击"确定"按钮。

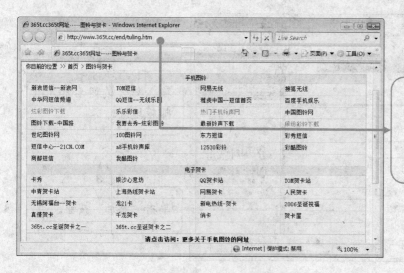

12
在"365t 网址"的"图铃与贺卡"页面中,可以选择更多的电子贺卡网站。

6.5　网上预订

现实生活中，我们常常可以通过预订的方式来购买商品，而今，网络也可以提供这项服务，并且更加方便、快捷。

6.5.1　网上订餐

现代人的生活是快节奏的，有时连做饭的时间都没有，那么就让网上订餐为您解决燃眉之急吧！

1. 预订快餐

通过在网上预订快餐，不仅不会影响工作，同时又不会让自己饱受饥饿之苦。网上预订快餐的操作步骤如下：

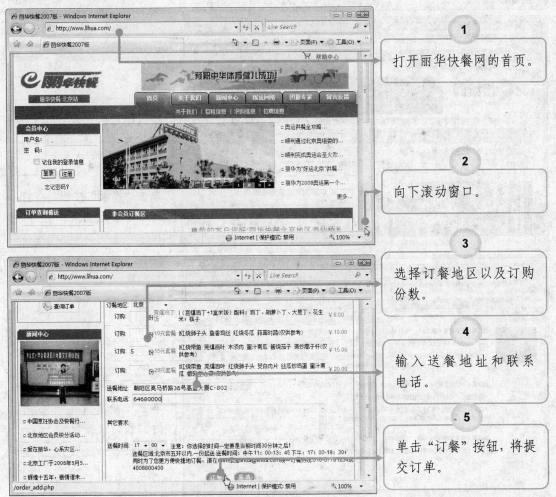

2. 预订餐厅

要从网上预订餐厅，其操作步骤如下：

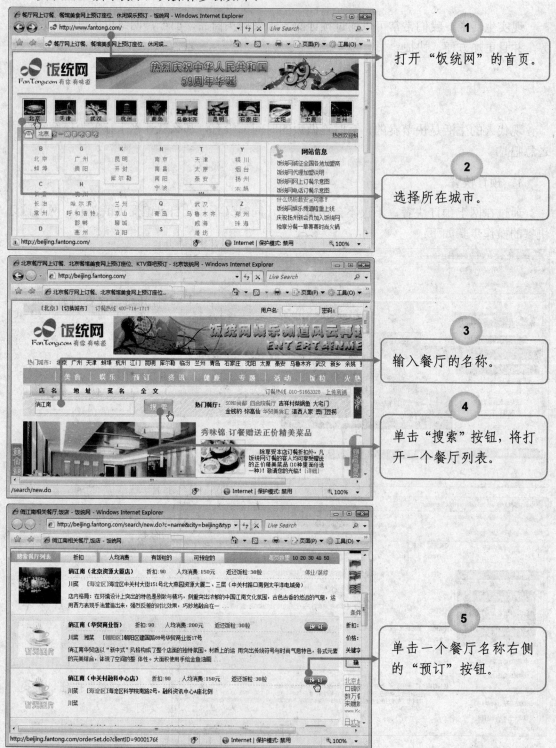

① 打开"饭统网"的首页。

② 选择所在城市。

③ 输入餐厅的名称。

④ 单击"搜索"按钮，将打开一个餐厅列表。

⑤ 单击一个餐厅名称右侧的"预订"按钮。

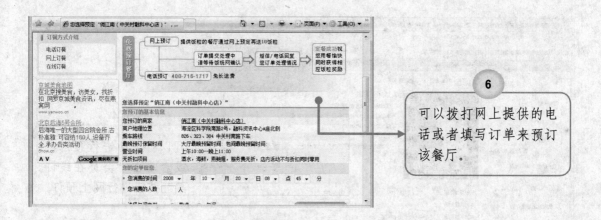

6

可以拨打网上提供的电话或者填写订单来预订该餐厅。

6.5.2　网上订票

演出票、飞机票等也都可以在网上查询预订或通过电话预订。

1．预订演出票

其操作步骤如下：

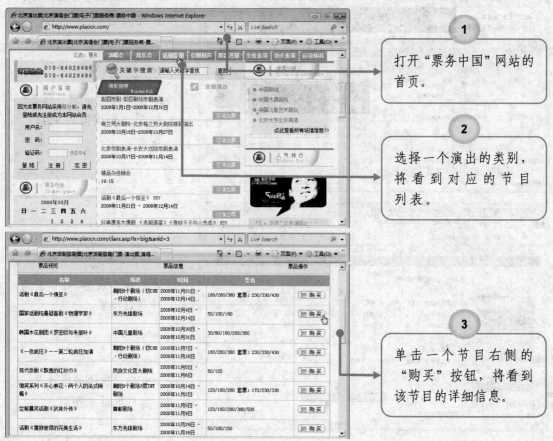

1

打开"票务中国"网站的首页。

2

选择一个演出的类别，将看到对应的节目列表。

3

单击一个节目右侧的"购买"按钮，将看到该节目的详细信息。

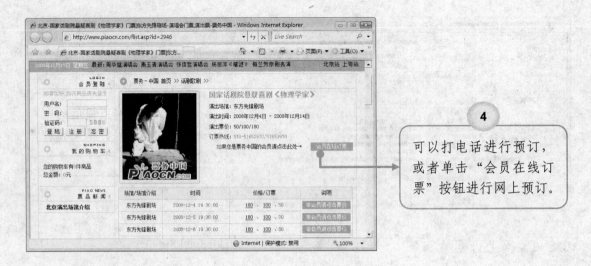

可以打电话进行预订，
或者单击"会员在线订
票"按钮进行网上预订。

2. 预订机票

其操作步骤如下：

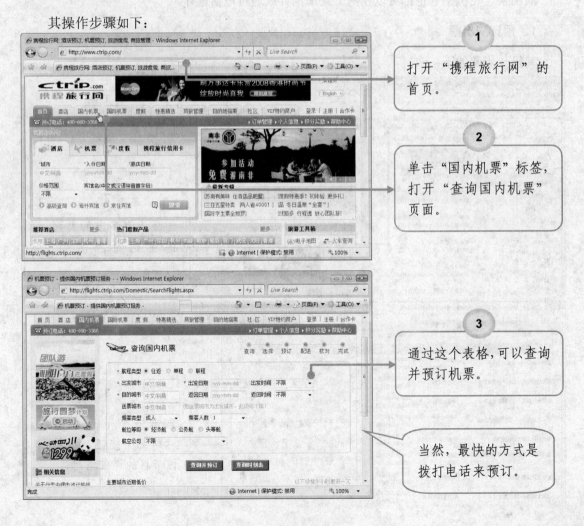

打开"携程旅行网"的
首页。

单击"国内机票"标签，
打开"查询国内机票"
页面。

通过这个表格，可以查询
并预订机票。

当然，最快的方式是
拨打电话来预订。

6.5.3　网上订酒店

其操作步骤如下：

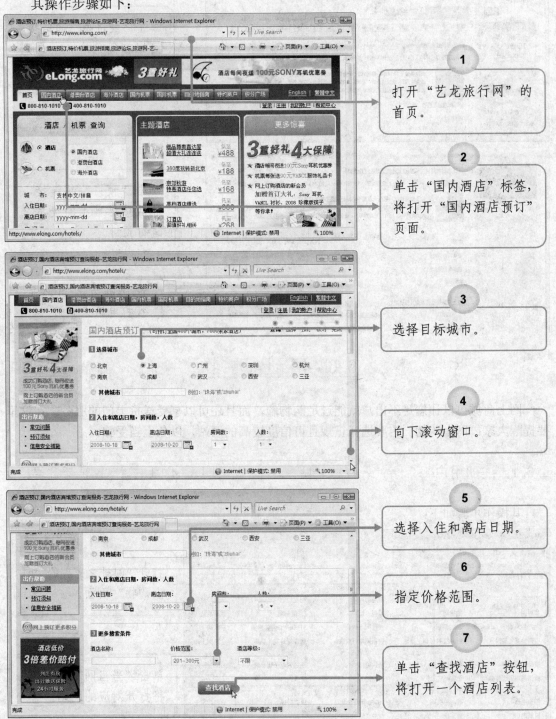

1 打开"艺龙旅行网"的首页。

2 单击"国内酒店"标签，将打开"国内酒店预订"页面。

3 选择目标城市。

4 向下滚动窗口。

5 选择入住和离店日期。

6 指定价格范围。

7 单击"查找酒店"按钮，将打开一个酒店列表。

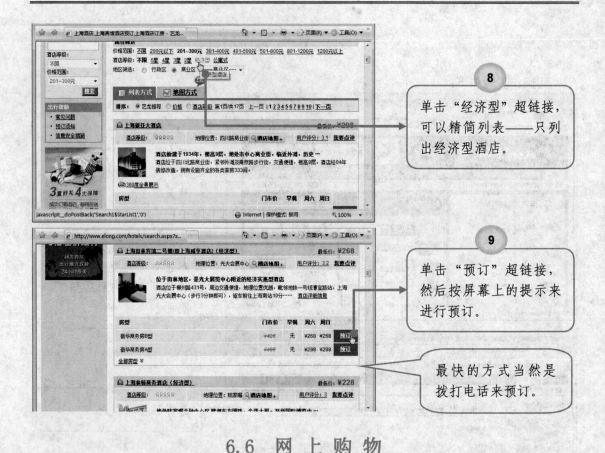

8 单击"经济型"超链接，可以精简列表——只列出经济型酒店。

9 单击"预订"超链接，然后按屏幕上的提示来进行预订。

最快的方式当然是拨打电话来预订。

6.6 网上购物

网上商城可以让您足不出户就能过足购物瘾，而且还可以享受送货上门的服务。在这里要提醒大家：网上购物一定要选择正规且可信度较高的网站，以免上当受骗。

6.6.1 注册用户

其操作步骤如下：

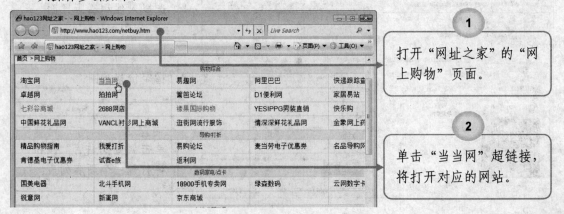

1 打开"网址之家"的"网上购物"页面。

2 单击"当当网"超链接，将打开对应的网站。

3 单击"注册"超链接，将打开注册页面。

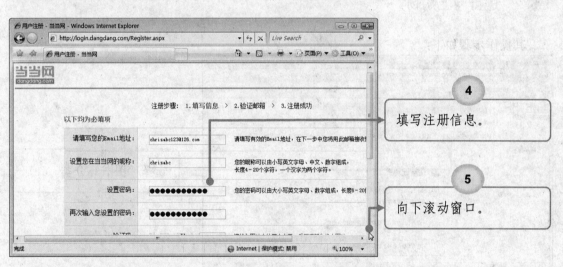

4 填写注册信息。

5 向下滚动窗口。

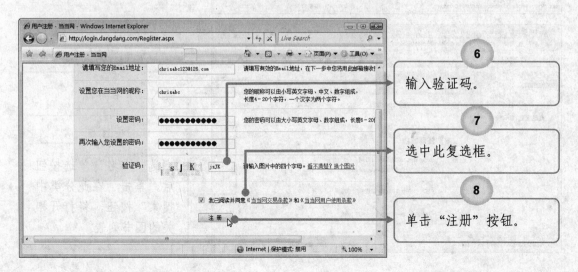

6 输入验证码。

7 选中此复选框。

8 单击"注册"按钮。

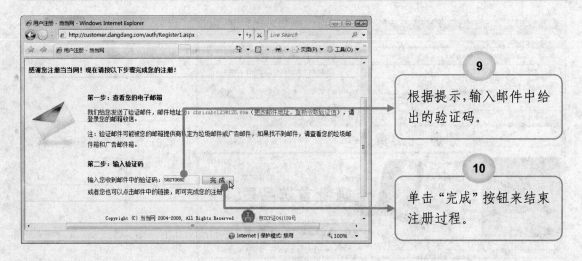

9 根据提示,输入邮件中给出的验证码。

10 单击"完成"按钮来结束注册过程。

6.6.2 进行网上购物

其操作步骤如下:

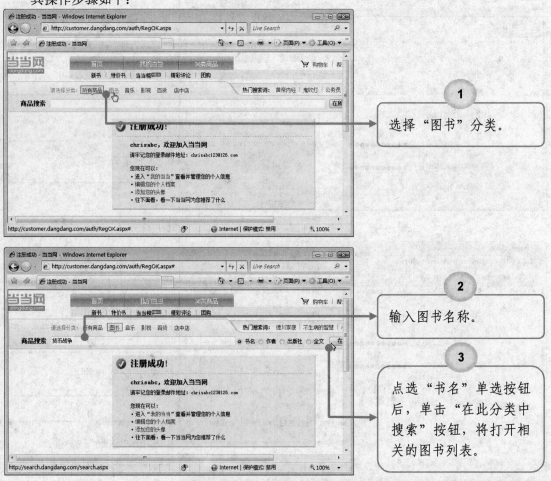

1 选择"图书"分类。

2 输入图书名称。

3 点选"书名"单选按钮后,单击"在此分类中搜索"按钮,将打开相关的图书列表。

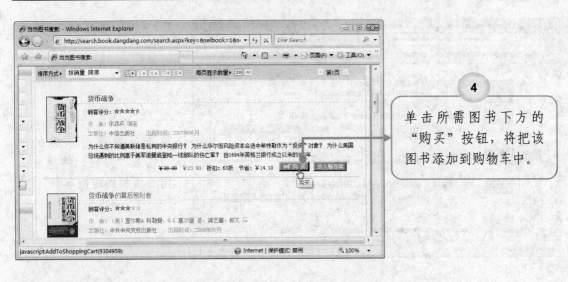

4

单击所需图书下方的
"购买"按钮,将把该
图书添加到购物车中。

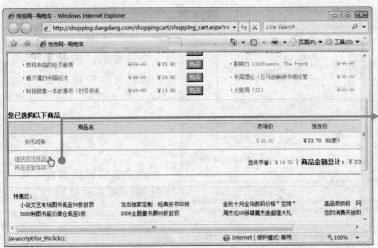

5

单击"继续挑选商品"超
链接,准备继续购物。

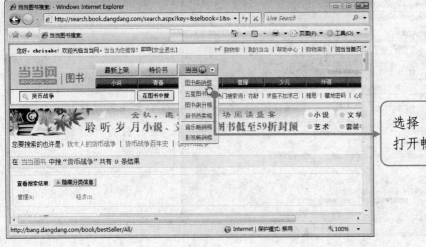

6

选择"图书畅销榜",将
打开畅销图书列表。

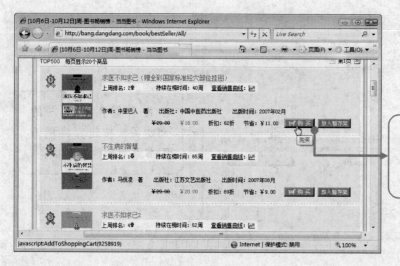

7

单击所需图书下方的"购买"按钮,将把该图书添加到购物车中。

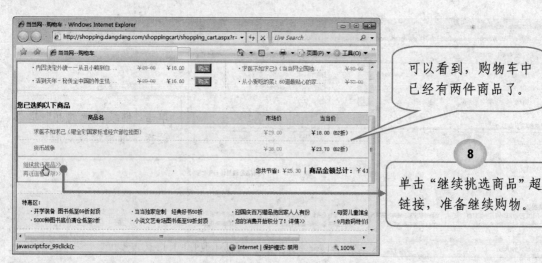

可以看到,购物车中已经有两件商品了。

8

单击"继续挑选商品"超链接,准备继续购物。

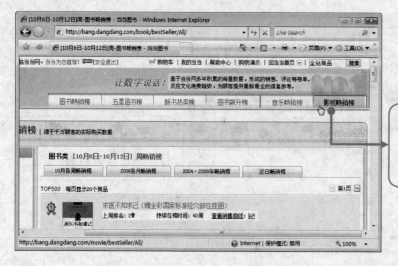

9

单击"影视畅销榜"按钮,将打开畅销影视产品列表。

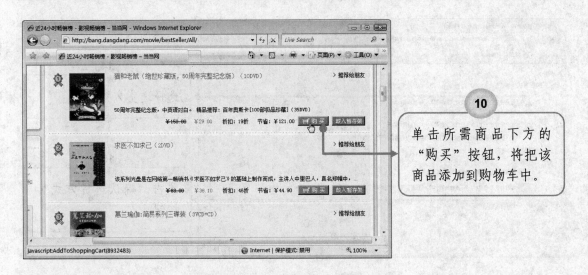

10

单击所需商品下方的
"购买"按钮,将把该
商品添加到购物车中。

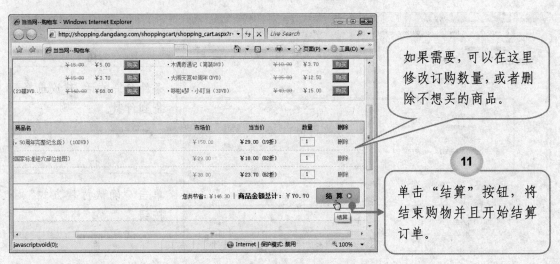

如果需要,可以在这里
修改订购数量,或者删
除不想买的商品。

11

单击"结算"按钮,将
结束购物并且开始结算
订单。

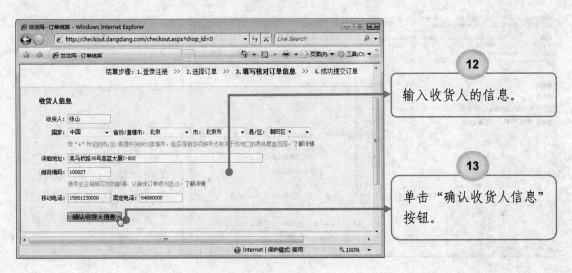

12

输入收货人的信息。

13

单击"确认收货人信息"
按钮。

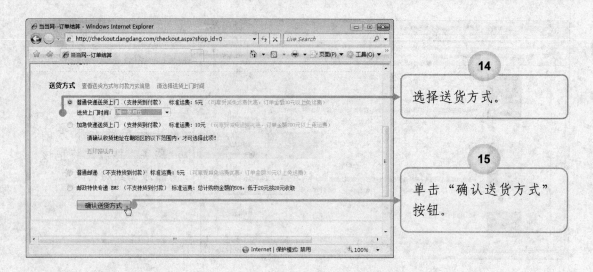

14

选择送货方式。

15

单击"确认送货方式"按钮。

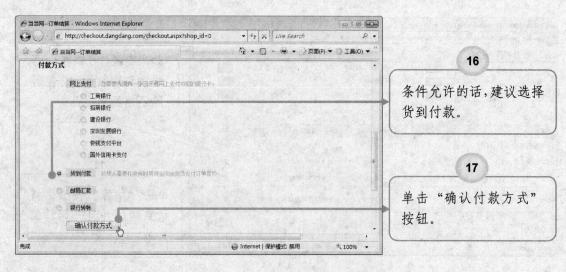

16

条件允许的话,建议选择货到付款。

17

单击"确认付款方式"按钮。

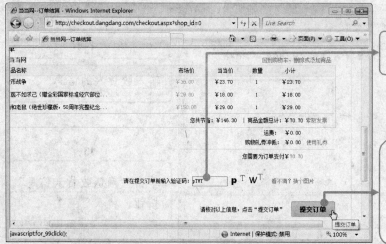

18

输入验证码。

19

单击"提交订单"按钮,即可提交购物订单,然后就等着别人将商品送货上门吧。

6.7 网上拍卖

您感受过拍卖会上的那种惊心动魄吗？在网上，您也同样可以享受到拍卖的乐趣。您可以到相关商务网站找找有没有自己需要的东西参与竞拍，也可以将您不用的东西放到网上去拍卖。本节将以易趣网为例，介绍如何进行网上拍卖。

6.7.1 用户注册

要在易趣网进行网上拍卖，必须先注册成为易趣用户，也只有这样，才可以使用网站所提供的所有功能与服务。注册成为正式用户代表了买卖双方的基本诚信，未注册的用户只能在网站上浏览物品，不能参与竞标，也不可以提供物品出售。

要进行注册，其操作步骤如下：

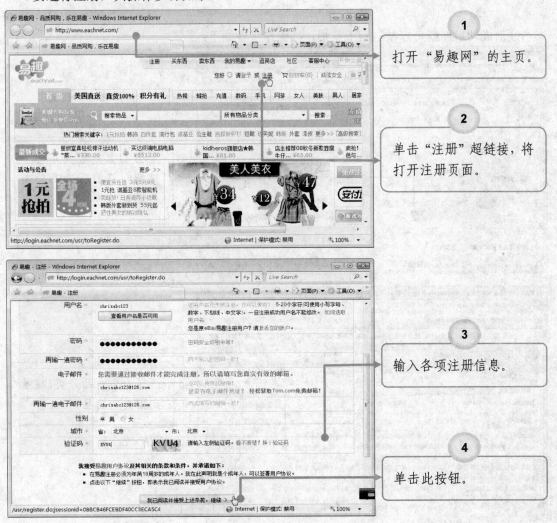

1 打开"易趣网"的主页。

2 单击"注册"超链接，将打开注册页面。

3 输入各项注册信息。

4 单击此按钮。

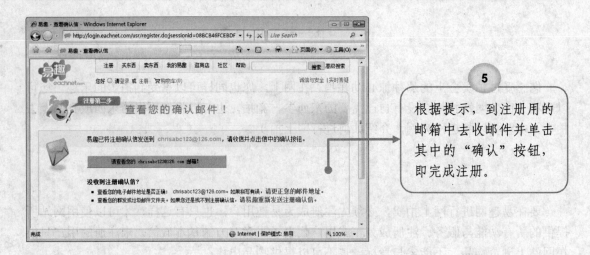

⑤ 根据提示，到注册用的邮箱中去收邮件并单击其中的"确认"按钮，即完成注册。

6.7.2 参与竞拍

注册成功后，就可以参与网上竞拍，其操作步骤如下：

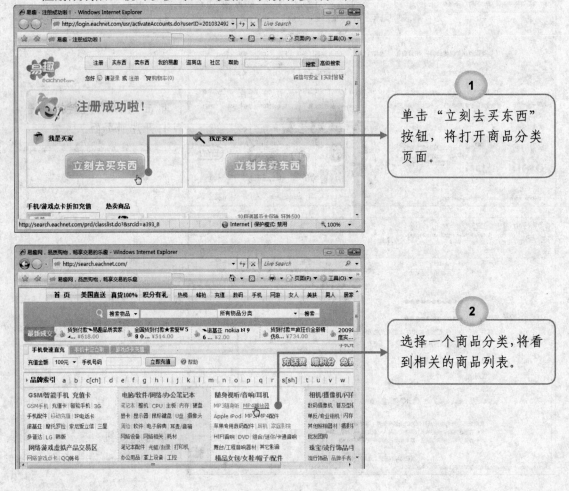

① 单击"立刻去买东西"按钮，将打开商品分类页面。

② 选择一个商品分类，将看到相关的商品列表。

3 输入一个关键词。

4 单击"确定"按钮，将列出搜索结果。

5 单击一个商品，即可看到该商品的详细信息。

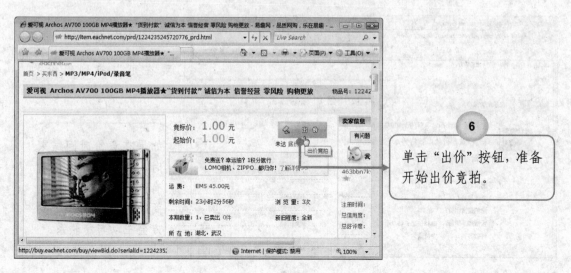

6 单击"出价"按钮，准备开始出价竞拍。

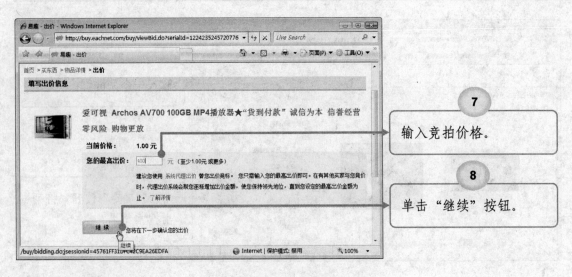

7 输入竞拍价格。

8 单击"继续"按钮。

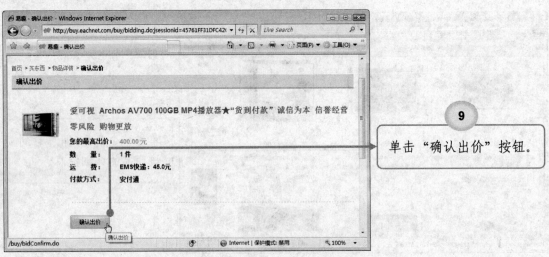

9 单击"确认出价"按钮。

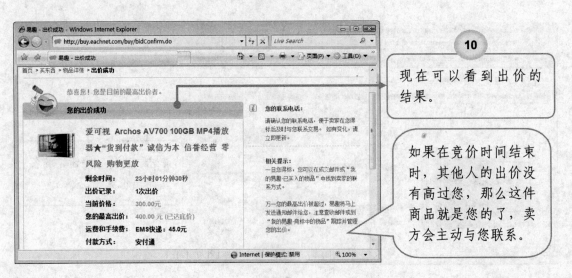

10 现在可以看到出价的结果。

如果在竞价时间结束时，其他人的出价没有高过您，那么这件商品就是您的了，卖方会主动与您联系。

6.7.3　出卖物品

用户除了参与竞拍外，还可以在易趣网上出售自己的物品，其操作步骤如下：

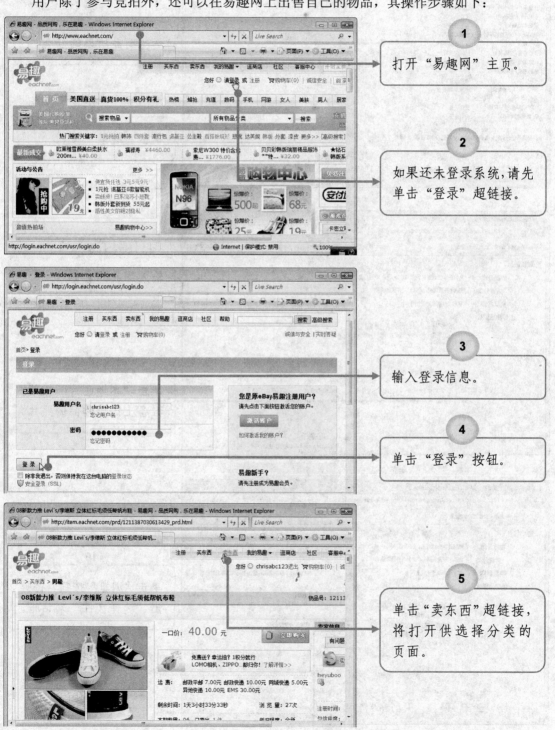

1 打开"易趣网"主页。

2 如果还未登录系统，请先单击"登录"超链接。

3 输入登录信息。

4 单击"登录"按钮。

5 单击"卖东西"超链接，将打开供选择分类的页面。

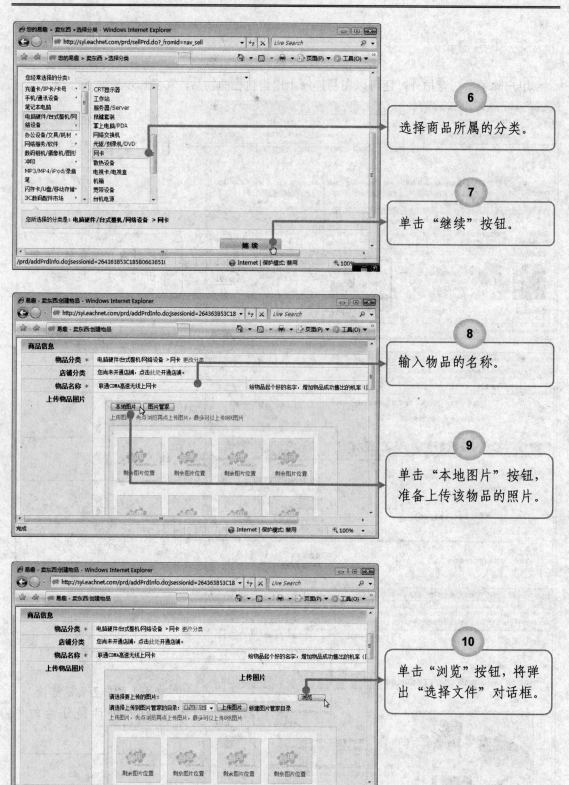

6 选择商品所属的分类。

7 单击"继续"按钮。

8 输入物品的名称。

9 单击"本地图片"按钮,准备上传该物品的照片。

10 单击"浏览"按钮,将弹出"选择文件"对话框。

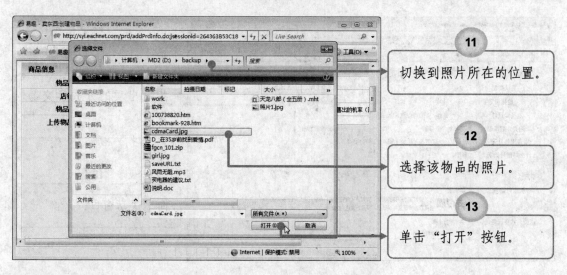

11 切换到照片所在的位置。

12 选择该物品的照片。

13 单击"打开"按钮。

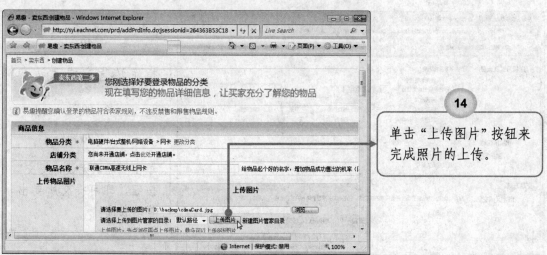

14 单击"上传图片"按钮来完成照片的上传。

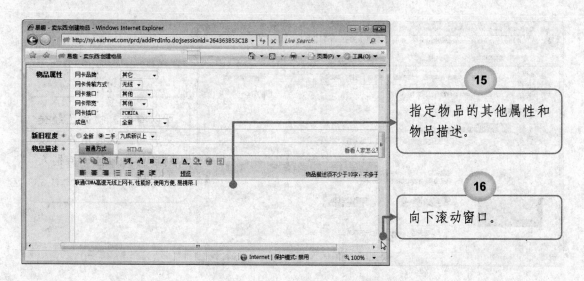

15 指定物品的其他属性和物品描述。

16 向下滚动窗口。

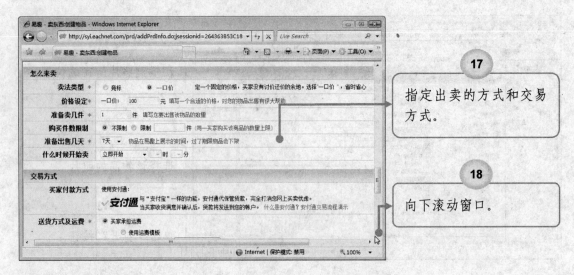

17 指定出卖的方式和交易方式。

18 向下滚动窗口。

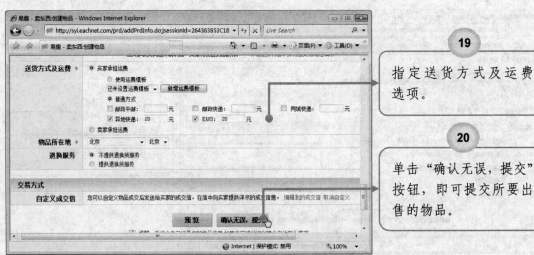

19 指定送货方式及运费选项。

20 单击"确认无误，提交"按钮，即可提交所要出售的物品。

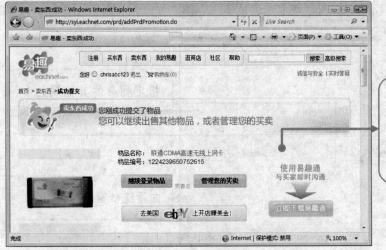

21 可以看到，物品已经提交成功。这时用户可以到自己的摊位等待别人来竞拍。

6.8 网上求职

随着网络的发展，网上招聘求职的方式渐渐地被供需双方所熟识并广泛采用。越来越多的公司愿意将招聘信息发布到网上，求职者也可以到网上去寻找相关职位。

6.8.1 注册会员并创建个人简历

其操作步骤如下：

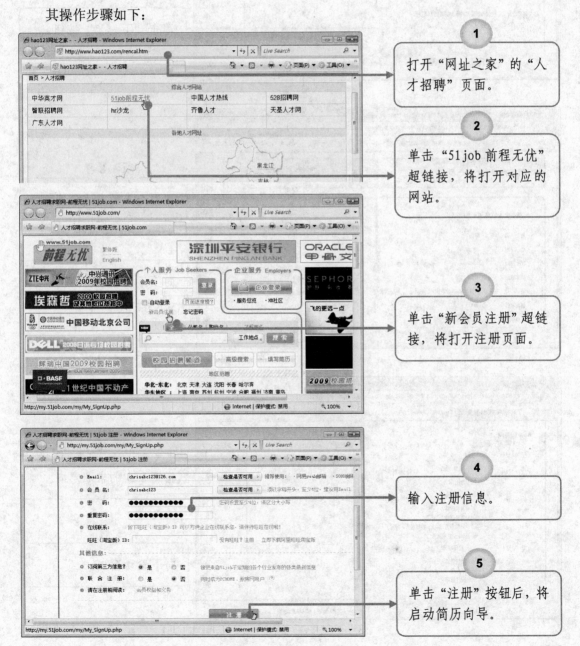

1 打开"网址之家"的"人才招聘"页面。

2 单击"51job前程无忧"超链接，将打开对应的网站。

3 单击"新会员注册"超链接，将打开注册页面。

4 输入注册信息。

5 单击"注册"按钮后，将启动简历向导。

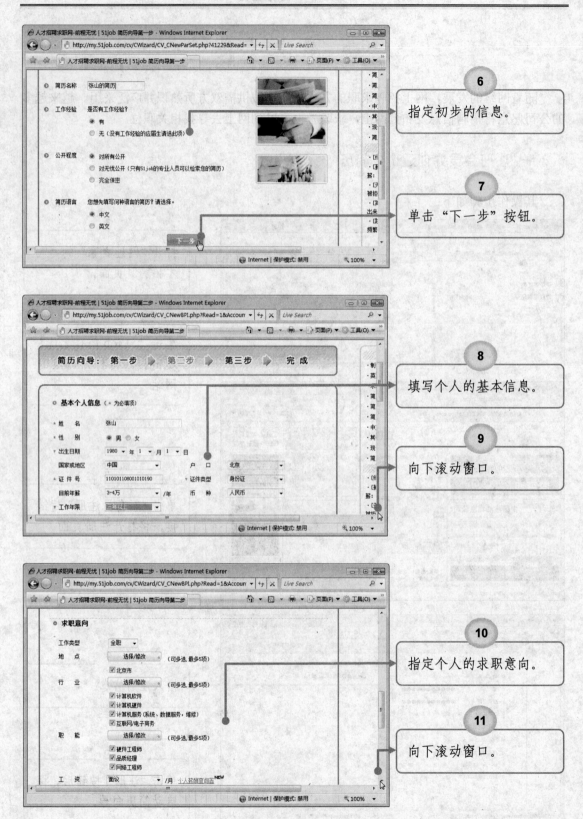

6 指定初步的信息。

7 单击"下一步"按钮。

8 填写个人的基本信息。

9 向下滚动窗口。

10 指定个人的求职意向。

11 向下滚动窗口。

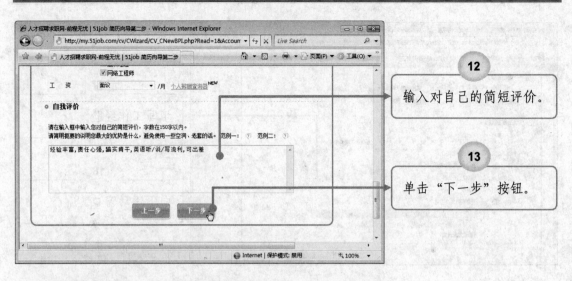

12 输入对自己的简短评价。

13 单击"下一步"按钮。

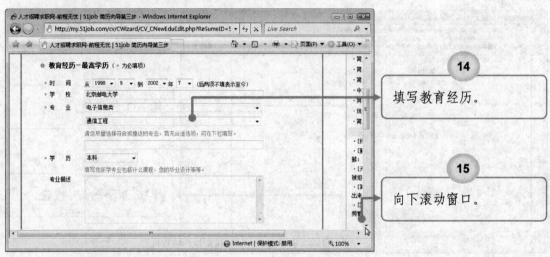

14 填写教育经历。

15 向下滚动窗口。

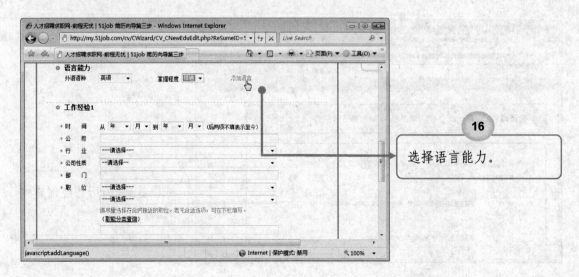

16 选择语言能力。

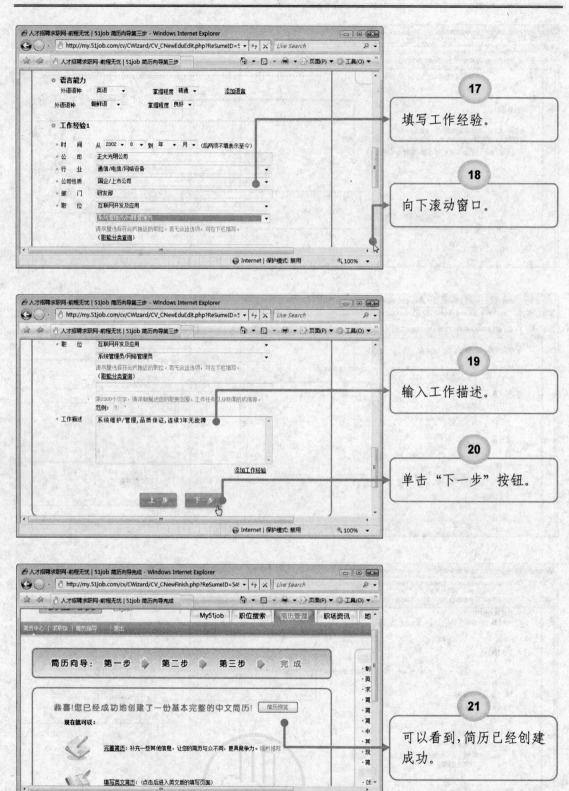

17

填写工作经验。

18

向下滚动窗口。

19

输入工作描述。

20

单击"下一步"按钮。

21

可以看到,简历已经创建
成功。

6.8.2　查找招聘信息

注册成功后，就可以进行网上求职。其操作步骤如下：

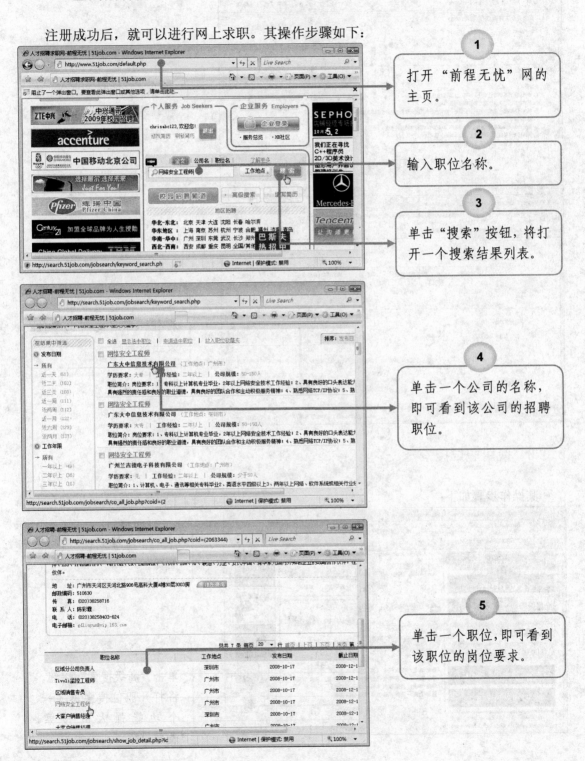

1　打开"前程无忧"网的主页。

2　输入职位名称。

3　单击"搜索"按钮，将打开一个搜索结果列表。

4　单击一个公司的名称，即可看到该公司的招聘职位。

5　单击一个职位，即可看到该职位的岗位要求。

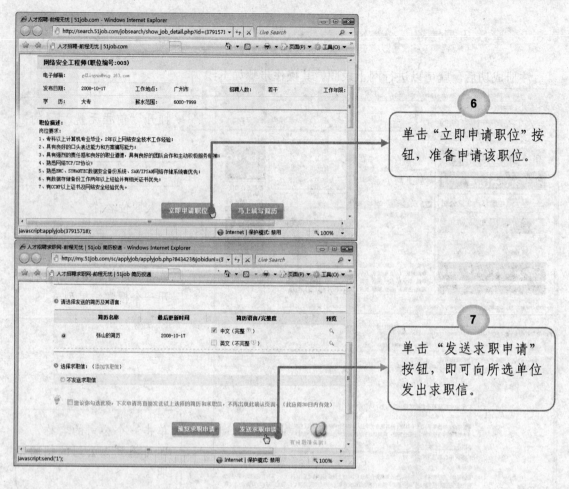

6

单击"立即申请职位"按钮，准备申请该职位。

7

单击"发送求职申请"按钮，即可向所选单位发出求职信。

6.8.3 使用职位搜索器

其操作步骤如下：

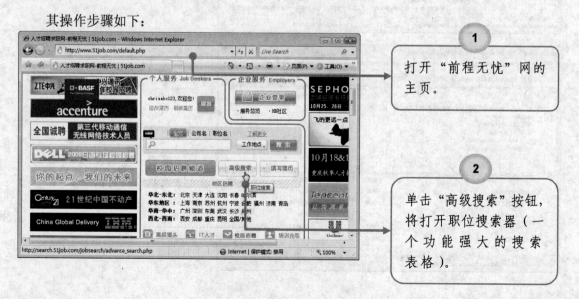

1

打开"前程无忧"网的主页。

2

单击"高级搜索"按钮，将打开职位搜索器（一个功能强大的搜索表格）。

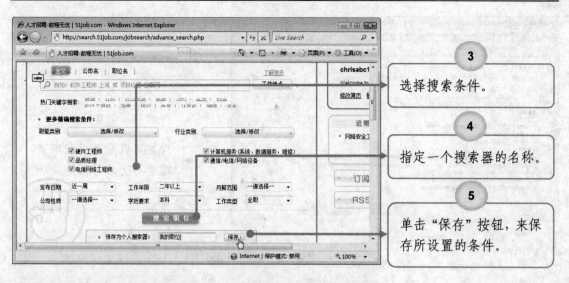

3 选择搜索条件。

4 指定一个搜索器的名称。

5 单击"保存"按钮，来保存所设置的条件。

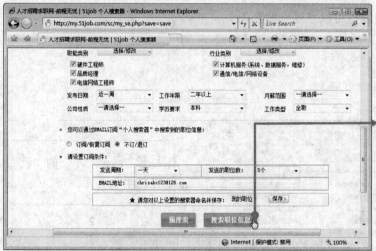

6 单击"搜索职位信息"按钮，将根据搜索器的设置来列表搜索结果。

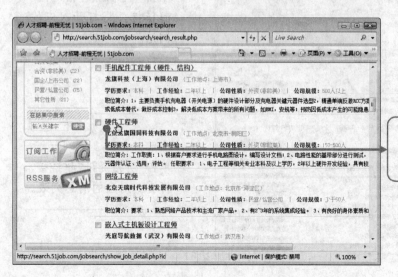

7 单击一个职位，即可看到它的详细描述。

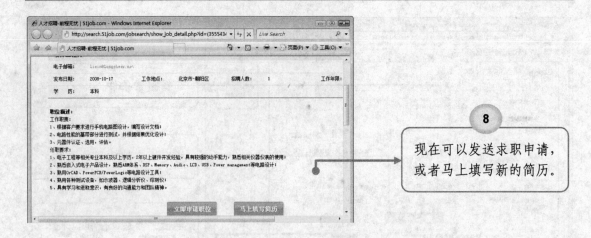

现在可以发送求职申请，或者马上填写新的简历。

6.9 网上教育

网络使身处课堂之外的朋友也可以享受到教育服务。

6.9.1 教育咨询

其操作步骤如下：

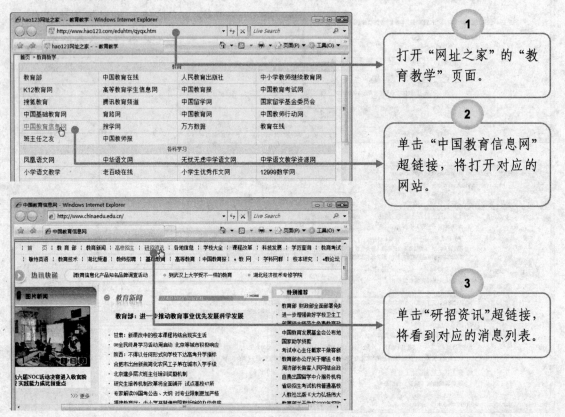

1　打开"网址之家"的"教育教学"页面。

2　单击"中国教育信息网"超链接，将打开对应的网站。

3　单击"研招资讯"超链接，将看到对应的消息列表。

④ 单击"招生简章大全"超链接,即可看到招生简章列表。

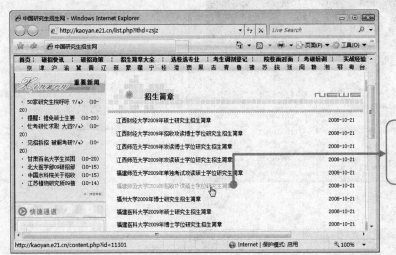

⑤ 单击一个超链接,将看到具体的内容。

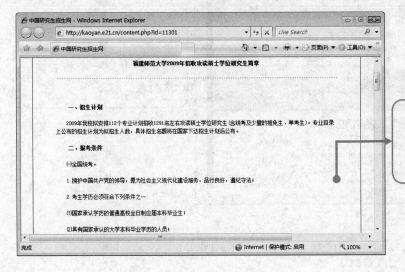

⑥ 现在看到的就是刚才所选超链接对应的招生简章内容。

6.9.2　在线学习

利用网络可以进行在线学习。有了疑问，也可以在网上寻找答案。

1．网上学电脑

其操作步骤如下：

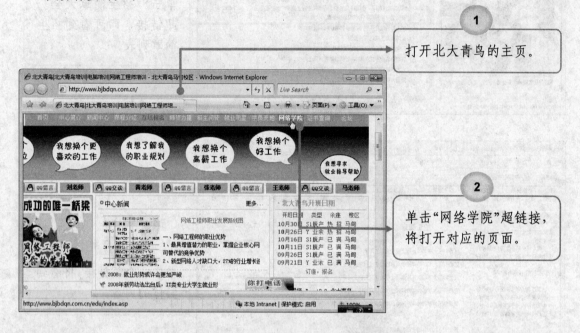

1 打开北大青鸟的主页。

2 单击"网络学院"超链接，将打开对应的页面。

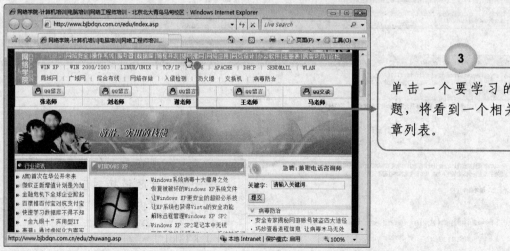

3 单击一个要学习的主题，将看到一个相关文章列表。

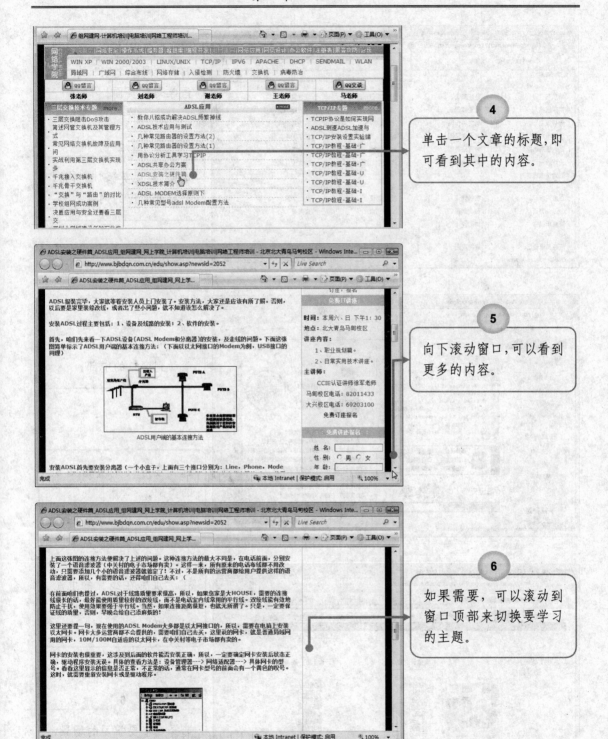

4 单击一个文章的标题,即可看到其中的内容。

5 向下滚动窗口,可以看到更多的内容。

6 如果需要,可以滚动到窗口顶部来切换要学习的主题。

2. 网上学英语

其操作步骤如下:

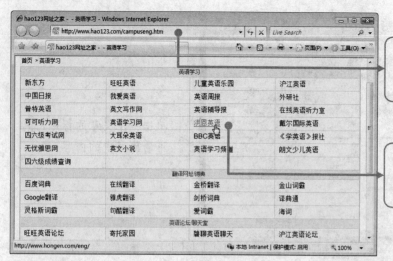

1 打开"网址之家"的"英语学习"页面。

2 单击"洪恩英语"超链接，将打开对应的网站。

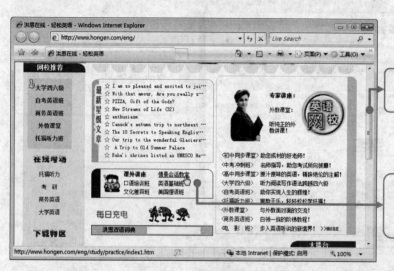

3 滚动到窗口的中部。

4 选择要学习的英语知识的类别。

5 在"洪恩在线"的电脑乐园中还可以学习电脑知识呢！

6 选择一个要学习的场景，将打开对应的页面。

7 单击"播放"按钮,即可开始播放。

8 可以看到,正在播放情景会话。

6.10 网上求医问药

在网上可以查询医院及专家信息,也可以了解到许多关于健康的知识。

6.10.1 查询医院信息

其操作步骤如下:

1 打开"就医网"的首页。

2 单击"搜索医院"超链接，将打开一个医院列表。

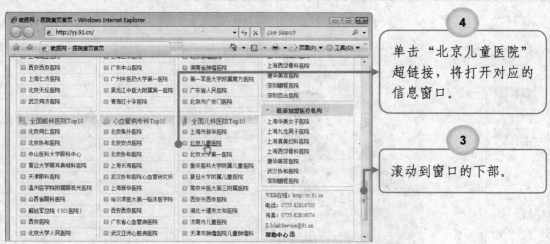

4 单击"北京儿童医院"超链接，将打开对应的信息窗口。

3 滚动到窗口的下部。

5 现在就可以看到刚才所选医院的详细信息。

6.10.2　查看专家信息

其操作步骤如下：

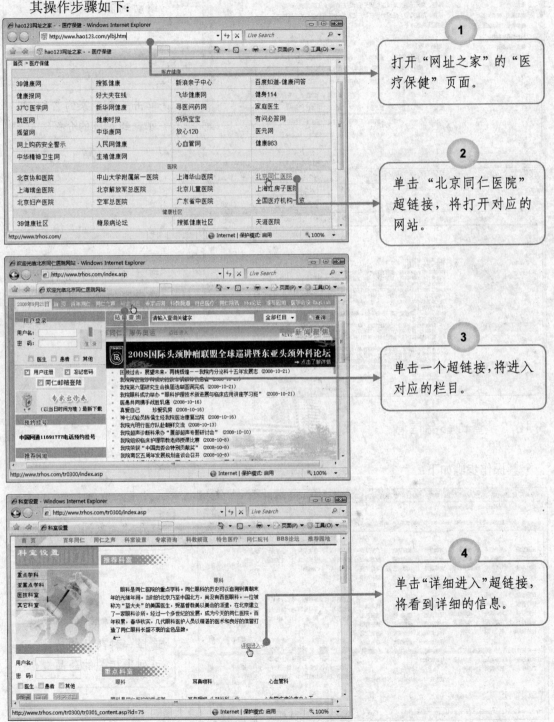

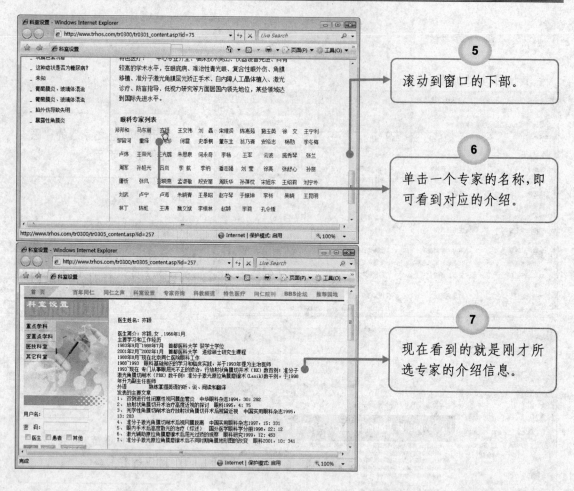

5 滚动到窗口的下部。

6 单击一个专家的名称，即可看到对应的介绍。

7 现在看到的就是刚才所选专家的介绍信息。

6.10.3 查询药品信息

其操作步骤如下：

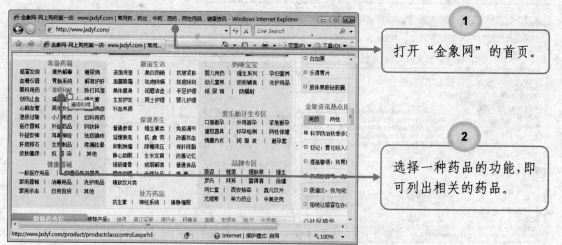

1 打开"金象网"的首页。

2 选择一种药品的功能，即可列出相关的药品。

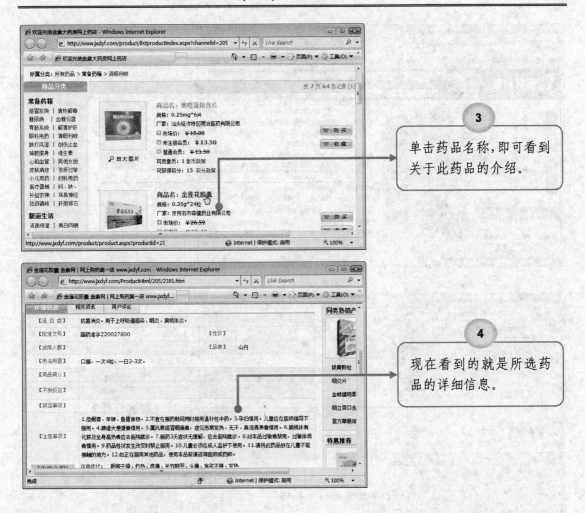

③

单击药品名称，即可看到关于此药品的介绍。

④

现在看到的就是所选药品的详细信息。

6.10.4　网上健康咨询

其操作步骤如下：

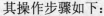

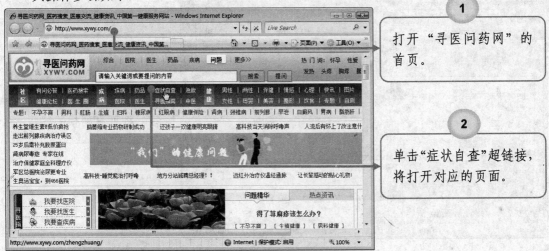

①

打开"寻医问药网"的首页。

②

单击"症状自查"超链接，将打开对应的页面。

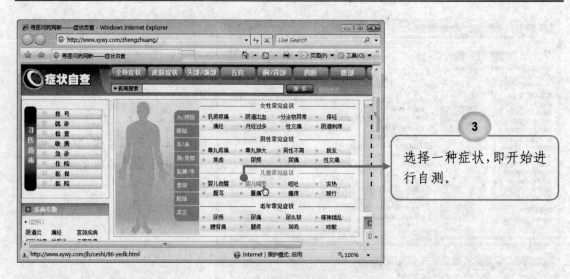

3 选择一种症状，即开始进行自测。

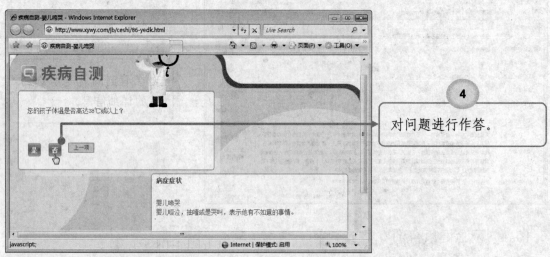

4 对问题进行作答。

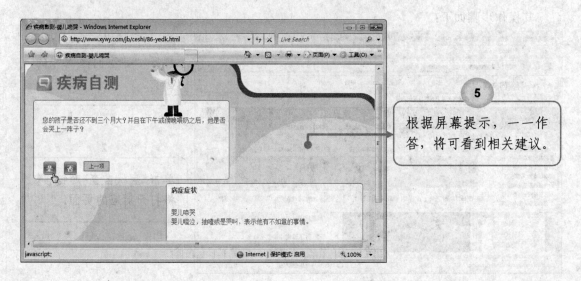

5 根据屏幕提示，一一作答，将可看到相关建议。

6 打开"放心医苑"网站的首页。

7 单击一个栏目,将打开对应的页面。

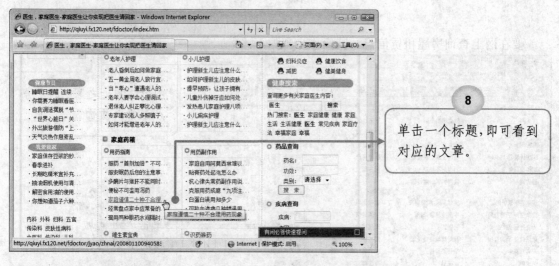

8 单击一个标题,即可看到对应的文章。

9 向下滚动窗口,可以看到更多内容。

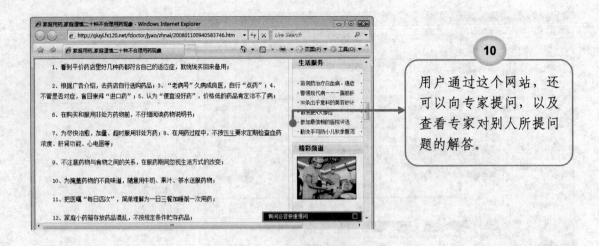

10

用户通过这个网站,还可以向专家提问,以及查看专家对别人所提问题的解答。

6.11 网 上 租 房

要在网上查询房屋租赁信息,其操作步骤如下:

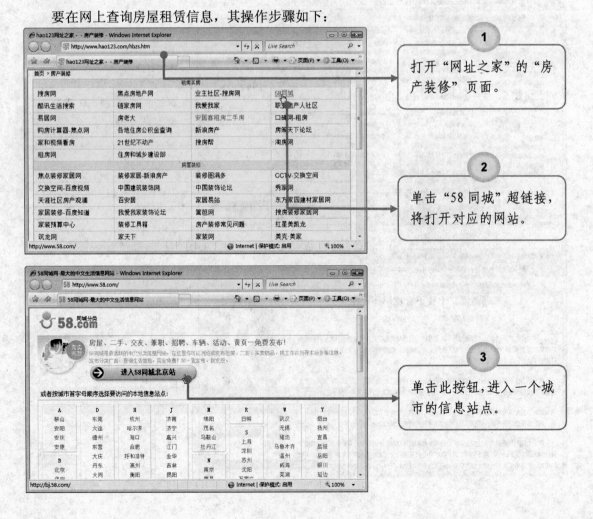

1

打开"网址之家"的"房产装修"页面。

2

单击"58同城"超链接,将打开对应的网站。

3

单击此按钮,进入一个城市的信息站点。

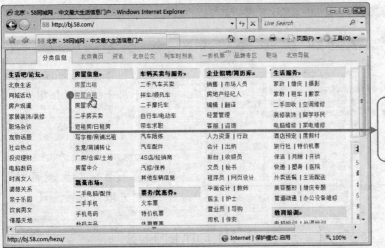

4 选择一个信息类别，即可看到全部相关信息。

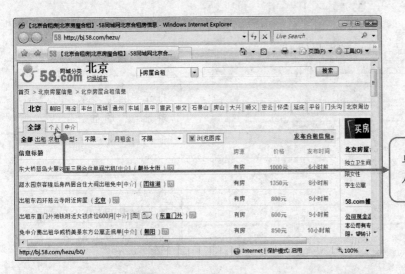

5 单击"个人"标签，来缩小信息所包含的范围。

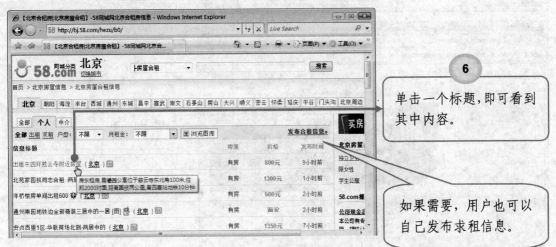

6 单击一个标题，即可看到其中内容。

如果需要，用户也可以自己发布求租信息。

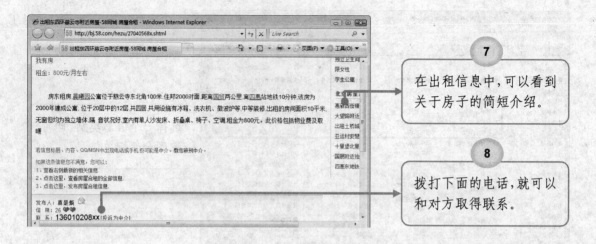

7 在出租信息中，可以看到关于房子的简短介绍。

8 拨打下面的电话，就可以和对方取得联系。

6.12 网上旅游

要在网上选择旅游产品，其操作步骤如下：

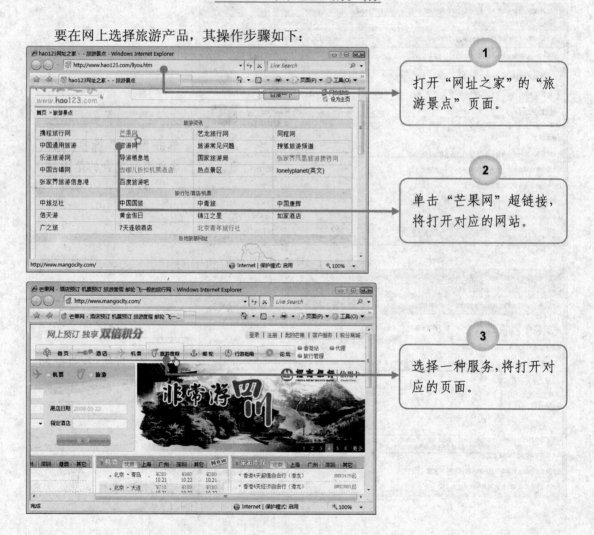

1 打开"网址之家"的"旅游景点"页面。

2 单击"芒果网"超链接，将打开对应的网站。

3 选择一种服务，将打开对应的页面。

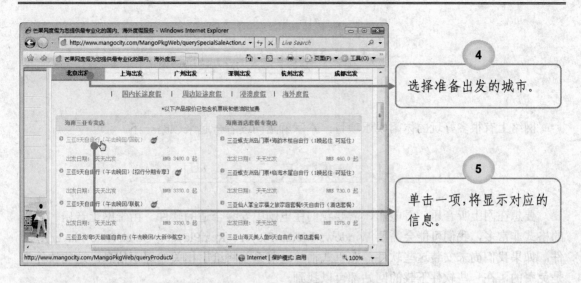

4 选择准备出发的城市。

5 单击一项,将显示对应的信息。

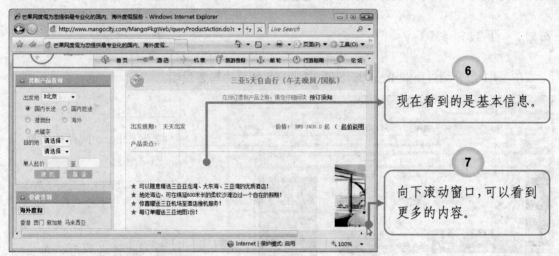

6 现在看到的是基本信息。

7 向下滚动窗口,可以看到更多的内容。

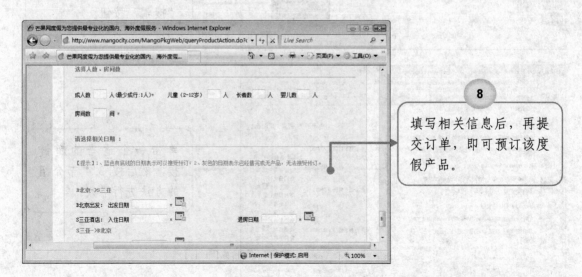

8 填写相关信息后,再提交订单,即可预订该度假产品。

第 7 章　网上休闲娱乐

网络上有很多好玩的休闲娱乐项目，本章就陪同读者一起来领略一下。

7.1　网络视听工具——RealPlayer

要想在网上听音乐、看电影，需要我们在电脑中安装合适的软件。由于网上音乐、电影的格式非常多，我们可能会需要 Windows Media Player、RealPlayer、QuickTime Player 等软件。如果我们尚未安装这些软件，在正式播放之前系统将给出相关的提示信息。这些软件都是免费的，在一些软件下载的网站都可以找到。

7.1.1　下载 RealPlayer

在 3.4.1 节介绍过下载 RealPlayer 的方法，此处只作简要说明。

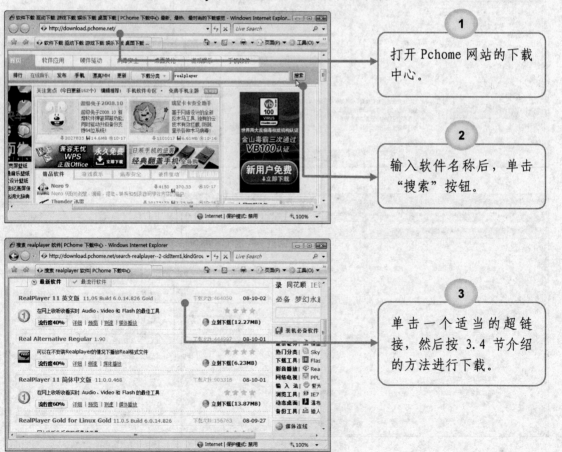

1 打开 Pchome 网站的下载中心。

2 输入软件名称后，单击"搜索"按钮。

3 单击一个适当的超链接，然后按 3.4 节介绍的方法进行下载。

7.1.2　安装 RealPlayer

其操作步骤如下：

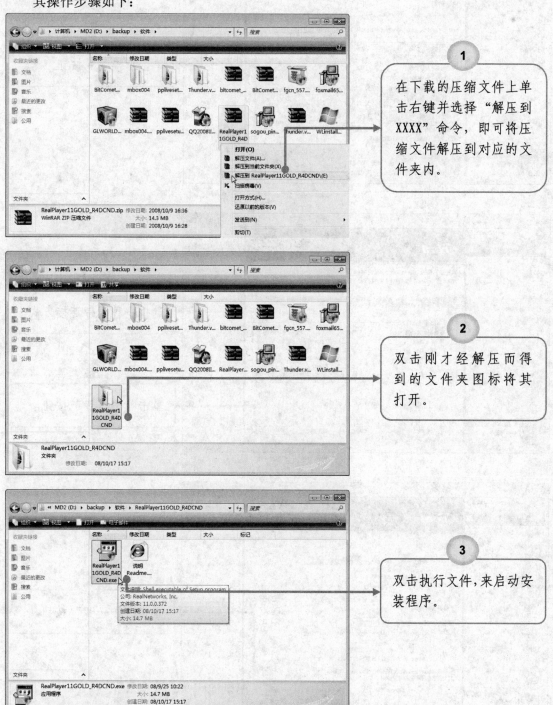

1　在下载的压缩文件上单击右键并选择"解压到XXXX"命令，即可将压缩文件解压到对应的文件夹内。

2　双击刚才经解压而得到的文件夹图标将其打开。

3　双击执行文件，来启动安装程序。

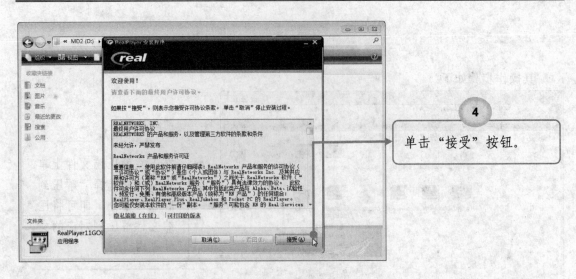

单击"接受"按钮。

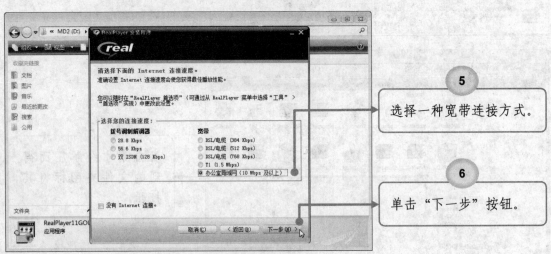

选择一种宽带连接方式。

单击"下一步"按钮。

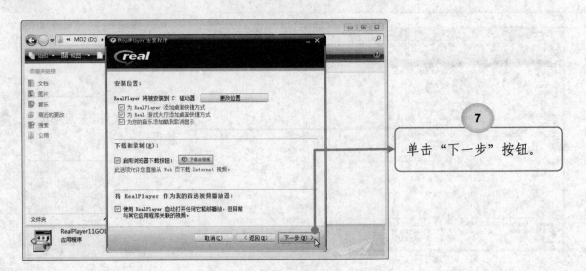

单击"下一步"按钮。

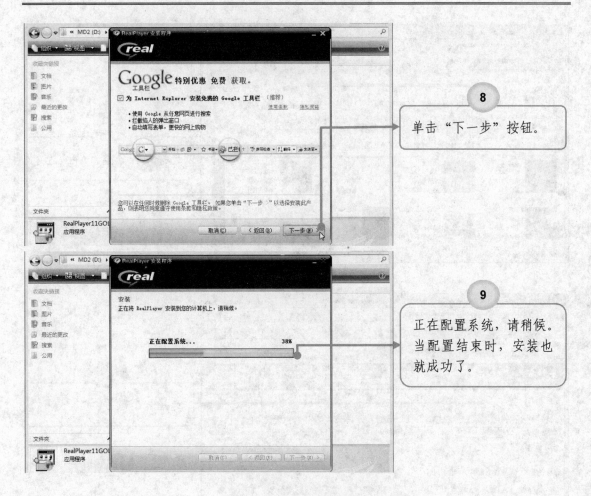

8 单击"下一步"按钮。

9 正在配置系统，请稍候。当配置结束时，安装也就成功了。

7.2　网络视听

在网络上可以随时听音乐、看电视、看电影、看动漫，非常方便。

7.2.1　网上听音乐

其操作步骤如下：

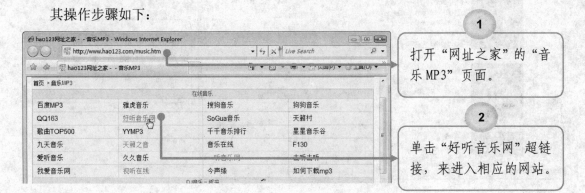

1 打开"网址之家"的"音乐MP3"页面。

2 单击"好听音乐网"超链接，来进入相应的网站。

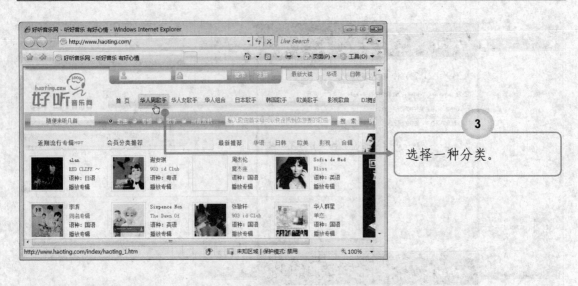

3 选择一种分类。

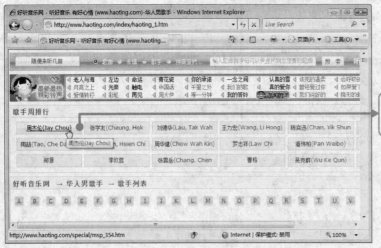
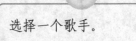

4 选择一个歌手。

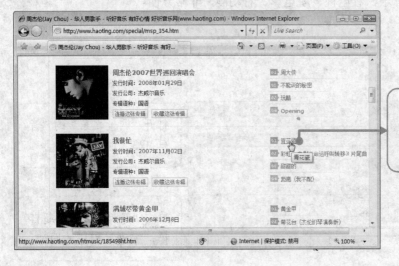

5 单击要试听的曲目名称，即可在新窗口中播放。

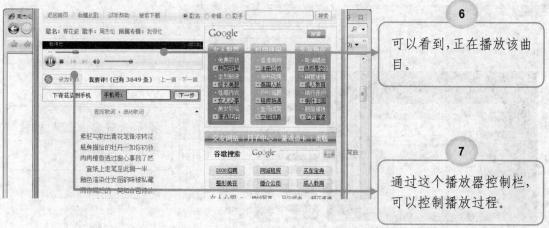

可以看到，正在播放该曲目。 **6**

通过这个播放器控制栏，可以控制播放过程。 **7**

7.2.2　网上看电视

可以直接在网上看电视，也可以借助相关软件来看电视。

1. 在网站内直接观看

其操作步骤如下：

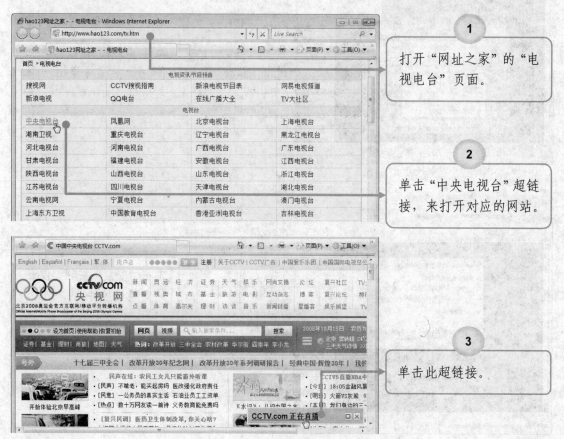

打开"网址之家"的"电视电台"页面。 **1**

单击"中央电视台"超链接，来打开对应的网站。 **2**

单击此超链接。 **3**

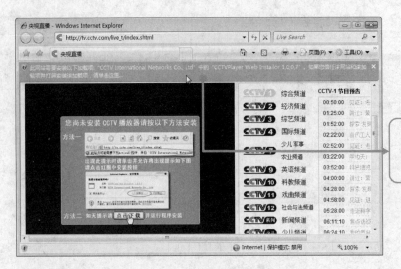

4

提示未安装 CCTV 播放器。单击此处。

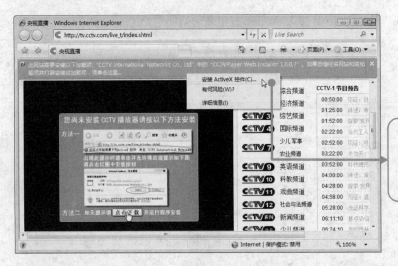

5

选择"安装 ActiveX 控件"命令,将弹出一个对话框。

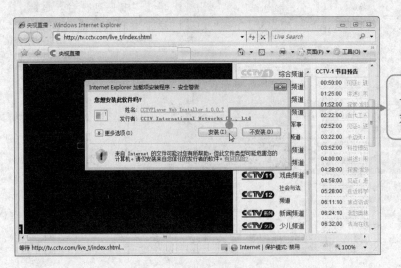

6

单击"安装"按钮,便开始安装该控件。

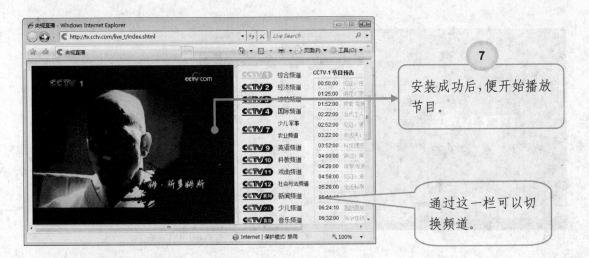

7 安装成功后，便开始播放节目。

通过这一栏可以切换频道。

2．借助软件来观看

其操作步骤如下：

1 下载一个可以用来看电视的软件，如 PPlive。

2 指定目标位置。

3 保存下来后，再执行安装。

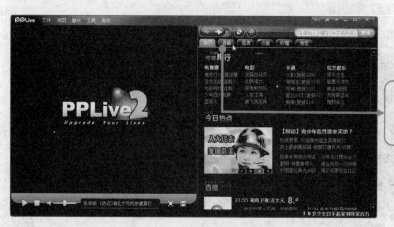

4

启动程序后，单击"直播"标签。

5

选择一个要看的分类。

6

找到要看的电视并双击它，即可开始播放。

7

看，正在播放。

8

通过这个播放器控制栏，可以控制播放过程。

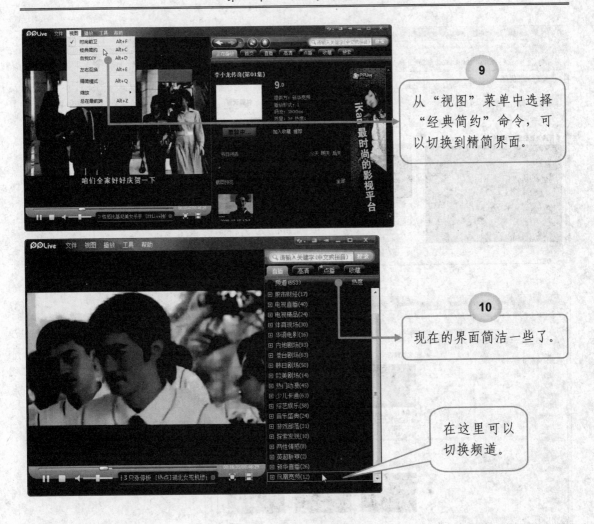

9

从"视图"菜单中选择"经典简约"命令，可以切换到精简界面。

10

现在的界面简洁一些了。

在这里可以切换频道。

7.2.3 网上看电影

其操作步骤如下：

1

打开"网址之家"的"宽带电影"页面。

2

单击"优酷网"超链接，将打开相应的网站。

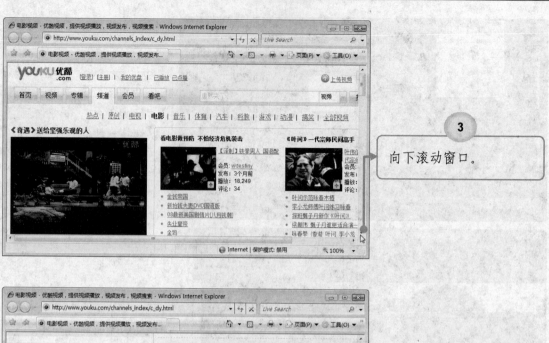

3

向下滚动窗口。

4

选择一个电影分类。

5

单击一个影片名称,即可在新窗口中观看电影。

6 看，正在播放电影。

7 通过这个控制栏，可以控制播放进度。

7.2.4 动漫欣赏

在繁忙的工作、学习之余，在网上看看动画或漫画是不错的放松方式。

1. 欣赏Flash动画

其操作步骤如下：

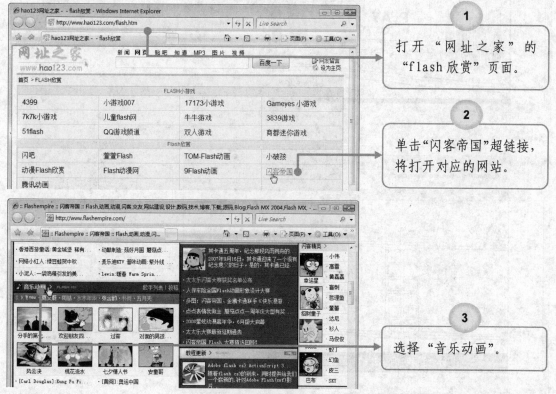

1 打开"网址之家"的"flash欣赏"页面。

2 单击"闪客帝国"超链接，将打开对应的网站。

3 选择"音乐动画"。

4

选择一个动画作品。

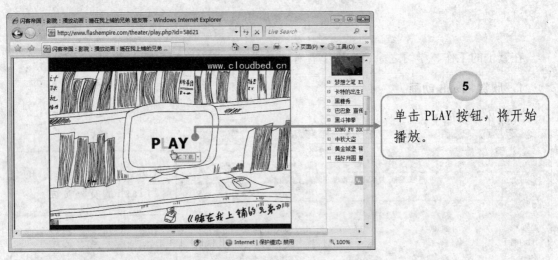

5

单击 PLAY 按钮，将开始播放。

向下滚动窗口还可以选择其他作品。

6

可以看到，正在播放动画。

7

通过这个控制栏,可以控制动画的播放进度。

2. 欣赏漫画

其操作步骤如下:

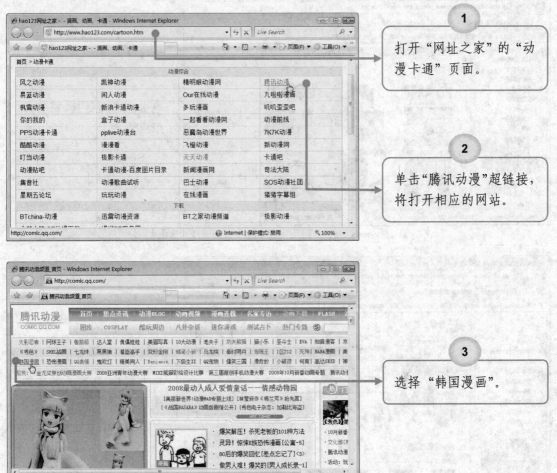

1

打开"网址之家"的"动漫卡通"页面。

2

单击"腾讯动漫"超链接,将打开相应的网站。

3

选择"韩国漫画"。

4 选择一个漫画分类。

5 单击一个超链接,将打开相应页面。

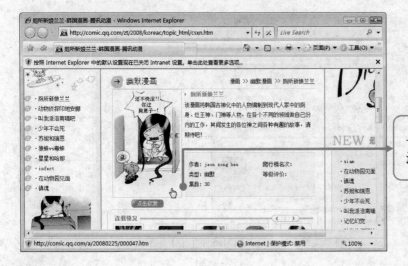

6 单击图片,即可开始欣赏漫画。

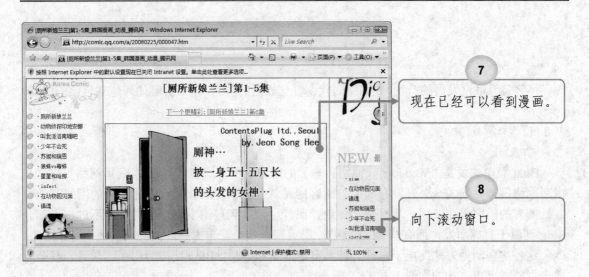

7

现在已经可以看到漫画。

8

向下滚动窗口。

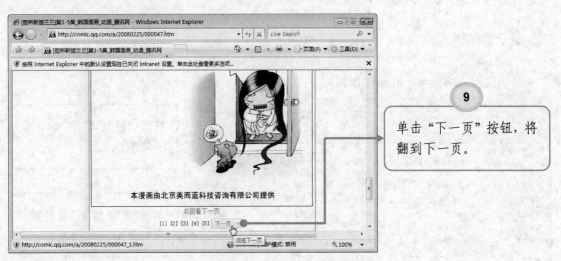

9

单击"下一页"按钮，将翻到下一页。

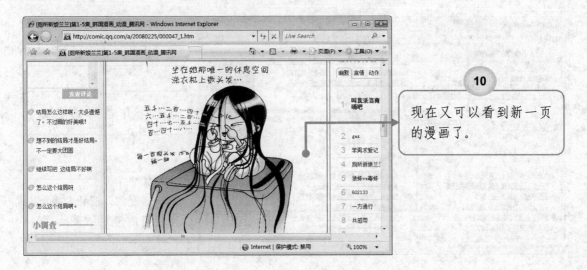

10

现在又可以看到新一页的漫画了。

7.3 网上博客

博客是互联网发展的产物,是网络时代个性化表达的产物,本节讲解如何建立自己的博客。

7.3.1 博客简介

Blog 简单来说是"Web log"(网络日志)的缩写。所谓博客(Blog),既指网络日志,又指写网络日志并向大众公开发布的人。博客网站就是提供场所让博客发挥智慧的网络基地。

博客的内容五花八门,从日记、评论、照片、诗歌到科幻小说什么都有。不过,大部分 Blog 都属于有感而发,而有些 Blog 则是一群人基于某个特定主题或共同利益而组建的。

这种博客沟通方式比电子邮件、聊天室更简单和容易,Blog 已成为明星、学者,甚至普通老百姓越来越喜欢的沟通工具了。

7.3.2 访问博客

要访问他人的博客,其操作步骤如下:

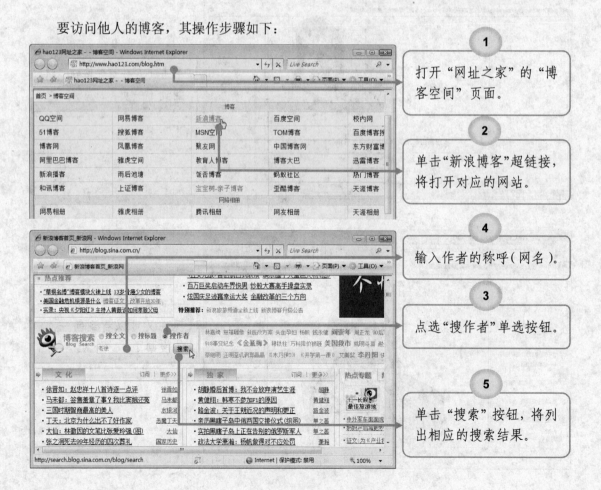

1 打开"网址之家"的"博客空间"页面。

2 单击"新浪博客"超链接,将打开对应的网站。

4 输入作者的称呼(网名)。

3 点选"搜作者"单选按钮。

5 单击"搜索"按钮,将列出相应的搜索结果。

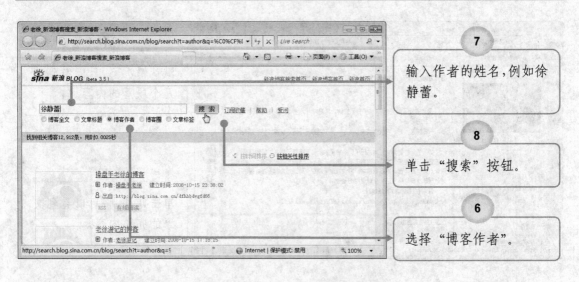

7

输入作者的姓名,例如徐静蕾。

8

单击"搜索"按钮。

6

选择"博客作者"。

9

选择"老徐",将打开"徐静蕾"的博客。

10

向下滚动窗口。

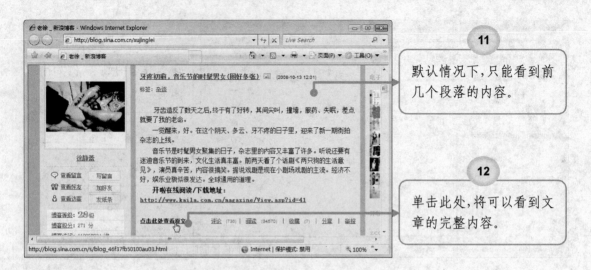

11

默认情况下,只能看到前几个段落的内容。

12

单击此处,将可以看到文章的完整内容。

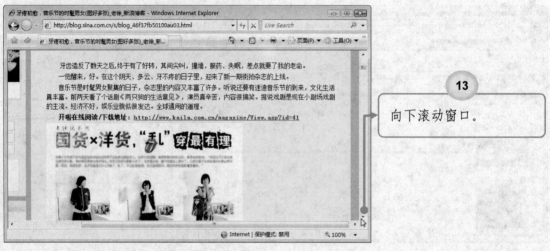

13

向下滚动窗口。

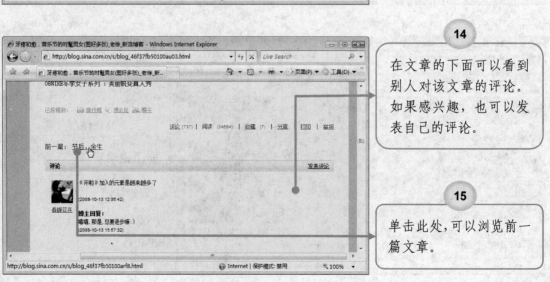

14

在文章的下面可以看到别人对该文章的评论。如果感兴趣,也可以发表自己的评论。

15

单击此处,可以浏览前一篇文章。

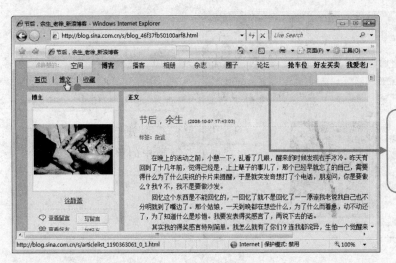

16

单击"博文"超链接,
将打开博客主人的所有
文章列表。

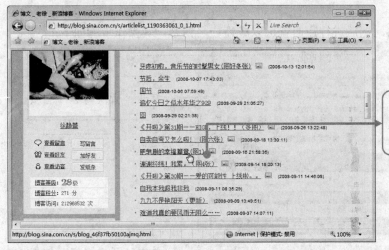

17

单击一个超链接,即可打
开来查看相应的文章。

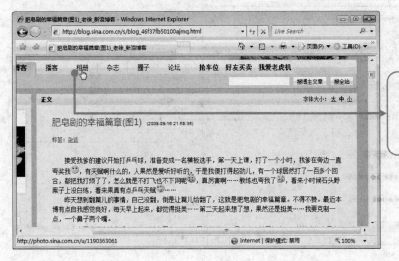

18

单击"相册"超链接,
将打开博客主人创建的
相册。

19 现在就可以看到博客相册中的照片了。

7.3.3　创建博客

只要找到某个博客网站，然后进行注册就可以成为一名博客。其操作步骤如下：

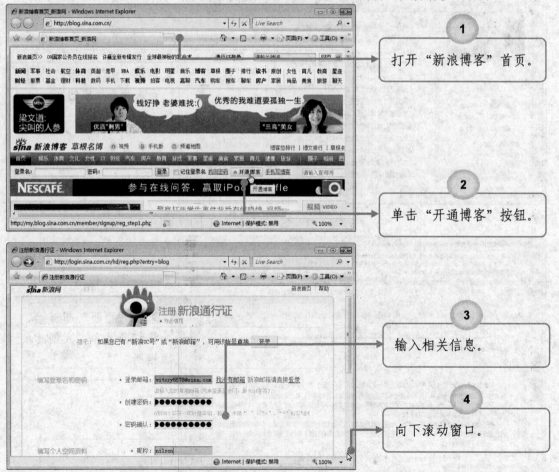

1 打开"新浪博客"首页。

2 单击"开通博客"按钮。

3 输入相关信息。

4 向下滚动窗口。

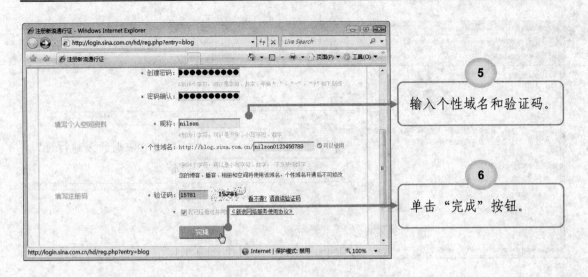

5 输入个性域名和验证码。

6 单击"完成"按钮。

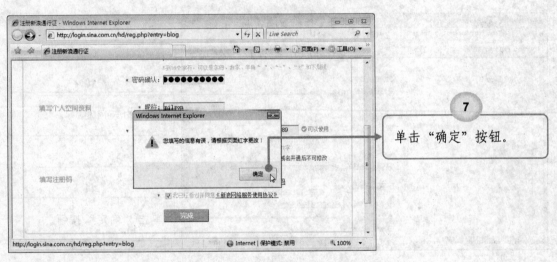

7 单击"确定"按钮。

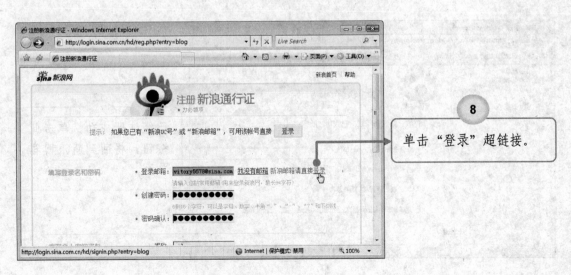

8 单击"登录"超链接。

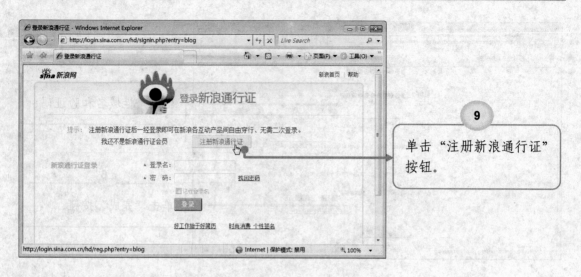

9

单击"注册新浪通行证"按钮。

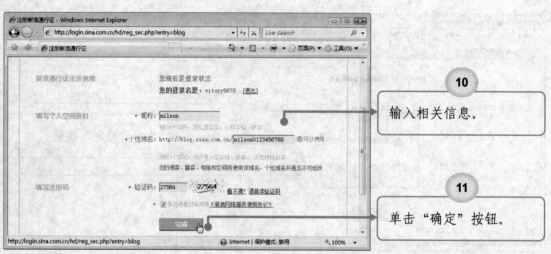

10

输入相关信息。

11

单击"确定"按钮。

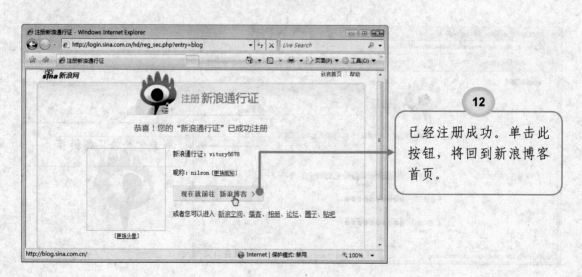

12

已经注册成功。单击此按钮，将回到新浪博客首页。

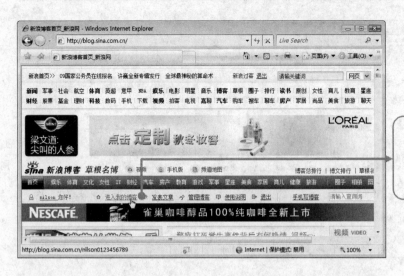

13

单击"进入我的博客"超链接，将进入刚才注册的博客空间。

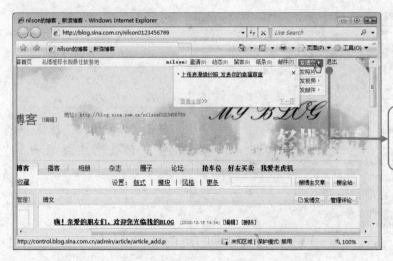

14

单击"发博文"超链接，将打开发表文章的界面。

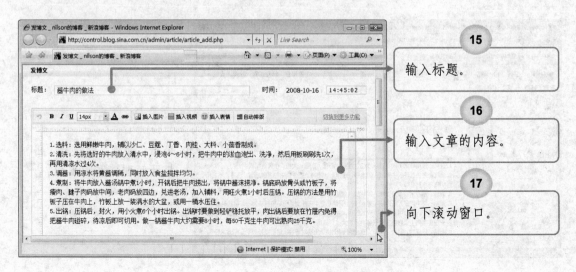

15

输入标题。

16

输入文章的内容。

17

向下滚动窗口。

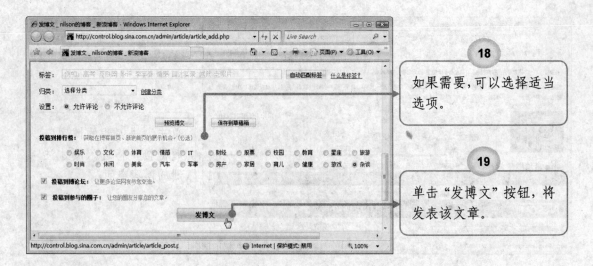

18

如果需要，可以选择适当选项。

19

单击"发博文"按钮，将发表该文章。

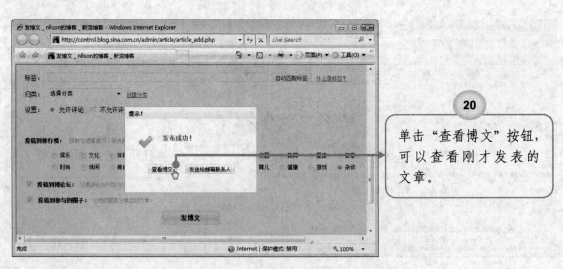

20

单击"查看博文"按钮，可以查看刚才发表的文章。

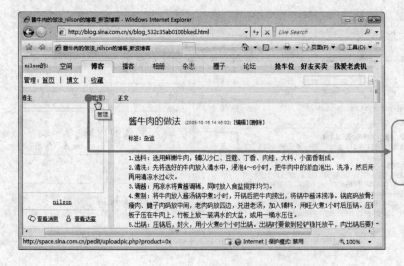

21

单击"管理"超链接，将打开管理博客的界面。

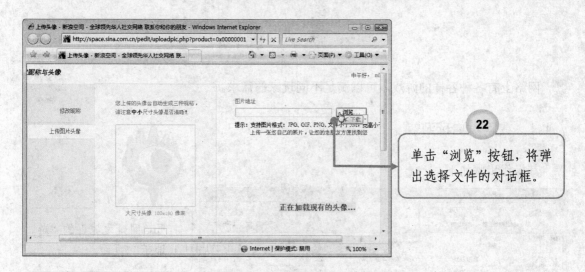

22

单击"浏览"按钮，将弹出选择文件的对话框。

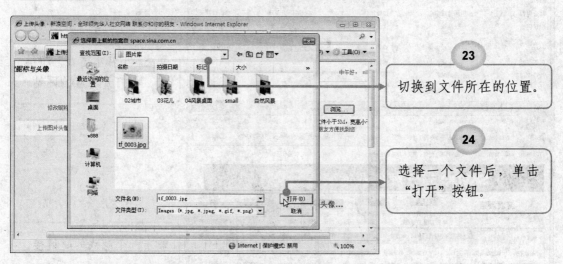

23

切换到文件所在的位置。

24

选择一个文件后，单击"打开"按钮。

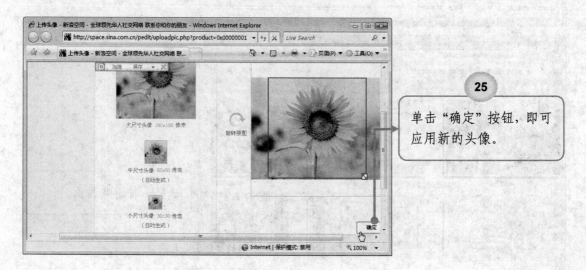

25

单击"确定"按钮，即可应用新的头像。

7.4 网络游戏

网络上有各种各样的游戏，可以满足不同玩家的需求。

7.4.1 在网页内玩游戏

其操作步骤如下：

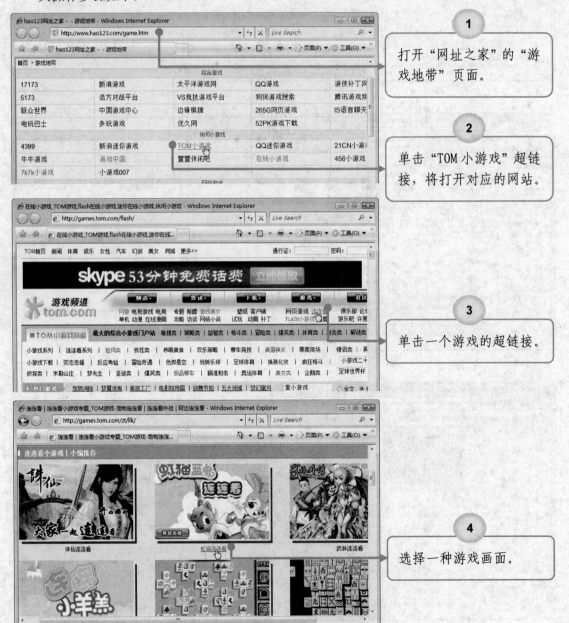

1 打开"网址之家"的"游戏地带"页面。

2 单击"TOM 小游戏"超链接，将打开对应的网站。

3 单击一个游戏的超链接。

4 选择一种游戏画面。

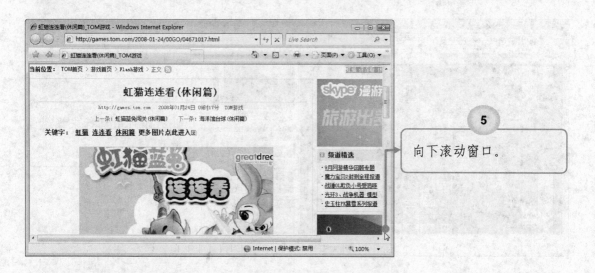

5

向下滚动窗口。

6

单击此超链接,将打开主界面。

7

单击"开始游戏"按钮,将启动游戏。

8

此时即可用鼠标来操纵游戏了。

7.4.2 QQ游戏

QQ软件中自带有网络游戏，用户可以选择以游戏的方式和好友交流。一般情况下，QQ游戏会随QQ聊天软件一起安装到用户的电脑中。下面介绍QQ游戏的基本玩法。

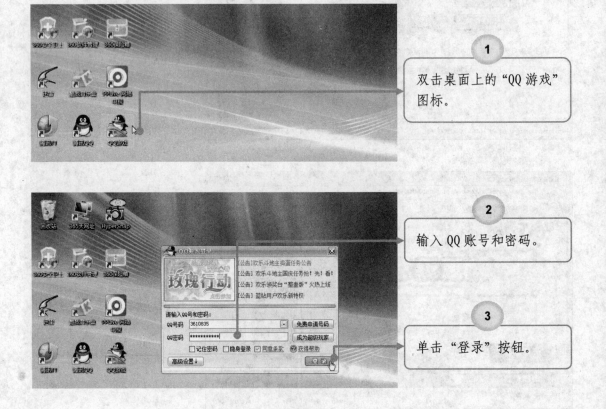

1

双击桌面上的"QQ游戏"图标。

2

输入QQ账号和密码。

3

单击"登录"按钮。

4 登录成功后，即可进入游戏大厅。

5 向下滚动游戏列表框。

这里提供了丰富的游戏，玩家可以根据个人爱好来选择。

6 双击一个游戏分类。

在这里可以看到公告信息、论坛中的热门贴子，以及最新活动推荐等。

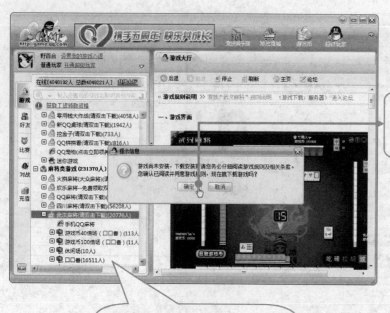

7

单击"确定"按钮，将下载游戏。

这里所有的游戏，在第一次玩之前，都要执行下载、安装的操作。

8

正在下载游戏，请稍候。下载完毕后，会自动进行安装。

这里是所选游戏的介绍和规则说明。

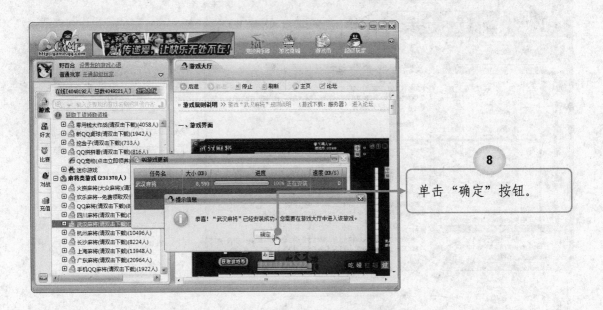

8

单击"确定"按钮。

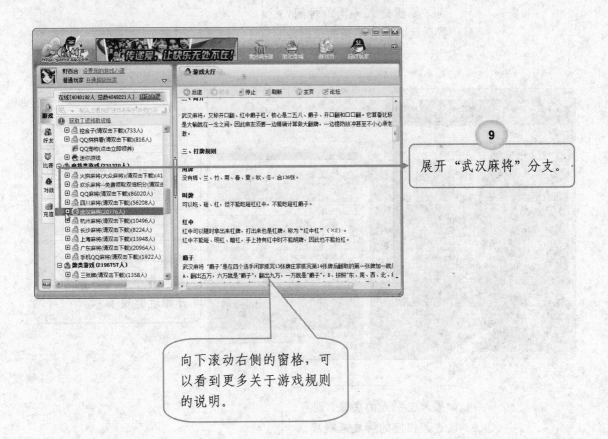

9

展开"武汉麻将"分支。

向下滚动右侧的窗格,可
以看到更多关于游戏规则
的说明。

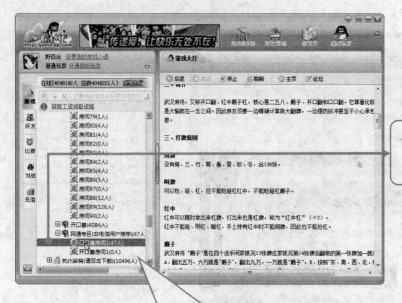

10 双击一个房间，将进入相应的游戏房间。

同一种游戏下面会有多个房间。要想进入不同的房间，需要玩家具有不同的级别。

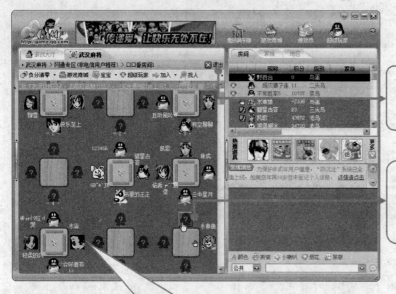

12 如果要退出游戏，可以单击"退出"按钮。

11 选择一个座位"坐下"，等人齐了之后，就可以开始玩游戏了。

如果单击别人的头像，则可以进入相应的牌桌来观战。

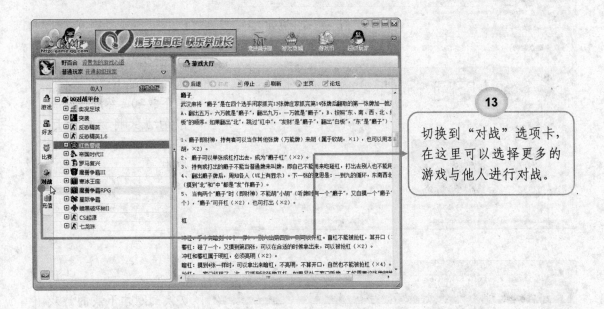

13

切换到"对战"选项卡，在这里可以选择更多的游戏与他人进行对战。

7.4.3　联众网络游戏

对于酷爱玩游戏的朋友来说，如果找不着对手，那可就太郁闷了。没有关系，现在有了网络游戏，即使和千里之外的高手过招也不成问题了。本节将介绍联众网络游戏的玩法。

1．下载并安装"游戏大厅"

要在网上游戏室玩游戏，必须先下载游戏室安装软件并成功安装。下面具体讲述其下载及安装方法，其操作步骤如下。

1

打开"联众世界"主页。

2

单击"下载"超链接。

3

选择"网通下载"(或"电信下载"),然后按照一般的方式将游戏大厅程序下载到自己的电脑中。

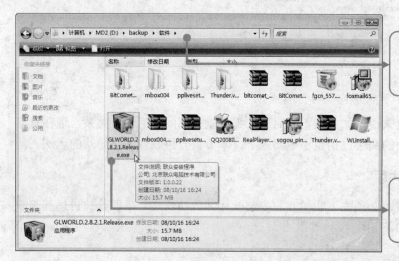

4

切换到刚才下载的游戏大厅程序所在的位置。

5

双击执行文件来启动安装程序。

6

指定安装位置。

7

单击"我同意"按钮,然后根据提示进行安装。

8

单击"完成"按钮。

2．注册游戏账号

在进入游戏室玩游戏之前，必须进行账号注册。注册用户账号的操作步骤如下：

1

双击桌面上的"联众世界"图标，来启动程序。

2

单击"免费注册用户"按钮。

3

填写个人信息。

4

向下滚动窗口。

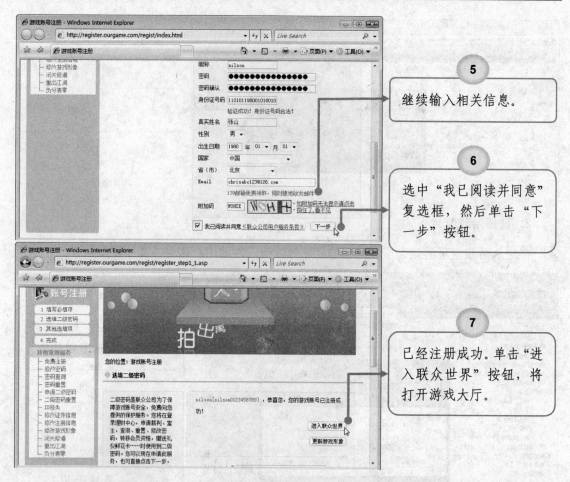

5 继续输入相关信息。

6 选中"我已阅读并同意"复选框,然后单击"下一步"按钮。

7 已经注册成功。单击"进入联众世界"按钮,将打开游戏大厅。

3. 在线玩联众游戏

其操作步骤如下:

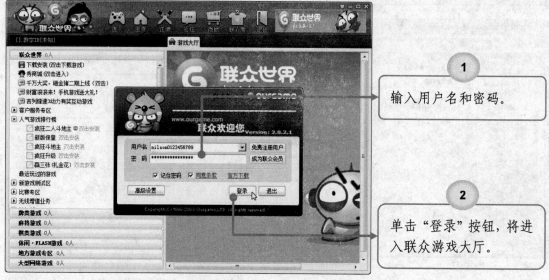

1 输入用户名和密码。

2 单击"登录"按钮,将进入联众游戏大厅。

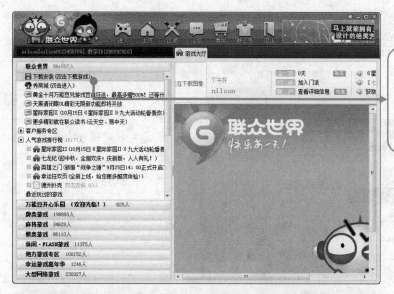

3

在窗口左侧的列表框中，双击"下载安装"选项，将弹出"下载安装列表"对话框。

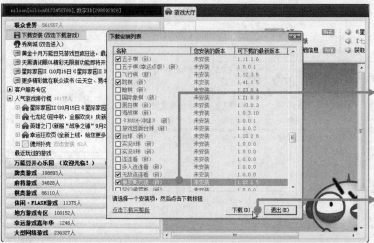

4

将要安装的游戏都打勾。

5

单击"下载"按钮，便开始下载游戏。

6

正在下载，请稍候。

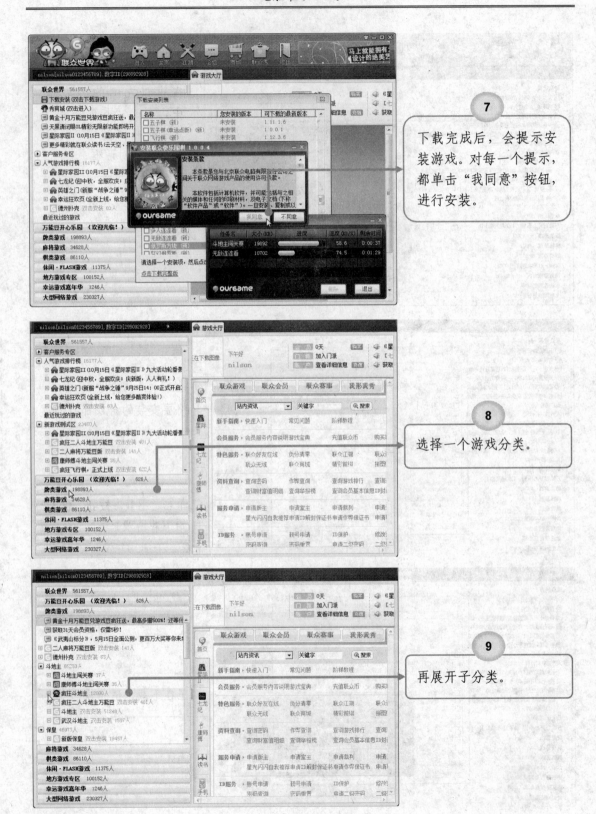

7

下载完成后，会提示安装游戏。对每一个提示，都单击"我同意"按钮，进行安装。

8

选择一个游戏分类。

9

再展开子分类。

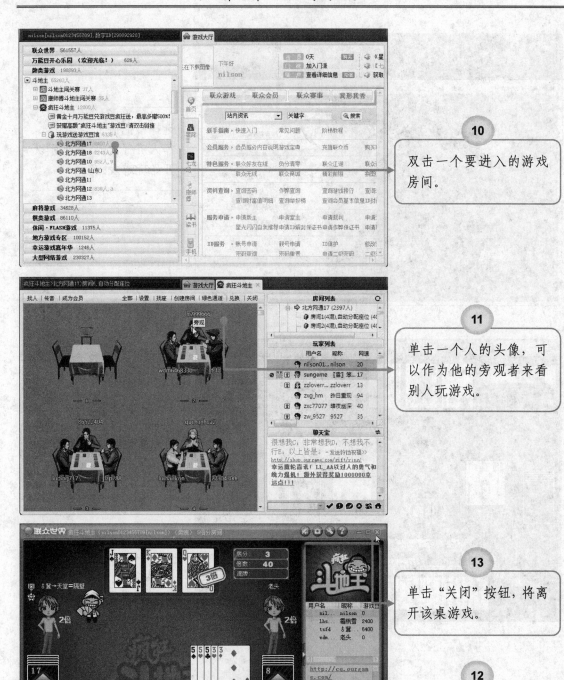

10
双击一个要进入的游戏房间。

11
单击一个人的头像，可以作为他的旁观者来看别人玩游戏。

13
单击"关闭"按钮，将离开该桌游戏。

12
此时可以看到别人玩游戏的过程。

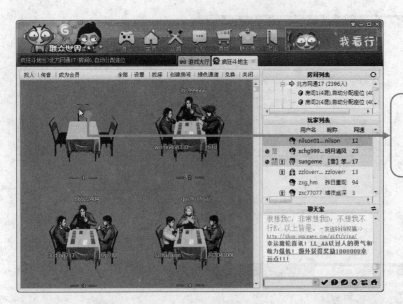

14 选择一把椅子"坐下"，等人齐了之后，就可以开始玩游戏。

15 可以看到，用户 nilson 正在玩游戏。

"联众世界"上其他游戏的操作方法与此类似，此处不再赘述。

游戏世界真精彩，在此也要提醒各位玩家，千万不要因为玩游戏而影响正常的工作与学习。

7.4.4 游戏网站推荐

下面推荐一些比较有用的游戏网站。

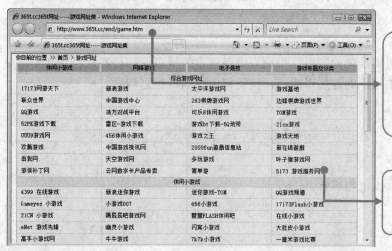

1 在"365t 网址"的"游戏网址集"页面中，可以看到很多的游戏类网站。

2 单击其中的一个超链接，将打开对应的网站。

3 在"网址之家"的"网游"页面，可以看到一些网络游戏的网站。

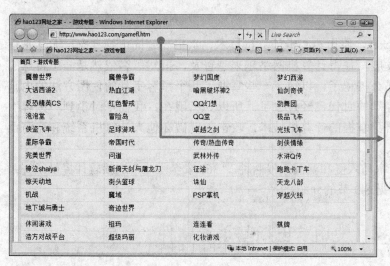

4 在"网址之家"的"游戏专题"页面，可以看到更多关于介绍游戏的网站链接。

第8章 安全上网

网络在给人们带来便利和乐趣的同时，也成为电脑病毒的栖息地和传播途径。其实，只要安装了适当的杀毒软件并且正确地加以运用，就能将电脑病毒拒之门外。

8.1 电脑病毒与黑客

本节简单介绍一下电脑病毒和黑客。

8.1.1 认识电脑病毒

简单地说，电脑病毒就是一段程序，它是编制者在电脑程序中插入的破坏电脑功能、毁坏数据、影响电脑使用的一组电脑指令或程序代码。它和生物病毒一样，具有复制和传播能力。它通常寄生在其他可执行程序中，具有很强的隐蔽性和破坏性，一旦工作环境达到病毒发作的要求，便影响电脑的正常工作，甚至使整个系统瘫痪。

对付电脑病毒最有效的手段，就是安装并正确使用反病毒软件（也可称之为"杀毒软件"）。在此建议各位读者，不要在同一个操作系统中安装不同厂商开发的多种反病毒软件，以免出现意想不到的软件冲突而影响反病毒的效果。

8.1.2 认识黑客

黑客一词源于英文 Hacker，原指热心于计算机技术、水平高超的电脑专家，尤其是程序设计人员。现代社会的发展，使得计算机网络越来越普及，虽然黑客依然是一个特殊的群体，但已经并不像当初那么神秘了，以往，一些掌握了几个黑客工具的使用方法的电脑爱好者，便到处自称"黑客"的时代已经过去了。所以到了现在，我们平时说到"黑客"时，一般都是指那些利用自身掌握的计算机技术，攻击入侵破坏他人计算机系统和盗窃他人计算机系统有用数据的人。

常见的黑客入侵方式有木马入侵和漏洞入侵两种。"360 安全卫士"这款软件提供了查杀木马和修复漏洞的功能，请见 8.3 节的介绍。

8.2 使用卡巴斯基杀毒软件

卡巴斯基是一款优秀的反病毒软件，它具备先进的反病毒技术和良好的兼容性，能查杀大量的病毒，病毒库的更新也非常及时。由于这些特点加上低廉的价格，使得它广受欢迎。

8.2.1　查杀病毒

其操作步骤如下：

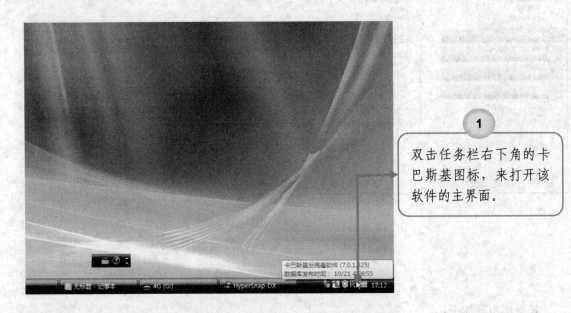

1

双击任务栏右下角的卡巴斯基图标，来打开该软件的主界面。

2

单击"扫描"选项，来展开该分支。

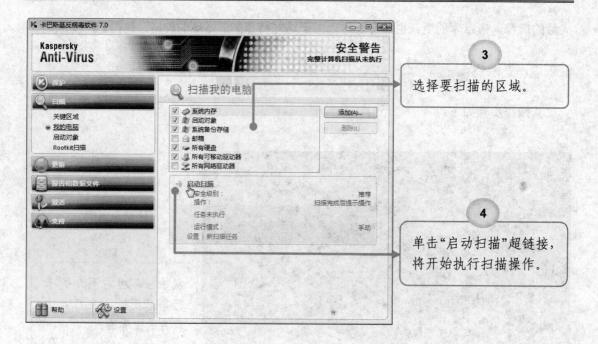

选择要扫描的区域。

3

单击"启动扫描"超链接,将开始执行扫描操作。

4

8.2.2 软件设置

其操作步骤如下:

单击"设置"按钮,将弹出"设置"对话框。

1

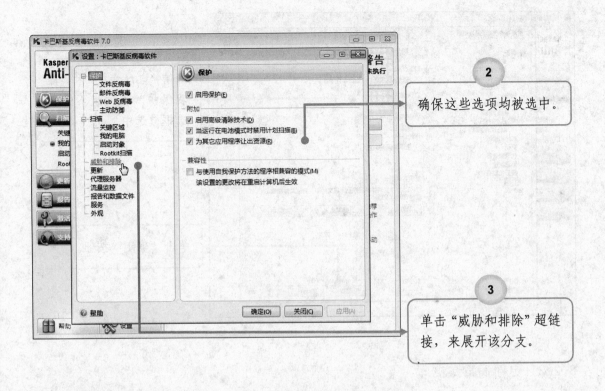

2

确保这些选项均被选中。

3

单击"威胁和排除"超链接,来展开该分支。

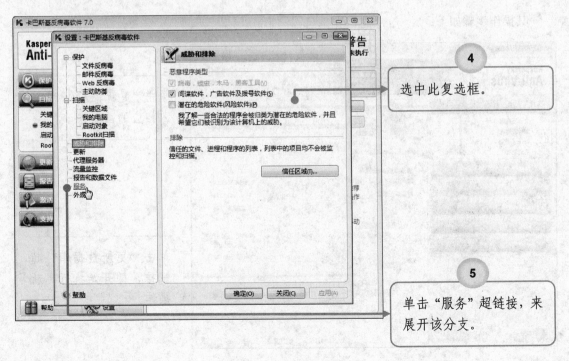

4

选中此复选框。

5

单击"服务"超链接,来展开该分支。

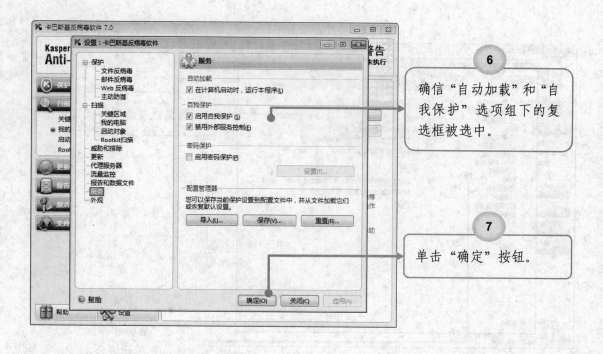

6

确信"自动加载"和"自我保护"选项组下的复选框被选中。

7

单击"确定"按钮。

8.2.3 更新病毒数据库

其操作步骤如下：

1

单击"更新"选项，来进入相应的画面。

2

单击"更新数据库"超链接，即开始执行更新操作。

3

更新完毕后,在此处可以看到数据库的状态。

8.3 使用 360 安全卫士

360 安全卫士是一种集多种功能于一身的反病毒软件,是卡巴斯基等杀毒软件的最佳拍档。用户可以到以下网站去下载 360 安全卫士。

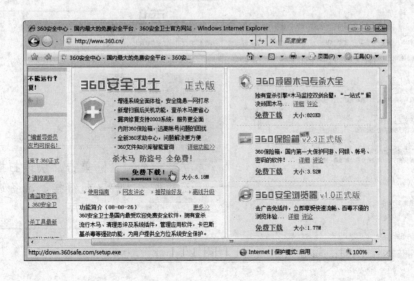

8.3.1 查杀流行木马

其操作步骤如下：

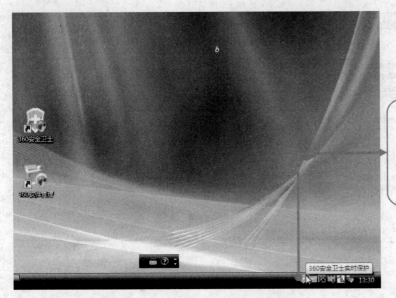

1

双击任务栏右下角的"360安全卫士"图标，来打开该软件的主界面。

2

进入"查杀流行木马"选项卡。

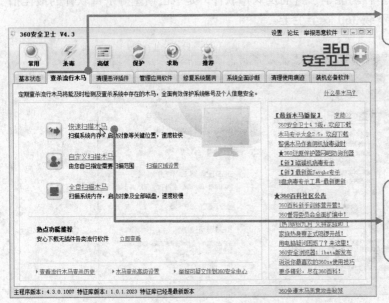

3

单击"快速扫描木马"超链接，准备进入扫描程序。

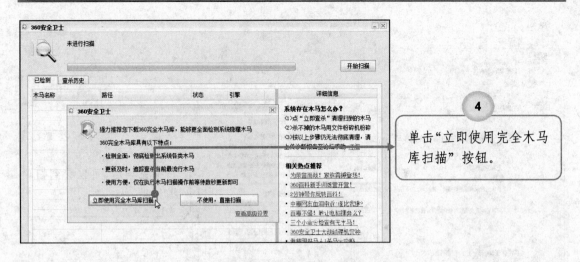

4 单击"立即使用完全木马库扫描"按钮。

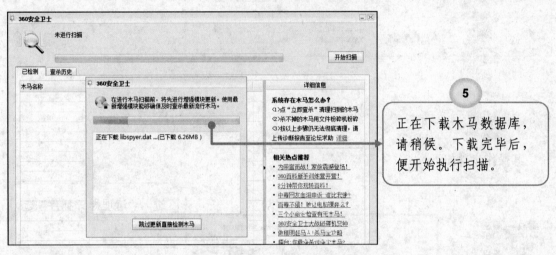

5 正在下载木马数据库，请稍候。下载完毕后，便开始执行扫描。

6 正在执行扫描，请稍候。

7 扫描完毕后，可以看到扫描结果。

8.3.2 清理恶评插件

其操作步骤如下：

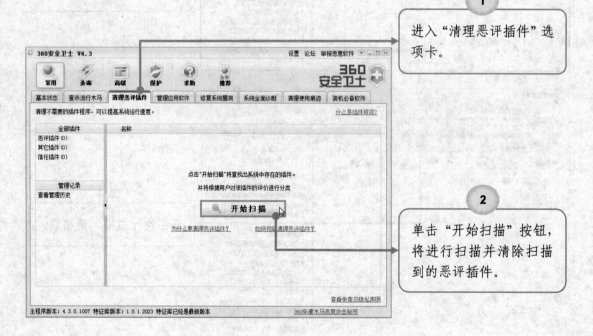

1 进入"清理恶评插件"选项卡。

2 单击"开始扫描"按钮，将进行扫描并清除扫描到的恶评插件。

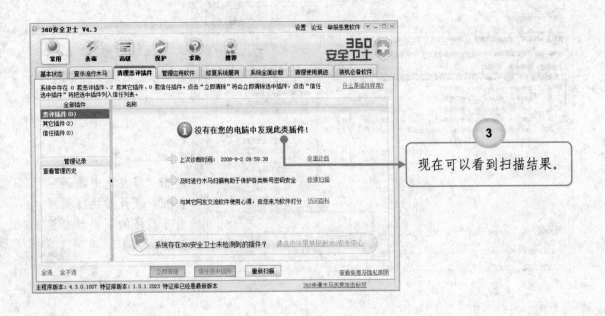

现在可以看到扫描结果。

8.3.3　修复系统漏洞

其操作步骤如下：

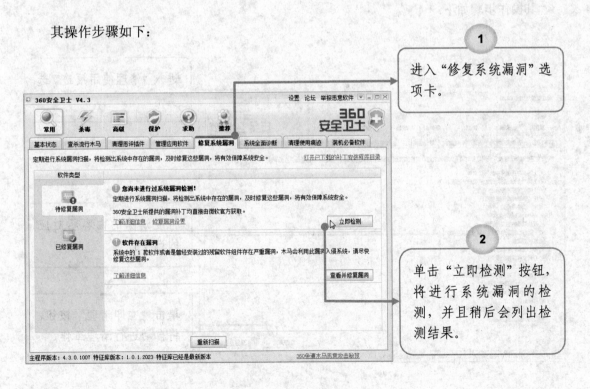

进入"修复系统漏洞"选项卡。

单击"立即检测"按钮，将进行系统漏洞的检测，并且稍后会列出检测结果。

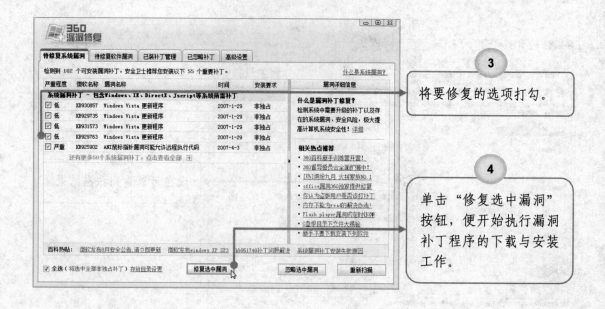

③ 将要修复的选项打勾。

④ 单击"修复选中漏洞"按钮，便开始执行漏洞补丁程序的下载与安装工作。

8.3.4 清理使用痕迹

其操作步骤如下：

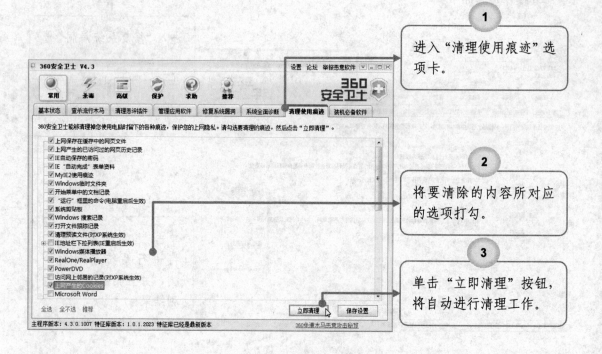

① 进入"清理使用痕迹"选项卡。

② 将要清除的内容所对应的选项打勾。

③ 单击"立即清理"按钮，将自动进行清理工作。

8.3.5 高级功能

其操作步骤如下：

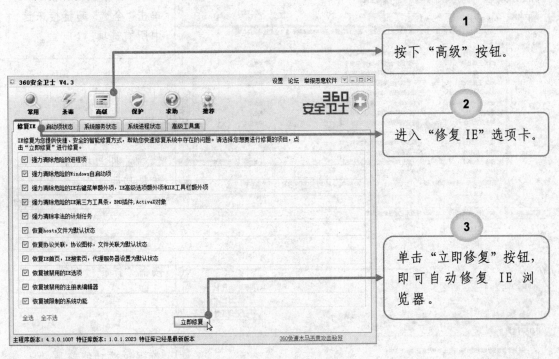

1 按下"高级"按钮。

2 进入"修复 IE"选项卡。

3 单击"立即修复"按钮，即可自动修复 IE 浏览器。

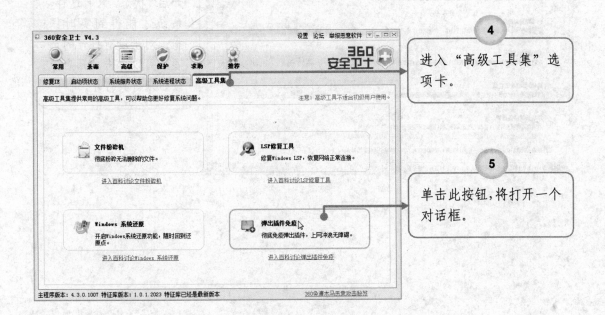

4 进入"高级工具集"选项卡。

5 单击此按钮，将打开一个对话框。

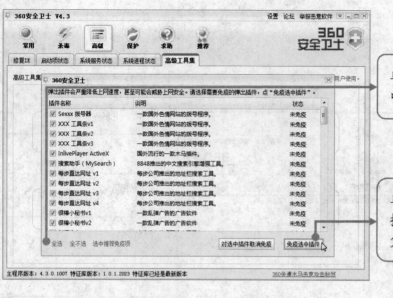

6

单击"全选"超链接来选中所有选项。

7

单击"免疫选中插件"按钮，即可增强系统的免疫功能。

8

按下"保护"按钮。

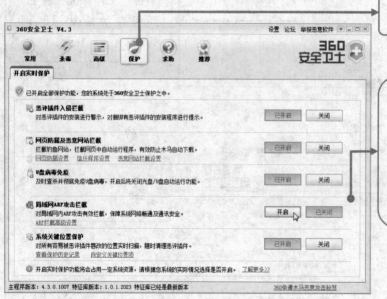

9

确保这些功能都是"已开启"状态，只有这样，系统才能得到实时保护。对于没有打开的选项，可以单击"开启"按钮来将其打开。